O QUE O INFERNO NÃO É

Do autor:

Branca como leite, vermelha como sangue
Coisas que ninguém sabe

ALESSANDRO D'AVENIA

O QUE O INFERNO NÃO É

tradução:
KARINA JANNINI

1ª edição

Rio de Janeiro | 2017

Copyright © 2014 Arnoldo Mondadori Editore S.p.A., Milano

Título original: *Ciò che inferno non è*

Texto revisado segundo o novo
Acordo Ortográfico da Língua Portuguesa

2017
Impresso no Brasil
Printed in Brazil

CIP-BRASIL. CATALOGAÇÃO NA PUBLICAÇÃO
SINDICATO NACIONAL DOS EDITORES DE LIVROS, RJ

D269q
D'Avenia, Alessandro, 1977-
O que o inferno não é / Alessandro D'Avenia; tradução de Karina Jannini. – 1ª ed. – Rio de Janeiro: Bertrand Brasil, 2017.
21 cm.

Tradução de: Ciò che inferno non è
ISBN 978-85-286-2163-1

1. Ficção italiana. I. Jannini, Karina. II. Título.

CDD: 853
CDU: 821.131.1-3

16-37081

Todos os direitos reservados pela:
EDITORA BERTRAND BRASIL LTDA.
Rua Argentina, 171 – 2º. andar – São Cristóvão
20921-380 – Rio de Janeiro – RJ
Tel.: (0xx21) 2585-2000 – Fax: (0xx21) 2585-2084

Não é permitida a reprodução total ou parcial desta obra, por quaisquer meios, sem a prévia autorização por escrito da Editora.

Atendimento e venda direta ao leitor:
mdireto@record.com.br ou (0xx21) 2585-2002

Para Marco e Fabrizio, irmãos que me ensinaram risadas e rixas, pancadas e porradas, palavras e palavrões, futebol e pontapés... o pouco-tudo que basta aos homens para serem irmãos.

Pergunto-me: "O que é o inferno?". E é assim que o defino:
"O sofrimento de já não poder amar."

> Fiódor Dostoievski,
> *Os irmãos Karamazov, livro VI*, cap. III

Creio estar no inferno, portanto, nele estou.

> Arthur Rimbaud,
> *Uma temporada no inferno,*
> *Noite do inferno*

Sumário

Primeira parte

TUDOPORTO 15

Segunda parte

ANSEIO 231

Observações e agradecimentos 377

À primeira luz, um rapaz a espia. Está mergulhada na emboscada de vento e sal do amanhecer que se levanta ainda virgem do mar para depois mergulhar nas ruas envolvidas pela penumbra.

O rapaz mora no alto de um prédio: dali se vê o mar e, nas casas e ruas, veem-se homens. Lá em cima, o olho paira até se perder; e onde se perde o olho, o coração também acaba enredado. Um mar enorme se escancara à frente, especialmente à noite, quando esmorece e se ouve todo o vazio que há sob as estrelas.

Por que todo aquele nascer todas as manhãs? Não tem resposta o rapaz para o qual as pétalas caídas de uma rosa doem mais do que os espinhos e que todas as manhãs se olha no espelho como um náufrago. Toca o próprio rosto e busca nos olhos, nos quais tem o mar incrustado, o que nele resta de vivo. De vivo, existe a luz dela, resplandecente no último dia de escola. Estuda-a como os mapas misteriosos que, quando criança, adorava contemplar para deles desencalhar tesouros e ilhas, navios e ondas.

O rapaz a olha: é ela quem vasculha seu coração, no emaranhado em que crescem os sonhos. As coisas atingidas por muita luz projetam o mesmo tanto de sombra; toda luz tem seu luto; todo porto, seu naufrágio. Mas os jovens não veem a sombra, preferem ignorá-la.

Com as mãos cobre o rosto imaturo, como se fosse possível ouvir um semblante com os dedos. Parece um marinheiro no cais, à espera de um trabalho após um descanso forçado. Olha para ela mais uma vez. E mais outra. Permite que a luz, o vento e o sal modelem sua carne e pensamentos. Que a luz, o vento e o sal façam dele o que quiserem, como há milênios transformam até mesmo a pedra infecunda dos escolhos. Deus pôs um coração em seu peito, mas se esqueceu da couraça. É o que faz com todo rapaz; por isso, para todo rapaz, Deus é cruel.

O rapaz tem 17 anos e a vida para inventar. Dezessete não promete boa ventura, até mesmo os atores são feios e não acreditam que vão ficar bonitos. O sangue é quente e, quando aperta o coração com força, obriga-nos a decidir o que fazer com ele.

Ele tem todas as perguntas, mas as respostas chegarão quando as tiver esquecido. Dezessete é um erro de cálculo temporal entre oferta e demanda.

Observa-a à luz de junho e sente medo, pois é o último dia de aula, e, nesse dia, todos só pensam no verão e nas escapadas, enquanto ele tem mil perguntas. A vida lhe parece aquelas equações do livro de matemática, cujo resultado pode ler no pé da página, à direita, entre parênteses, mas nunca sabe como resolvê-las, e fica preocupado ao ver que menos vezes menos dá mais e menos vezes mais dá menos. O menos está sempre no meio.

Como uma sereia, todo aquele mar e toda aquela luz o encantam, e, sem salvação, deixa-se seduzir pelo encanto. Olha de cima, como gostam de fazer os rapazes dessa idade quando tentam decifrar o labirinto sem nele entrar. Não tem novelo para desenrolar e, assim, não se perder nos corredores dos seus medos.

O que sabem os rapazes sobre como se tornar homem? O que sabem das instruções para o uso da noite, das sombras, das trevas? Os rapazes sempre esperam alegria da vida, não sabem que é a vida que espera alegria deles. Ele queria uma vida simples, mas a vida nunca foi simples. Ainda que todos a aproveitem, sofram, falem dela e escrevam sobre ela, muito pouco se sabe. Talvez ele pudesse ser simples e deixar à vida seu labirinto de luz e luto.

A luz nos telhados e o luto nas ruas, como em um quadro de Caravaggio: é a estética paradoxal da cidade habitada pelos homens, inadequada a rapazes capturados pelo encanto. Ignoram a dor necessária para *se tornar* e quanta coragem é preciso ter para perder as ilusões. O rapaz o ignora mais do que os outros: tem pouca carne ao redor dos sonhos.

Por um instante, ela para de encantar e cativar, tem olhos para fitá-lo, enciumada, garras para apanhá-lo, voraz como toda sereia, quase revelando a noite que ele esconde incrustada no coração.

A sua cidade.
Palermo.
1993.

Primeira parte

TUDOPORTO

Panormus, conca aurea, suos devorat alienos nutrit.
Palermo, concha de ouro, devora os seus e nutre os estrangeiros.

(Palavras inscritas sob a estátua do Gênio
de Palermo no Palazzo Pretorio)

O mar é também a orla da terra, o granito
Que ele penetra, as praias onde arremessa
Indícios de uma criação pretérita e diversa:
A estrela-do-mar, o caranguejo, o espinhaço da baleia.

Thomas Stearns Eliot,
Four Quartets, The Dry Salvages, I, vv. 16-19

1

A rua se cala, apesar de tudo.

Nas janelas assediadas pelo calor estivo, algumas cortinas saltam como uma serpente, deixando entrar os sopros lentos e constantes do siroco. Um cão vagueia, pisando oásis de sombra. Raras rajadas vindas do mar temperam a canícula, até mesmo a ressaca mostra os dentes, cansada.

Dom Pino, com seus sapatos grandes, levanta a poeira que se doura ao toque de toda aquela luz. Tem o passo rápido, não o da pressa, mas o do atraso, em uma cidade que é atrasada por natureza. Aproxima-se do seu Uno vermelho, devorado pelo sol e pela ferrugem. O menino está sentado no capô, balançando os pés. Tem 6 anos, uma camiseta branca e shorts sujos; nos pés, chinelos de praia, e, em casa, Maria, como mãe precoce. E só.

— Aonde você vai a essa hora, padre Pino?
— À escola.
— Fazer o quê?
— O mesmo que você.
— Dar porrada nos colegas?
— Não, aprender.
— Mas você já é grande, ainda tem que aprender?
— Quanto mais a gente sabe, mais tem que aprender... E você? Não vai hoje?

— Estou de férias.

— Tem certeza? A escola termina hoje, mas hoje tem aula; do contrário, teria terminado ontem...

— A escola termina quando a gente quer.

— Desde quando?

— Nossa, você faz cada pergunta difícil!

— E o que você está fazendo aqui?

— Esperando.

— O quê?

— Nada.

— Como nada?

— Por quê? A gente é obrigado a esperar alguma coisa?

— Isto! — Dá-lhe um tapinha na bochecha.

— Mas a sua escola é de gente grande?

— É, sim. Para os de 16, 17, 18 anos.

— E o que te aprendem a fazer?

— Se diz "te ensinam", não "te aprendem". Ensinam coisa de gente grande.

— Eu me ensino as coisas sozinho.

— Nesse caso se diz "aprendo".

— Nossa, que saco! Aprender, ensinar: dá no mesmo!

— É... tem razão.

— E que tipo de coisa aprendem?

— Italiano, filosofia, química, matemática...

— E para que serve tudo isso?

— Para conhecer o segredo das coisas e das pessoas.

— Mas para isso é só falar com a Rosalia.

— Quem?

— A cabeleireira.

— Não, na escola se aprendem segredos que nem ela sabe.

— Não acredito...

— Azar o seu.

— Me conta um, vai?
— Sabe o que quer dizer "Francesco"?
— É o meu nome, e pronto.
— É um nome, é verdade. Mas é um nome antigo para nomear aqueles que vinham do povo dos francos.
— E quem são eles?
— São os povos de Carlos Magno.
— E quem é esse cara?
— Francesco, com você, a conversa vai longe... Os francos se chamam assim porque são "livres": Francesco quer dizer "homem livre"
— E o que isso significa?
— Outra hora te explico.
— E o que você aprende aos seus alunos?
— Se diz "ensina". Ensino religião.
— E para que serve a religião?
— Para conhecer o segredo mais importante.
— Como roubar sem nunca ser pego?
— Não...
— Então, o quê?
— Ah, se é segredo, não posso te dizer...
— Mas eu não sou dedo-duro. Não vou contar para ninguém.
— Não é por isso... é que é um segredo difícil.
— Olha que vou fazer 7 anos, já entendo as coisas.
— Então, um dia te conto esse segredo.
— Promete?
— Prometo.
— Mas você sabe fazer milagres?
— Não, eu, não. Sou pequeno demais para isso.
— Mas você tem cem mil anos!
— Cinquenta e cinco.
— E isso não é mais do que cem mil?

— Filho da mãe! Olha como fala comigo!
— Mas, se você é baixinho, por que tem os pés tão grandes?
— Para caminhar bastante e ir aonde as pessoas me chamam.
— E essas orelhas? Puxa, são enormes, dom Pino!
— Para ouvir mais do que preciso falar.
— Também tem mãos grandes...
— Já não chega o tabefe que te dei?

Dom Pino sorri e põe a mão na cabeça do menino, desarrumando seus cabelos normandos. Também normandos são os olhos azuis, diamantes brutos que os povos do Norte embutiram na pele escura dos árabes quando tomaram sua cidade.

Francesco sorri, e esses olhos em que a história se estratificou brilham de encanto.

— Nossa, você sabe uma porção de coisas, dom Pino.
— Vamos, desça daí que preciso ir, senão me atraso.
— Mas você sempre se atrasa, dom Pino...
— Mas posso com uma coisa dessas?
— E essa sua careca? Por que é tão lisa?

Dom Pino finge que vai lhe dar um chute no traseiro e põe-se a rir.

— Está vendo este sol lindo que temos aqui em Palermo?
— Mas estamos em Brancaccio!
— Tudo bem, dá no mesmo... A careca me serve para refletir a luz do sol. Assim, os outros enxergam melhor.

Abaixa-se para mostrá-la de perto, e Francesco a toca.

— Puxa, que dura, dom Pino!
— É para quebrar as paredes mais duras. — Sorri enquanto lhe fala e também parece um menino. Pequeno, como uma semente na terra, como as das flores que sua mãe tinha na varanda, como os grumos de fermento que punha na massa do pão.

— Não pode ser um pouco meu pai, dom Pino?
— Que pergunta é essa, menino?

— É que eu só tenho minha mãe. Não sei onde está meu pai. Talvez você saiba esse segredo, já que sabe uma porção de coisas difíceis.

— Não, Francesco.

Dom Pino procura as chaves no bolso, que escapam como peixes vivos da rede tirada da água.

Francesco permanece imóvel, os olhos pregados na terra.

Finalmente, encontra as chaves e vai abrir a porta, mas Francesco não se move, inerte como pedra. Dom Pino se inclina para olhá-lo de baixo, flexível como carne.

— O que foi?

Francesco não levanta o olhar.

— Todo o mundo te chama de padre, e agora você não quer ser meu pai; logo eu que não tenho nenhum.*

— Tem razão. Mas não sou seu pai.

— Então, por que todo o mundo te chama de padre Pino? Sabe me dizer?

— Porque... porque... é um modo de dizer.

— Mas, então, por que você é *'u parrinu*** e está na igreja, e os outros que também são *parrini* não estão?

Dom Pino ficou em silêncio.

— Vamos, Francesco. Digamos que eu seja um pouco como você está dizendo.

Dão as mãos, então o menino desce e sorri.

Dom Pino também sorri, entra no carro e lhe faz o gesto dos cornos***

---

* Em italiano, a palavra "padre" significa tanto sacerdote católico quanto pai. (*N. da T.*)
** Em dialeto siciliano, a palavra "parrinu" (no plural, "parrini"), por vezes abreviado como "parri'", significa tanto "padre" quanto "padrinho". (*N. da T.*)
*** É o gesto de cornos com a mão, bem comum na Itália, e tem um significado um pouco diferente. Pode tanto ser um gesto de esconjuro, como um gesto de boa sorte (como a nossa figa) ou para evitar azar (como bater na madeira). (*N. da T.*)

— Você é cabeça-dura, hein!
— Para eu também quebrar as paredes mais duras.

Francesco fecha a porta e se despede mostrando-lhe a língua. Dom Pino finge ficar bravo e dá partida no automóvel. O menino bate no vidro com o rosto repentinamente preocupado. Dom Pino o abaixa.

— O que foi?
— Quando fizer um milagre, promete que vai me contar?
— Prometo.
— Mas daqueles grandes, como fazer nevar em Brancaccio?
— Neve em Brancaccio? Você está pedindo coisas impossíveis...
— Só vi neve em desenho. E que raio de padre é você, afinal?
— Está bem.
— Tchau, *parri'*.
— Tchau, Francesco.

Afasta-se. Observa-se no retrovisor e vê um rosto sério. Esses meninos ocupam seu coração como chutam o ventre da mãe. Vão acabar por desmantelar esse coração, pequeno como é. E depois, não sabe quanto tempo lhe resta. Quem vai cuidar de Francesco e de todos os outros? De Maria, Riccardo, Lucia, Totò... Ele não tem mais tempo, não há mais tempo, e ali estão todos esses meninos que parecem sementes espalhadas em um campo em que os espinhos querem sufocá-los, e os corvos famintos, devorá-los.

A cancela da passagem de nível está fechada. A passagem de nível que separa Brancaccio de Palermo, como um gueto. Uma menina está em pé, além da cancela, do outro lado dos trilhos. Olha na direção de onde vem o trem. Inclina-se como se houvesse uma linha a não ultrapassar. Tem na mão uma boneca, que segura pelos pés. Dom Pino não consegue descer do carro a tempo, e o trem passa correndo à sua frente, engolindo a menina. Seus cabelos se desgrenham no sorvedouro dos vagões, que ela assiste como a um filme no cinema. Sua imaginação segue o trem e o preenche com todos os destinos possíveis. Queria entrar nele, com sua boneca, para levá-la para longe. Não sabe aonde vão os trens, sabe que vão longe. Assim como os navios vão lá para trás do mar, depois sabe-se lá onde vão parar. Por isso, a coisa mais bonita do mundo, além da sua boneca, é quando aprende a nadar com o papai. Para ver o que há atrás do mar.

Com o último vagão do trem, ela também desaparece.

Dom Pino fica entre a porta do carro e a cancela, parado na frente de uma miragem. Não sabe quem é aquela menina, que por um breve instante viu sair voando com seu vestido colorido, rumo a um trem impossível de ser alcançado. E se tivesse sido atropelada?

A cancela é levantada. Dom Pino volta lentamente para o carro, buscando os sinais de sua presença, e, pontuais, chegam as buzinadas de alguém que tem pressa em partir sabe-se lá para onde, em uma cidade onde a meta é ficar parado.

— Quer ir aonde com essa pressa toda? Vai se casar? — Pergunta com sarcasmo a quem buzinou.

— Vou, com a sua irmã, *parri'*.

Dom Pino o manda para aquele lugar com um sorriso bonachão.

Parte. Pensa na menina. Não sabe quem é, mas a entende. Há um trem a ser tomado, do outro lado da barreira que delimita o medo. Um trem que, aonde quer que vá, te lança para fora do inferno. Seu avô trabalhava com trens e lhe contava sobre as viagens nos trilhos. Ele era apenas um menino, não entendia como os trens faziam para caminhar nem como os trilhos chegavam a qualquer lugar. E se um trem viesse em sentido contrário, como se fazia para erguê-lo e dar passagem ao outro... e, principalmente, aonde iam os trens?

As perguntas das crianças permaneceram nele, porque é frágil como elas, tem medo como elas, sonha como elas, confia como elas, esquece rápido como elas, não se dá por vencido, como elas.

Só uma coisa nele é diferente: não ignora a morte, como elas.

2

Pela manhã, vento e luz fustigam as ruas de Brancaccio, bairro feito de casas semelhantes às escamas de um peixe, em uma cidade que estremece cada vez mais lentamente ao sol, enquanto morre, ansiando água e vida. Zona obscura do porto sem fim que é Palermo, com o mar às costas, Brancaccio surge sobre os detritos que todo mar abandona na costa. Sobre esses estilhaços caminha o Caçador.

É um homem de quase 30 anos. Também deveria ter um nome, aquele que sua mãe lhe deu quando nasceu e que repetiram na igreja quando o batizaram. Mas agora seu verdadeiro nome é esse. Ganhou o nome de Caçador graças à sua silenciosa determinação ao fazer o que deve ser feito, pois é homem que faz o que um homem deve fazer. Para ele, a realidade se divide em predadores, aos quais pertence, e presas: farejadas, reconhecidas, perseguidas, mortas. Caminha com a cabeça erguida, e o olhar nunca se desvia da trajetória: fitar é sinal de força, sem desviar o olhar. Tem três décadas e já é respeitado, como um pai pelos filhos. E, filhos seus, tem três. Depois há todos os outros, aos quais assegura um futuro amplo o suficiente para que se contentem e obedeçam. O Caçador.

Além dele há Nuccio. Deve ter uns 20 anos; nariz longo como um bico, lábios finos, a noite que acabou de passar encaixada entre os dentes, tal como o cigarro sempre aceso. Seus olhos são tristes, e não porque ele seja triste, mas porque a tristeza deu forma a seus traços. Como dois lobos que controlam o território, vagam aparentemente a esmo no labirinto de siroco do bairro.

As portas de aço dos estabelecimentos se erguem e revelam atividades multiformes por trás das escritas que as tornam iguais: "Favor deixar livre a passagem carroçável 24 horas". Sim, porque antigamente eram as carroças que saíam das casas. Quartos de boi pendurados em ganchos não têm vergonha em mostrar a própria carne e as entranhas moles. Motocicletas na oficina sujas de graxa. Formas de pão com a crosta coberta de grãos de gergelim. Vassouras, detergentes, perfumes, brinquedos, bolas. E sabe-se lá mais o quê. Cadeiras de vime e de madeira ainda vazias, prontas na frente das lojas para os momentos de pausa entre um cliente e outro. Aqui, o inverno dura três, quatro meses se for ruim; no restante do tempo, fica-se ao ar livre.

Os olhos do Caçador lançam espiadas rápidas ao redor, para depois voltarem a ficar firmes e fixos; tem tudo sob controle, mesmo quando não parece. Cospe no chão, e a saliva se mistura à poeira da rua, obstruída por carros estacionados em fila dupla e por contêineres de lixo em fermentação no calor já violento das primeiras horas do dia. O odor acre das coisas podres se mistura ao da manhã impregnada de mar, no agridoce que é a substância olfativa do bairro e de toda a cidade: o paraíso em uma rua e o inferno ao dobrar a esquina.

Uma senhora estende lençóis indolentes no ar quase imóvel. Veste roupão e usa bobes. Bandos de crianças correm em busca de cães, gatos e lagartixas para torturar; em busca de um pedaço de asfalto, para arrancar do cimento e da monotonia uma partida de futebol, com uma bola de couro tão gasta que dá quase para tocar o ar dentro dela; em busca de aventuras entre as coisas abandonadas pelos adultos.

Cumprimentam o Caçador, que sorri como um pai a seus filhos.

— Como é que você se chama? — Nuccio se dirige a um dos meninos.

— Francesco — responde, empertigado por ter sido interpelado.

— Muito bem, muito bem. Para mim você tem sempre que dizer a verdade. E para os tiras?

— Nunca.

— Muito bem. E quantos anos você tem?

— Sete. Quase.

— Sete, e já está deste tamanho? Nossa, daqui a pouco você já pode matar um tira...

— Como?

— Com uma pistola, ora!

— Mas eu não tenho pistola...

— Quando chegar a hora, vai ter.

Nuccio se afasta, e os olhos das crianças, magnetizados por tamanha autoconfiança, estão todos sobre ele: quem tem cigarro e pistola é um herói. Francesco quer ser como ele, com a camisa branca aberta, o cigarro na boca e a expressão séria.

Nesse meio tempo, o Caçador foi na frente. Nuccio o observa de trás e já queria ser tão poderoso quanto ele, por isso o segue e aprende. É a cadeia alimentar do respeito. O Caçador usa gel nos cabelos, encaracolados como os de um árabe. São poucos em Brancaccio que sabem benzer com a pistola como ele. "O que deve ser feito se faz." É o que sempre repete. É a coisa certa. A família nada faz que não seja certo e garante a ordem em uma cidade em que o caos é apenas um tipo diferente de ordem. Não fossem eles, Nuccio se entediaria, não teria dinheiro para o cigarro e teria que procurar emprego. Seus pais lhe disseram isso mil vezes, mas ele não quer se matar de trabalhar como seu pai e sua mãe pela vida toda. E, depois, para quê? Para se matar, isso mesmo. Não, ele tem vinte anos e outros planos. Quer uma casa na praia para onde levar a namorada. Prometeu-lhe isso, ou não se chama Nuccio: nascido, crescido e ainda não morto em Brancaccio.

O Caçador para na frente da banca do peixeiro e apalpa com o dedo a cabeça de um peixe-espada, que o olha com o olho branco e desvairado do seu leito de gelo. A natureza condenou os peixes sem pálpebra a ver tudo, mesmo quando morrem. O Caçador não diz nem uma palavra sequer. Os gestos bastam para quem tem poder, e as palavras só são interpostas se necessárias. Febril, com um avental sujo de sangue e escamas e um facão de dois palmos, um homem corta uma posta do peixe-espada e a envolve em papel. Coloca-a em um saquinho. E o deixa deslizar para dentro de uma sacola. Entrega-a ao Caçador sem olhá-lo nos olhos.

O Caçador verifica o conteúdo. Nuccio observa essa frieza consciente. Em seguida, cospe a guimba e acende outro cigarro. Solta uma baforada no ar estivo, e a fumaça paira acima dele, em uma auréola não totalmente efêmera. Vai ser um dia quente. Quando a fumaça fica suspensa e firme, sempre termina assim.

— Como é — Nuccio faz o sinal da cruz no ar úmido para dizer "mandar para o cemitério" — um homem?

— Normal.

— Normal como?

— Normal.

Esse cara tem que aprender a não fazer duas vezes a mesma pergunta. O olho do peixe-espada, saltado para fora da órbita, lembra o Caçador do olhar de sua primeira vítima. Uma bala é um destino rápido. Os olhos da presa se esvaziam logo, não como os dos peixes, que levam muito tempo para morrer. Seja como for, todos vamos ter que morrer um dia, o modo é só um capricho. As coisas que devem ser feitas devem ser feitas. Tem uma família para sustentar, três filhos maravilhosos, que ele ama mais do que tudo.

E os cinco milhões mensais que lhe dão são pão e futuro e, mais do que qualquer outra coisa, saúde. Havendo esta, tem-se tudo.

Matar não causa todos aqueles remorsos, como dizem nos filmes, e é muito mais fácil do que nos filmes. O lobo tem que garantir a comida da alcateia. E, neste mundo, há quem nasce presa e quem nasce caçador. É a natureza que decide onde você tem que se colocar, o resto é coerência. Matar é só uma questão de equilíbrio. Tiras, rivais, traidores. São animais humanos. E se, para feri-los, você espalha sangue ao redor, não é culpa de ninguém: a vida é feita de sangue. Destino? Acaso? Foda-se. Seus filhos devem ser protegidos e crescer direito. Foi por eles que o Caçador se tornou o Caçador, desde o primeiro assalto.

Estava cansado de ouvir seus amigos se vangloriarem de ações nunca realizadas e precisava de dinheiro. Era um dia qualquer, pôs uma balaclava e assaltou a joalheria. Ponto. Não tinha mais nada a acrescentar. Assim, pouco a pouco, golpe após golpe, presa após presa, conquistou seu verdadeiro nome: o Caçador. Planejar e agir com frieza, como uma serpente. O segredo é que receber a ordem e executá-la são a mesma coisa. A obediência é a única forma de fidelidade exigida, a devoção devida aos deuses do bairro, para que sua vontade se cumpra.

Ninguém deve perturbar o equilíbrio desejado por Mãe Natureza; os tiras não têm nada que vir ao bairro para procurar os foragidos nem para controlar, como faz aquele padre de San Gaetano, que enche de crianças, jovens e tiras a igreja e o centro que abriu ao lado, o Padre Nostro. Amém. Precisa ficar de olho nele. Podem acontecer coisas ruins lá dentro. Vêm pessoas até de Palermo, dos bairros dos ricos. Chegam ali com suas roupas da moda e acham que podem ensinar aos de Brancaccio como se vive. Falam italiano. Uma vez seu filho foi jogar futebol no centro Padre Nostro, e ele precisou lhe dar uma surra para fazê-lo esquecer de que tinha se divertido. Mandou-o furar os pneus dos carros dos caras que falam italiano. Deu a incumbência a seu filho e a outros dois, daqueles que ficam na rua esperando receber alguma coisa para fazer. Depois do quinto ano do ensino fundamental, é normal em Brancaccio. As crianças vão à escola quando querem, e são eles que tratam de lhes passar as tarefas.

Ele também foi à escola até o quinto ano do ensino fundamental, depois a escola se tornou a rua. Quando se quer uma coisa, basta pegá-la com as mãos, ou com as garras que logo surgem em você se não chegar ao pedaço de carne que lhe cabe, como acontece com os lobos. De tanto agarrar, as garras acabam aparecendo, necessariamente.

Nuccio ainda não matou ninguém. Está esperando a sua hora. Quando lhe pedirem, vai fazê-lo, e ponto-final. Sabe que essa é a prova de obediência para fazer carreira. Por enquanto, ocupa-se do tráfico, de recolher o *pizzo** e de algumas putas. Já conhece o ofício e até mais, pois é capaz de embolsar a grana que sobra por algum capricho, embora o Caçador não saiba disso.

O Caçador olha a rua ensolarada. A rua é o que um homem precisa para ser homem. Conhecer a rua e suas regras. Quem não o faz, morre como um peixe que quer respirar fora d'água porque lhe parece suja. Essa é a água em que você nasceu e é nessa água que vai ter que nadar. Dominar para não ser dominado. Não é uma questão de bem e mal. Esse padre não quer entender. É uma questão de dignidade.

— Leve para a Maria — ordenou a Nuccio, colocando o pacote com o peixe em sua mão.

— Está bem.

---

* Dinheiro que a máfia cobra dos comerciantes, como forma de proteção. (*N. da T.*)

Nuccio não pergunta mais nada. E, junto com o saquinho com a posta de peixe-espada, chega a resposta à pergunta que havia feito antes:

— É como colocar um pedaço de ferro em um pedaço de carne. Nem mais, nem menos.

Nuccio entra no pátio de um prédio com sacadas descascadas e persianas rosadas pelo sol. O cheiro de verdura ensopada cai como um sudário nesse espaço, de onde se vê bem o céu. Que dia maravilhoso: luminoso e quente, bom para um banho de mar. Antes de subir, olha o saquinho e vê que também há um envelope. Abre-o, e nele há duzentos mil para Maria. Enfia o envelope no bolso e sobe. Toca a campainha, e uma moça de olhos escuros de princesa árabe e olheiras azuladas de prostituta abre uma fresta.

— É para você.
— Obrigada.

Maria estica a mão para pegar o saquinho, sem abrir mais a porta, mas Nuccio a empurra para trás com ávida delicadeza.

Entra na cozinha e joga a posta de peixe-espada em cima da mesa. Volta-se e fixa os olhos em Maria. Aproxima-se e coloca o dedo na faixa de maquiagem que mancha o rosto dela, comprimindo sua pele; depois, com o indicador e o polegar, aperta sua boca e toma o que lhe é devido.

E Maria sente o inferno entrar dentro dela. Tem os olhos dos peixes descarregados na linha de rebentação: buscam a água e arqueiam o dorso convulsivamente, chicoteando o ar até romperem, nesse esforço extremo, o resíduo de vida ao qual ainda se agarravam.

Um pedaço de carne em um pedaço de carne pode ferir tanto quanto.

3

São crianças como todas as outras, mas têm o sorriso malicioso e involuntário dos vadios nas noites de siroco. Francesco os observa. Riem, e ele também ri, mas só por fingimento, para não se sentir sozinho.

O cão tem uma pata quebrada, um olho vazado, e o flanco impregnado de um líquido escuro. Pelo jeito como solta seus ganidos, deve ter alguma outra ferida escondida no saco de pele. É um cachorro grande como um pastor alemão, mas vira-lata como poucos, traído pela mistura incerta de cores e formas que carrega. Do prédio desde sempre em construção e eternamente abandonado, com colchões e seringas, veem-se os telhados das casas e pedaços uniformes de céu. Tudo é enferrujado e cortante como os vergalhões que saem das pilastras de cimento, parecendo arbustos de ferro.

Arrastam o cão para bordo daquele que, no melhor dos mundos possíveis, teria sido o quarto de brinquedos de uma criança, onde o animal teria se deitado, para sonhar com caçadas e carne. Francesco queria estar na escola, mas, nessa manhã, sua mãe não o levou nem lhe disse para ir sozinho. Não se levantou da cama. E, quando é assim, ele só tem vontade de ir para a rua. Na noite anterior, ele a ouviu rir até tarde. E depois soluçar quando ficou sozinha. À noite, ele abre os olhos e ouve sua mãe e os homens que riem com ela. Depois os fecha e volta a abri-los para ver se está sonhando, mas os rumores continuam também na escuridão. Assim, de manhã, vestiu-se sozinho e tomou a rua, que primeiro o levou até o carro de dom Pino, depois a encontrar Nuccio e, em seguida, aonde quis, mandou e terminou.

Francesco queria estar na escola, com a professora Gabriella, que tem um perfume bom. Na pequena sala de aula, as paredes são coloridas e não se ouve o estalar dos ossos de um animal derrotado em uma rinha de cães, enquanto os homens apostam em sua dor, à noite, nos porões da *via* Hazon. Esse cão não tem nome. Cão de rinha não tem nome.

Na parede da sala de aula há um cartaz com a letra C maiúscula e o desenho de um cão sem sangue nem patas quebradas. Um cão inteiro e limpo, como devem ser as coisas. Um cão com olhos satisfeitos. Mas a gente sabe que, na escola, se ensinam as coisas como devem ser, não como são de verdade. Francesco vê a saliva vermelha escorrer dos dentes mutilados do cão sem nome. Fecha os olhos e os reabre, mas ela continua ali, pingando. Não existem miragens, pesadelos, muito menos milagres. Tudo é real em Brancaccio, no bem e no mal. Queria chamar esse cão por um nome de cão, mas não conhece nomes de cães; dom Pino, certamente sim. Repete internamente, como se pudesse ouvir o primeiro nome que lhe ocorre: Cão. Queria vê-lo levantar-se saudável como aquele do cartaz da escola. Mas um cão não vai ouvir se você o chamar apenas de Cão. Poderia tentar chamá-lo de Carlos Magno, como o dos francos. É um nome perfeito para um cão.

Nos cartazes da escola, tudo é perfeito como deve ser: cerejas, gnomos, borboletas, peixes, garrafas... A professora Gabriella sabe histórias lindas sobre as figuras desenhadas, como a do menino que nada tão bem quanto um peixe e é chamado de Colapesce. Certo dia, entrou no mar para vasculhar seu fundo, e até hoje todos esperam seu retorno. Quando vai para o mar, Francesco tem medo de encontrar o Colapesce. De vê-lo sair da água. Por isso, nunca se afasta da orla. Depois tem a história da sereia que quer se transformar em moça e ganha pernas, mas sente muita dor porque nunca as usou. Francesco gosta das histórias em que homens e peixes se misturam e não se sabe mais se o sujeito é peixe, homem ou as duas coisas. Gosta do mar principalmente quando vai à praia com sua mãe, e ela coloca o maiô verde e solta os cabelos bonitos. Andar embaixo d'água, abrir os olhos e ver tudo turvo, como são as coisas embaixo d'água. E então os olhos ardem. Mas gosta do silêncio submarino e de andar dentro das ondas, debaixo das ondas, com as ondas. Só gosta do mar e da sua classe. Tirando sua mãe, as coisas fora dos cartazes são feias. As casas não têm telhado nem fumaça branca saindo da chaminé. Os cães têm a coluna quebrada e o olho vazado. Nunca viu uma cereja na vida, e as garrafas só servem para serem quebradas com pedras.

E tem medo. Principalmente quando do lado de fora sopra o vento que bate as janelas abertas por causa do calor, mas não tem coragem de se levantar para fechá-las, porque talvez o vento o pegue e o leve embora. E não tem pai para ir buscá-lo e trazê-lo de volta para casa.

Seus amigos chutam a barriga do cão, que recebe os golpes com um som aquoso e surdo, depois gane e range os dentes. Quebram suas costelas. Francesco não sabe como consertar um cão quebrado. Só lhe resta quebrá-lo também, para que não fique nada vivo e sofredor, que é pior do que morto.

Chuta seu focinho, que estala. O tremor se propaga da ponta do pé até dentro da cabeça, como um chicote: para sacudir a angústia do corpo, dá outro chute, e mais outro, com força cada vez maior. E o inferno é quando você já não sente a dor da destruição, já não a sente na espinha dorsal, na medula, na cabeça nem no coração. O inferno é a anestesia de já não sentir viver o que é vivo.

Mas Francesco tem algo que resiste dentro dele, mesmo quando desfere chutes contra a carne mole e desarticulada.

Recorda as coisas nos cartazes, do modo como a professora lhes pergunta. Vamos repetir juntos. Para a letra A, a abelha que o picou certa vez; para a Z, a zebra que o faz se lembrar da Juventus e de Roberto Baggio, e quer ser como ele, embora ainda haja quem prefira Schillaci; o quadro da letra Q com aquela paisagem em que dá vontade de entrar; e o ovo da letra O, que ele gosta quando a mãe faz gemada com açúcar. Não se lembra do desenho da letra I. Não mesmo. E então dá mais chutes e parece tudo, menos um menino. Ele e seus amigos se satisfazem com todo aquele ato de romper, ferir e destruir. O olhar perdido do cão se abre a cada golpe, cada vez mais vazio.

Depois, jogam para baixo a carcaça ainda ofegante, tentando acertá-la em uma das pilastras com os vergalhões expostos. O cão cai de lado, e um dos pedaços do metal enferrujado o perfura, dilacerando-o como papel. Solta um lamento rouco, depois desaba no terreno, e seu ventre se desmancha, livre para se esparramar. Uma última convulsão decreta o fim do instinto de sobrevivência.

As crianças gritam. O animal está morto. Quem perde merece morrer. Riem. Exultam como loucos que conhecem apenas o jogo do sacrifício ao deus sem rosto do desamor.

Francesco volta a abrir os olhos que fechou por medo, mas as coisas continuam ali, e vê o sangue espalhado como um fogo de artifício ao redor do cão, e as moscas e as vespas que já começam a pulular. Ainda não se lembra do cartaz com a letra I. Também exulta, não sabe o que mais pode fazer, é possuído pela loucura do bando e sente a embriaguez da destruição nos braços finos.

Pode ser o I de inferno. Mas o inferno não está nos cartazes das crianças do primeiro ano do ensino fundamental; no máximo, há o fogo na letra F, mas inferno e fogo nada têm a ver, o inferno é pura subtração, é tirar toda a vida e todo o amor de dentro das coisas.

4

Acabou. Meio-dia é o único instante digno de memória do último dia de escola. O sinal toca como as trombetas do juízo. O verão, que os meninos queriam que fosse eterno, captura-os. Enfeitiça-os. Sequestra-os. E os dispersa.

A luz é tanta que quase os afoga, brilha nos telhados, depois cai e se deslumbra nas ruas dos homens. Banha de sol e aquece todas as superfícies salgadas pelo mar. Somente uma chuva impossível poderia romper aquele céu de mármore azul. Em meio ao fluxo de corpos e almas, quem aguça os ouvidos consegue ouvir uma voz.

Gosto de buscar as palavras certas. As palavras e seu som me salvam. Descobri isso no ensino fundamental, justamente quando tudo é fundamental: com as palavras, lanço uma âncora em todas as coisas que estão à deriva no mar que existe dentro do coração, atraco-as no porto da cabeça. Somente assim param de bater umas nas outras, de encalhar e se quebrar. Não sabendo o nome de uma coisa nova, inventava-o, e isso bastava. Quando criança, chamava de "nero" aquilo que se escondia embaixo da cama, na escuridão da noite, e sentia menos medo. Não sabia da existência do imperador romano e, quando fiquei sabendo, tive a impressão de ter sido eu a inventar o tirano. Gosto dos jogos de palavras, das rimas, das assonâncias e dos advérbios, principalmente dos advérbios, mas também da conjunção "embora", que, seguida do subjuntivo (isso também aprendi no ensino fundamental e nunca mais esqueci), tem um efeito catártico no meu cérebro. "Catártico" é uma palavra-âncora: são as que atracam uma grande quantidade de coisas. Aprendi-a estudando a tragédia grega, e contém o efeito de relaxamento das tensões mais dolorosas: o medo e a angústia.

Eu também estou atracado nas quatro sílabas do meu nome, e nelas fico quieto, na enseada, observando o mundo da margem. Meu nome é majestoso: um composto de águia do império, veias de ouro que emergem nos cabelos e azul sem incertezas (pelo menos é assim que eu gostaria que fosse) nos olhos. Meu nome é Federico, que dessa cidade fez sua joia imperial. Era também o nome do meu avô, armador de navios, que já tinha morrido quando nasci, há dezessete anos, mas cuja sepultura conheço bem, aos pés do monte Pellegrino, apertada entre o precipício e o mar. Uma sepultura com vista para o mar, como ele queria. Não sei que túmulo terei, nem é o momento de pensar nisso, mas também queria que o meu desse para o mar. Federico vinha de longe, atravessou muitas terras e muitos mares; assim construiu seu reino. Embora eu seja desajeitado, meu nome me obriga a coisas grandiosas, não digo um império, mas ao mar aberto, sim. Há dias em que o vazio morde o peito, e o nada consome as vísceras; sei que deveria fazer alguma coisa, mas todo esse vazio e todo esse nada me paralisam. Não estou satisfeito; no entanto, nada me falta. Nem sei como é possível haver todo esse espaço dentro de mim. Sangue, músculos, nervos não deixam margem para o vazio, e em física o vazio não existe; só que dentro de mim se aninha pelo menos um centímetro cúbico dele, sem ser visto, às escondidas, quase de contrabando.

À luz de ouro bizantino, a bicicleta desse rapaz brilha até parecer inconsistente. Reparando-se bem, usa um calção por baixo dos jeans, como costuma acontecer por essas bandas a partir de maio.

Deixa para trás o liceu clássico Vittorio Emanuele II e um ano de tédio e beleza, depois se entrega à rua que do ventre antigo da cidade mergulha no porto.

Mas, aqui, tudo é porto. Não se contam as cidades que os homens e a natureza estenderam ao mar. São milhares. Mas apenas uma pode se permitir esse nome por vocação, gênio e destino. Palermo. Flor para os fenícios que a chamaram de *Zyz*, pelos rios que, como pétalas, sobem do mar até o antigo receptáculo no centro. Rios que já não existem, nem se buscarmos os vestígios que todo curso d'água lima nas coisas. *Pan ormus*. Tudo porto para gregos e romanos. A substância não muda. Assim a chamaram navegadores antigos que sobreviveram a tempestades e bonanças quando atracaram.

Areias suaves acolheram navios como cabeças que se deitam em travesseiros de seda, e a baía amparou marinheiros exaustos com um abraço feminino: tudo porto. Quilômetros de abraço. Sem traições. Pelo menos aparentemente, como todas as coisas que se vangloriam de serem "tudo".

Mas não se pode ignorar o fato de que um abraço também pode sufocar. Armadilhas preparadas para quem, fascinado com tanta ternura, baixa a guarda: os portos estão cheios de marinheiros e malandros, negócios e preocupações. Almas duplas, adaptadas a um lugar ambíguo. Existiram e sempre existirão, assim como sempre existem jovens sonhadores, dispostos a ir para alto-mar, sem meta precisa, por incapacidade de suportar a vista de tanto horizonte sem rompê-lo.

Acho que um dia serei poeta. Talvez já o seja, mas com uma tendência ao exagero barroco, diz meu professor de italiano, ao qual, porém, certos barroquismos não desagradam. Mas também diz que tenho cura, que era como eu aos 17 anos. A mim parece que permaneceu igual e corrige em mim o defeito que ainda tem. Do barroco gosto da argúcia, da metáfora que desloca a realidade e do grande jogo das palavras com que desafiá-la.

Talvez seja por isso que o rapaz brinca com a cidade, e a cidade, com ele. Embrenha-se pelas ruelas que levam ao mar, como o labirinto de Creta. Escuridões repentinas tampam o sol e oferecem um frescor inesperado. Para toda luz há uma sombra: em uma cidade fustigada pela luz, igualmente violenta pode ser a chibatada da sombra. Tudo porto: tudo mercadoria, tudo negociação, tudo dinheiro, tudo armadilha, tudo prostíbulo, tudo vinho, tudo chegada, tudo partida.

Do ventre da cidade árabe ele pode deslizar até o verdadeiro porto e encontrar a catedral árabe-normanda, que parece um castelo de areia, construído sobre um azul para o qual não há adjetivo. Avistar as cúpulas coral de San Giovanni incendiarem-se ali perto, enquanto o ouro dos mosaicos da capela palatina, incrustada no Palazzo dei Normanni, testemunha em vão o éden que um dia houve na região e do qual restaram apenas algumas peças. Também são verdadeiras as ruínas da Segunda Guerra Mundial, imóveis e petrificadas nas ruas do centro, como uma foto em branco e preto que não desbota.

Pode roçar as imensas figueiras nas quais o sol se derrama em cascata, na *piazza* Marina, e sentir o odor do mar impregnar as pedras de tufo. Não fosse sua cor natural, o amarelo pareceria exagerado, mas é apenas o efeito do céu que lhe serve de bastidor. Mais do que qualquer outra, uma cidade semelhante a uma lâmpada das *Mil e uma noites*: basta esfregar suas pedras para que um gênio saia delas, um gênio dissimulado e mercador, capaz de suscitar desejos em vez de satisfazê-los.

Um geógrafo árabe escreveu que Palermo "faz girar o cérebro de quem a observa". Enrola-o em si mesmo, até deslocá-lo como uma articulação. Tudo porto. Tudo abraça. E tudo tritura.

O rapaz tem os sentidos treinados e deixa-se guiar por um profano fio de Ariadne, feito do odor de *sfincione*,* amontoado na caçamba do triciclo motorizado, por essas bandas conhecido como "lapino". A fragrância mescla-se à poeira e ao rumor que os esfalfados motores de poucos cavalos emitem, queimando gasolina mal misturada com óleo; o rapaz de bicicleta na descida é quase mais rápido. Por esses lados dá para almoçar com mil liras; aqui a pobreza nunca quis se esconder. As coisas simples custam pouco porque foi preciso se virar para viver. Ou para escapar do destino. E o *sfincione* é uma panaceia também para a melancolia. Para dizer a verdade, em um porto não há espaço para a melancolia; quem a tem a esconde em seu devido lugar: nas palavras de que são feitas as histórias. Tudo porto. Tudo histórias. Tudo vozes.

Segue o rastro de uma banquinha sobre três rodas e inala o perfume da cebola no leito tostado de tomate. Tudo e nada parecem familiares, pois tudo e nada se improvisam nessas ruas. Todo dia, tudo é diferente, embora nada tenha mudado desde o dia anterior, como sabe o peixeiro que modifica a disposição da mesma mercadoria para enganar até as mulheres mais atentas. Algumas vozes roucas gorgolejam nos alto-falantes, prometendo sabores tranquilizadores como seios maternos: "Olha o *sfinciuuuniii*, que delícia de *sfinciuuuniii*... Olha o tira-gosto de primeira...". Os vendedores gritam para atrair a clientela, como os mercadores árabes em seus *souks*, e esse verbo repleto de "A" imita bocas e gargantas abertas há séculos, transformando as mercadorias em vogais que envolvem em promessas paradisíacas, só pela força da repetição e modulação da voz, uma ação que penetrou fundo demais no dialeto e na carne de um povo para ser extirpada. A palavra vale tanto quanto a mercadoria por essas partes; aliás, vale mais do

---

* Pão típico de Palermo, coberto com molho à base de tomate, cebola, anchova, orégano e queijo siciliano. (*N. da T.*)

que as próprias coisas. Palavras que levam ou obrigam a fazer. Palavras-sereia, como as chama o rapaz: seduzem e encantam até os cérebros mais frios. Uma língua feita para seduzir e exercer a força, não para servir à verdade. Tudo porto. Tudo aberto. Tudo troca. Tudo palavra. Deveriam chamá-la de *panverbo*.

Mas como dizer a um rapaz feito de ar que a realidade sempre transborda do leito das palavras?

Tenho vontade de cantar, embora seja desafinado. *Embora seja*, que maravilha, o mundo das possibilidades escondidas em um *embora*. E canto a plenos pulmões, porque a escola terminou, porque se vai à praia, porque as meninas são uma mistura de luz e polpa e talvez haja uma para mim, porque vou passar um mês na Inglaterra, porque posso ler o que quiser até tarde, quando os livros se abrem como as flores de manhã.

Enquanto na rua se acumulam corpos jovens e esperanças, percebo que vou sentir falta de poucas coisas da escola. As aulas de literatura, as partidas de pingue-pongue em cima da mesa do professor, as provas orais que fui bem sem ter estudado, as conversas com o bedel Geppo, que, em seu armário, junto com as folhas de papel almaço, guarda uma garrafa de péssima vodca e outra ótima Marsala, para consolo seu e dos estudantes. Inventamos um coquetel que é uma poção mágica, batizada por nós de Orabuca, à base de *sambuca** com menta, jasmim (arranjados pela mulher do Geppo para fins estéticos totalmente diversos) e uma casca de laranja (Geppo tem sempre pelo menos dois quilos da fruta e devora uma a cada hora). O Orabuca é capaz de te recuperar de qualquer decepção: faz você se lembrar de onde nasceu e de que não tem do que reclamar, de que ainda tem tudo e de que a vida continua, apesar dos pesares.

---

* Bebida alcóolica à base de anis. (*N. da T.*)

Nunca fui de estudar muito: tenho intuição, algumas matérias não me interessam nem um pouco e domino a nobre arte do improviso. A mim interessam apenas a literatura e as que palavras servem para imitar a realidade ou transpassá-la repentinamente. Por isso, gosto de dizer coisas como "o mundo é belo porque é estragado", mas depois dou risada sozinho. Estou convencido de que toda alma é feita de, pelo menos, cinco palavras. Todos deveriam ter uma lista de cinco palavras, as cinco que preferem. As suas cinco palavras são as que dizem como você respira, e de como você respira depende o restante. As minhas são: *vento, luz, menina, silenciosamente* e *embora*.

Todo o mundo deveria escrever um poema com as suas cinco palavras, só para atracar a alma em um porto seguro. O meu é este:

> Onde está você, que consegue costurar minha alma *silenciosamente*?
> *Menina* cheia de *luz*,
> consegue remendar um rapaz
> feito de *vento*?
> Busco seu nome,
> *embora* você não o tenha.

O mais estranho é que uso as palavras para me ancorar, depois são justamente elas a me empurrar para o desconhecido, como mapas mudos a serem preenchidos com lugares, porque toda palavra dita com precisão abre um espaço vazio ao seu redor, como o cais de um porto.

Leio poesia porque em casa há muitos livros, e os de poesia sempre me atraíram, desde criança, justamente porque eu não entendia nada com todos aqueles parágrafos, mas gostava de povoar o espaço vazio com rabiscos. Quando percebeu, minha mãe não ficou nada contente, sobretudo quando descobriu seu exemplar de *Lavorare stanca** todo rabiscado.

Meu irmão me chama de "Poeta" e ri da minha cara porque não tenho nem um pelo de barba. Segundo minha mãe, foi dela que puxei os olhos que ocupam toda a órbita e confiam demais no mundo e na beleza. Meu pai sustenta que é melhor eu não ter puxado nada dele, porque se envergonharia. É rabugento, mas sabe muito bem que meu coração é descoberto como o seu, e não suporta que eu venha a sofrer do mesmo modo.

Graças à minha paixão por Dostoievski, ganhei o apelido de "Idiota": meus colegas passaram a me chamar assim no dia em que falei do livro com o entusiasmo de um cê-dê-efe durante a prova oral de italiano, porque nele está escrito que a beleza salva o mundo. Meus colegas dizem que o que salva o mundo são as meninas bonitas. Pode até ser que estejam certos, mas minha experiência nessa área é um pouco escassa; por isso, prefiro confiar nos escritores: experimento através deles.

Estou ocupado com esses pensamentos totalmente inúteis quando, entre o festival de camisetas, reconheço uma figura baixa e preta, bem distinta das cores estivas dos outros ao seu redor.

— Padre Pino! Hoje ainda não nos vimos.

Pronto, no que se refere à escola, também vou sentir falta do 3P. Assim chamamos o padre Pino Puglisi, professor de religião, com seus sapatos grandes, suas orelhas grandes e seus olhos calmos.

— Pronto para as férias?

— Sim, vou estudar inglês em um lugar perto de Oxford. Vi as fotos: tudo verde, com quadras de tênis e campo de futebol. Com grama de verdade, dom Pino! Vai ser um paraíso... E o senhor, o que vai fazer?

---

* "Trabalhar cansa", livro de poesias do escritor Cesare Pavese. (*N. da T.*)

— Eu? Aonde você quer que eu vá em uma cidade como esta? Estamos sempre de férias. Olha só esta luz!

— O senhor trabalha demais.

— É o que gosto de fazer. Em Brancaccio há crianças e adolescentes que não sabem que o verão é diferente do restante do ano.

— Nunca estive em Brancaccio.

— Não está perdendo nada, nasci ali. Brancaccio não tem grama, só cimento. Há tanto o que fazer por lá, com todas aquelas crianças... Às vezes tenho a impressão de não dar conta de nada. Me faltam braços.

— Quer uma mão?

— Até três... Por que você acha que pedi que viessem quando tivessem tempo? Quero fazer o possível para que este verão seja diferente dos outros.

— Talvez eu dê uma passada antes de viajar. É só não falarmos de Deus.

Dom Pino sorri. Um sorriso estranho, quieto, como vindo do fundo do mar quando a superfície está em tempestade. Ainda me lembro da primeira aula com ele. Apareceu com uma caixa de papelão. Colocou-a no meio da sala e perguntou o que havia dentro dela. Ninguém acertou a resposta. Em seguida, pulou em cima da caixa, afundando-a.

— Não tem nada. Eu é que sou um chato que gosta de botar para quebrar.

E era verdade. Um sujeito que bota para quebrar as caixas em que você se esconde, em que te prendem, as caixas dos lugares-comuns, das palavras vazias; as caixas que separam um homem do outro, simulando muros espessos, como os da canção de Pink Floyd.

A voz de dom Pino me afasta daquela lembrança instantânea, mas indelével.

— De que adianta falar de Deus? Se eu te explicar o amor, você vai se apaixonar? Quando se apaixona por uma garota, por acaso recebe alguma explicação antes?

— Não, primeiro a vejo, depois quero conhecê-la.

— Ótimo. Bem se vê que é meu aluno. Deus precisa primeiro ser dado, depois dito. Ou você toca Deus, ou não há teorema que faça você gostar dele.

— E como se faz?

— Como assim? Agora é você que está me falando de Deus? Não acabou de dizer que não queria?

— Sim, mas... só por curiosidade.

Olho para ele e, na realidade, torço por uma resposta, pois cara a cara não sinto vergonha de falar de Deus. Penso muitas vezes nisso, sobretudo à noite, quando estou sozinho e, como depois de uma tempestade, todas as coisas engolidas pelo mar são deixadas com brandura na praia. Mensagens, restos, mortos, tesouros.

— Venha me ajudar com as crianças em Brancaccio.

— Mas não sei fazer nada; devem precisar de gente preparada. Nem sei chegar lá.

— Sabe jogar futebol?

— Sei.

— Tem tempo?

— Pouco, antes de viajar.

— Pouco é mais do que suficiente. Sabe quantas peças há nos mosaicos da catedral de Monreale?

— Não.

— Nem eu. Ninguém nunca teve coragem de contá-las. No entanto, é a maior superfície de mosaico do mundo. E cada peça, por menor que seja, é importante. Então, estou te esperando. Igreja de San Gaetano. Centro Padre Nostro. Você me encontra lá. Anote o número de telefone, caso queira me ligar antes, assim te explico o caminho.

Despede-se de mim com um abraço, e eu não sei como se abraça um professor. Fico rígido, enquanto ele me envolve com um calor que eu não esperava. Sinto suas mãos fortes nas minhas costas, como de alguém que se apoia e te sustenta ao mesmo tempo.

Dom Pino sorri e vai embora.

Fico parado, olhando-o pelas costas. Está vestido como sempre. Calças escuras, um pouco largas demais. Um par de sapatos gigantescos, que o fazem parecer mais ancorado a uma base do que aos pés, como os jogadores de futebol de mesa do meu irmão. Uma camisa e um casaco azul-escuro, que usa o ano inteiro, faça frio ou calor. É baixo, e a cabeça coberta por alguns cabelos grisalhos lhe confere um ar de padre de interior.

Mas agora chega, vamos sair daqui. Junho é mês de flor de laranjeira e sal. Piso nos pedais, vou me sentar perto do porto e sonho que levo para lá a menina do poema, para dizer-lhe que gostaria de falar com ela pela vida inteira ou ficar em silêncio e deixar que o mar diga por si mesmo. Hoje ele está brilhando muito: parece que o sol soprou dentro dele.

Então, não resisto e mergulho. Nado remando com os braços até perder a respiração: quanto mais você empurra, mais se sustenta, por um estranho princípio que estudamos. Assim é o mar e talvez também a vida. Depois, entrego-me à água e ao céu, boiando como morto.

5

Dom Pino vai da *piazza* dei Quattro Canti di Città para o monte. Essa praça também é chamada de Teatro del Sole, pois a qualquer hora do dia o sol fende um dos oito gomos de que é composta. Natureza e poder. Sagrado e profano. Pagão e cristão. Luz e luto. Aqui se misturam. É o verdadeiro centro da cidade, onde o Cassaro, milenar via fenícia que unia o porto à fortaleza, o mar à necrópole, agora chamada *corso* Vittorio Emanuele, se choca com a rua aberta no final do século XVI pelo vice-rei espanhol Maqueda, criando, se olharmos a cidade de cima, uma cruz perfeita, uma cruz que ninguém quer carregar. Dor sem alegria.

Está voltando da enésima batalha inútil, combatida nos corredores da burocracia, onde todo desafio se perde, por cansaço e desencanto. Nunca vão fazer essa escola de ensino médio em Brancaccio nem lhe darão o subsolo do enorme edifício na *via* Hazon para iniciar, pelo menos ali, uma hipótese de escola. São áreas do município, abusivamente ocupadas para atividades ilícitas. Parecem os círculos do inferno dantesco, com o devido endereço e código postal. Um inferno polifuncional: depósito de armas e drogas, local para rinhas de cães e apostas, alcova de prematura carne prostituída. Mas as autorizações não chegam. As autorizações para a normalidade nunca chegam. Dom Pino não se renderá, continuará a insistir, nem que, de tanto bater às portas de onde saem as autorizações, nelas tenha de deixar o nó dos dedos.

Assim é Palermo: brilha nos bairros luminosos de ricos e novos-ricos, enquanto, alguns metros adiante, cresce o inferno destinado aos homens, cuja miséria é necessária para que a Máfia demonstre que o Estado é um particípio passado. Dom Pino sabe por que dizem não, conhece quem diz não, mas insiste, como gota que cai na rocha. Um dia é ele quem vai apresentar a solicitação; no outro, alguém do comitê intercondominial; no outro, um amigo; no outro... Gota após gota, e a pedra acaba se rompendo: "Disse a gota à rocha: com o tempo, acabo te furando", repetia sua mãe quando queria lhe ensinar a paciência que ele não tinha.

O centro Padre Nostro não é suficiente para os adolescentes e as crianças do bairro. Lá podem brincar, estudar, se reunir, mas não se compara ao trabalho que se faz em uma escola. É necessário que, pela manhã, as crianças vão à escola e, à tarde, ao centro. Somente assim será possível tirá-las da rua e de suas regras. Somente se tocarem um pedacinho de beleza é que poderão desejá-la. O inferno é o lugar em que o espaço para os desejos já está todo ocupado. Por isso, nele se faz o que é ordenado, de cabeça baixa.

Às vezes se pensa que a máfia é a violência do *pizzo*, os homicídios, as bombas. Mas dom Pino sabe que a verdadeira violência é a ausência de uma escola de ensino médio em um bairro com quase dez mil almas.

Enquanto o tráfego avança lento e congestionado, lembra-se da história da maior pianista do século XX, que talvez tenha se tornado tal porque também era professora em escola de ensino fundamental. Em uma escola russa, onde há um menino malvado, odiado por todos, impossível de ser educado. É órfão de pai e mãe. Rouba os colegas, insulta os professores, bate nas meninas. Um dia, esse menino quase mata outro de pancada: decidem expulsá-lo. Os professores estão enfileirados como um pelotão de execução e ele passa pelo meio. O diretor segue atrás dele, em silêncio, escoltando-o como um carcereiro. A professora o vê ir embora, sozinho, entre adultos que o fuzilam com os olhos e mostram compaixão nos lábios apertados: e ela começa a chorar. O menino, de olhos cinzentos de apatia e ódio, ouve o soluço e se volta. Esses mesmos olhos têm um clarão de bondade nunca vista. Fita a professora, enquanto o diretor o empurra para frente. O menino se solta e corre até ela, abraça-a e grita que mudará, que mudará, que mudará. A partir desse dia, vive agarrado à saia da professora, como um cão. Ninguém consegue entender semelhante transformação. Mas ele lhe confia o segredo: "Ninguém nunca tinha chorado por mim". Esse menino só queria ser amado e não sabia como, por isso chamava a atenção destruindo, única regra que a vida lhe ensinara. Destrói quem não sabe como se constrói. E talvez destrua o que os outros constroem para aprender como se faz para construir ou, pelo menos, para existir um pouco.

Essa escola tem de se tornar realidade e, como o centro Padre Nostro, representar a evidência de uma alternativa. Faltam lágrimas pela vida desses adolescentes, pela vida dessas crianças.

Em janeiro último, inauguraram oficialmente o centro Padre Nostro para que houvesse pelo menos um lugar no bairro em que os jovens pudessem sentir e ver nos olhos de outra pessoa o valor da própria vida. Quando souberam que se tratava do padre Puglisi, os proprietários, próximos de certos ambientes, dobraram o preço. O dinheiro havia sido recolhido, lira por lira, e em menos de dois anos o sonho se transformara em realidade. Ele não é um padre antimáfia como dizem, nunca foi *anti* ninguém.

Estaciona. Desce. Seus joelhos ardem, e não é fácil sorrir sempre diante do mal dos homens. Percorre novamente a rua onde esteve pela manhã, sempre a mesma, aparentemente muda de beleza, silenciosamente grávida de possibilidades, como uma mãe no primeiro mês.

Crianças jogam futebol em uma pracinha oblíqua.

— Por que não vêm ao centro? Lá vocês podem jogar com tranquilidade, em vez de ficarem aqui como cães no meio da feira — diz sorrindo, mas com a voz firme. Sabe que são atingidos primeiro no orgulho, depois na alma.

O que parece ser o mais velho segura a bola. Usa luvas de goleiro e, atrás dele, há uma porta de aço, abaixada desde sempre, carimbada pelos golpes da bola, com a inscrição "Favor deixar livre a passagem carroçável 24 horas", que faz um barulhão de ferro sempre que alguém marca um gol.

— A gente gosta daqui. O que você quer, *parri'*?

Dom Pino se aproxima. Dobra um joelho, olha-o nos olhos, de baixo para cima, e vê toda a dureza atrevida de quem já teme ser fraco. O menino contrai a mandíbula. Não sabe como se defender de alguém que se abaixa e não manda.

— Tem razão, aqui se joga bem. No centro há gols com rede e linhas no campo, assim dá para cobrar escanteio e lateral, e sobretudo bater pênaltis... Mas entendo que é melhor aqui, com os carros passando e sem linhas. Pelo menos de um juiz vocês precisam...

O outro o fita em silêncio. Não pode satisfazê-lo com um sim. Mas dom Pino sabe que, por essas bandas, o silêncio é um sim. Tira do bolso um apito, uma das armas com as quais venceu mais batalhas do que Frederico II. Leva-o à boca e sopra-o com toda a força.

— Estou de preto como os juízes: bola no centro. Quero os capitães para escolher o campo.

— Estamos na final da Copa dos Campeões, e estão em campo Brancaccio e Milan. Quem joga no Brancaccio?

O menino de antes lhe entrega a bola com um sorriso e levanta a mão. Seu time se reúne atrás dele.

— O capitão do Brancaccio é o famoso goleiro?
— Gaetano Passalacqua.
— O próprio!
— O time do Milan certamente não vai se intimidar com os homens de Passalacqua. Aí vem o outro capitão.

Um menino de seis, sete anos, de cabelos escuros e olhos pretos profundos como um poço, aproxima-se sem dizer palavra.

— Como se chama o capitão do Milan?
— Aqui não tem nenhum Milan. Nós também somos Brancaccio, sacou?
— Claro! Na semifinal, o Milan perdeu para o Brancaccio Bis.
— Bis? Que bis é esse? A gente também é Brancaccio.
— Sim, tudo bem, Brancaccio tem dois times. Como Milão, que tem Milan e Inter, e Roma, que tem Roma e Lazio... Vamos fazer de conta que temos Brancaccio e Brancaccio Mais, tudo bem?

O menino cede e começa a sorrir. Aquele homem um pouco mais alto do que eles e com poucos cabelos na cabeça até que é simpático.

— Como se chama o capitão do Brancaccio Mais?
— Salvo. Salvo Imparato.
— Perfeito. Imparato e Passalacqua, venham aqui. Deem as mãos. Cara ou coroa?

Os dois obedecem, e seus olhos brilham. Aquele canto do inferno das ruas se transforma no grande jogo dos homens.

— Brancaccio Mais fica com a bola. Brancaccio pode escolher o campo.

Gaetano indica sua porta de aço, o território é mais importante do que qualquer outra coisa.

Dom Pino coloca a bola no centro e apita.

O sol cozinha o asfalto, dom Pino corre e sua como eles, e não é fácil distingui-los. Pelo modo como se divertem, daria para pensar que o paraíso é uma partida de futebol com um juiz que não é filho da puta.

Salvo marca um gol, que Gaetano mal consegue desviar.

O juiz apita.

— Um a zero, bola no centro!

Uma ciranda de meninos com camisetas rasgadas e desbotadas, alguns de regata, outros de torso nu, parece suspender o tempo.

Enquanto o jogo recomeça, dom Pino percebe alguém apartado. Está em pé e os observa de braços cruzados.

— Não vai jogar?
— Não.
— Não quer?
— Não.
— Tem certeza?
— Tenho — responde com olhos que traem o contrário.
— Por quê?

Silêncio.

— Não estava jogando antes?
— Antes estava, mas aí você chegou.
— E a culpa é minha?
— Meu pai não quer.
— O quê?

Silêncio.

— Mas quem é seu pai?
— Você faz muitas perguntas.
— E você, diga a seu pai para vir falar comigo, assim explico para ele que você também pode jogar. Que não sou perigoso.

O menino se afasta do muro descascado e sujo. Aproxima-se do centro do campo.

— Como você se chama?
— Giovanni. Com quem eu jogo?
— Com os que estão perdendo.

Giovanni corre para se posicionar no campo e sorri, embora esteja um pouco confuso.

Já não sabe a que pai obedecer.

Dom Pino os observa jogar. Por um instante, seus corações parecem feitos de carne, e não de asfalto. Os gritos arrebentam entre os becos como as ondas do mar nos escolhos, nos dias em que o vento açoita a terra e as esperanças dos homens.

6

No dia seguinte ao término da escola, não se pode escapar ao rito do banho coletivo em Mondello, um Caribe ao nosso alcance. Este é o verdadeiro último dia, quando quem dá a aula são o mar, a areia e o céu. Vou a Mondello de bicicleta, ainda que chegue banhado em suor. Mas não há nada melhor do que jogar a bicicleta a um metro da margem e lançar-se na água como uma gaivota mirando sua presa. Subo a *via* Notarbartolo, onde moro. Um bairro de lojas com vitrines brilhantes como espelhos, prédios recentemente restaurados e limpos. A manhã ali é pródiga, desperdiça luz pelas ruas e pelos jardins que se engastam entre os prédios como jade, esmeralda ou malaquita em base de ouro. Das calçadas explodem árvores desproporcionais para um solo de pedra, e ameaçam os terraços mais altos, como a enorme figueira na frente da casa onde morava Giovanni Falcone*.

Tudo desce para o mar, e o vento sobe ao longo da rua sem obstáculos. Minha rua se chama assim em homenagem a Emanuele Notarbartolo, que foi prefeito de Palermo e diretor do Banco di Sicilia, no final do século XIX. A luta contra a corrupção das alfândegas lhe custou vinte e sete punhaladas em um trem que o

---

* Juiz italiano que lutava contra a máfia e foi assassinado em 1992 pela Cosa Nostra em Palermo. (*N. da T.*)

levava para Termini Imerese. Provavelmente olhava o mar com tranquilidade, enquanto o vapor manchava seu colarinho branco de nobre e político empenhado, quando os sicários enviados por seu colega, o deputado Palazzolo, mancomunado com os mafiosos que administravam os tráficos ilegais, o mataram. Foi a primeira vítima ilustre da história mafiosa. Naturalmente sem culpados, a não ser os esfaqueadores.

E depois há a casa de Falcone, com a árvore carregada de desenhos e cartas.

Era sábado à tarde, 23 de maio do ano passado. Nunca vou esquecer. Estávamos todos na casa de Gianni, um dos meus colegas de classe, que tem casa na praia com piscina. Alternávamos mergulhos acrobáticos com fatias de melancia, momentos de descanso nas espreguiçadeiras brancas com raspadinhas de limão. Partidas de polo aquático, vôlei e brigas de galo até o azarado da vez implorar piedade. Saía da água com o rosto pálido pela falta de ar, e desatávamos a rir e a gozar da sua cara. Olhávamos as garotas com suas roupas aderentes e a pele esticada como a de tambores de uma guerra iminente. Tudo ficava em suspensão e fora do tempo, como oprimido pela espera de algo que parecia nunca acontecer na alternância autista dos nossos gestos. Talvez fosse apenas o verão chegando, com todas as suas promessas que não seriam cumpridas. A água transparente lambia os azulejos extremamente azuis, e os reflexos nos hipnotizavam. Depois, a mãe de Gianni nos chamou, e ficamos em silêncio diante das imagens de outro mundo, o mundo dos filmes apocalípticos.

— Que filme é esse? — perguntou Enrico, que chegou com uma Coca-Cola na mão, depois de ter tomado uma ducha fresca.

Ninguém lhe respondeu. Nossas roupas pingavam, e nos sentíamos nus e inadequados. Estávamos participando de um funeral em roupas de banho, e ainda por cima era o nosso funeral, o funeral da nossa cidade. Todo um pedaço da estrada que sulcaríamos para voltar para casa tinha explodido, arremessando no nada Giovanni Falcone e os que estavam com ele. Não eram imagens plausíveis, assim de perto. Deviam pertencer a outro espaço. Mas quando nos demos conta de que era nosso espaço, vestimo-nos e esperamos em silêncio para voltar para casa.

Pela primeira vez, naquele momento, dei-me conta de que a vida dentro dos limites seguros não passa de uma ilusão. Aos 17 anos, nada é mais sonhado do que uma piscina, talvez porque a vida comece a parecer tão vasta que é melhor cercá-la. Desde essa época a piscina me parece uma substituição ao mar aberto, onde os marinheiros se afogam. Éramos nadadores de piscina; nós, peixes dourados em garrafa. Nada sabíamos do mar e da sua crueldade. No entanto, continuo a me sentir mais seguro nessa água perfeitamente iluminada, nesse paralelepípedo em que tudo parece controlado e controlável. Sem ondas, sem redemoinhos, sem correntes. O sentido asséptico da tranquilidade.

Atravesso a cidade, e minha bicicleta corta a Favorita* sem comunicar os meus pensamentos, que estão muito sérios depois de um dia como esse. É incrível que tenha ocorrido há pouco mais de um ano. As árvores refrescam o ar à minha passagem, como odaliscas de oxigênio. A reta final se estende como um tapete de asfalto rumo a um oásis.

Encontro todos: Gianni, Agnese, Marco, Eleonora, Margherita, Leo, Giulia, Teresa, Daniele, Manuela, Alessio, Luigi... Sou erguido e lançado na água ainda vestido. É o preço a ser pago quando se chega atrasado a um rito imprescindível como o primeiro banho depois do último dia de escola. Depois vêm as brincadeiras na água, torres humanas contra torres humanas, queimada, vôlei, mergulhos e braçadas até perder o fôlego. Roçar o corpo das

---

* Antigo nome do estádio Renzo Barbera. (*N. da T.*)

minhas colegas me faz lembrar que sou de carne e osso, mas nenhuma delas é a menina do meu poema.

— O que você vai fazer?

— Vou para a Inglaterra no final do mês.

— Vou para os Estados Unidos.

— Vou para a minha casa em Pantelleria.

— Vou primeiro para as ilhas Eólias, com meus pais, depois para Elba, com uns amigos.

— Vou fazer uma viagem de InterRail pela Europa.

— E por onde vai passar?

— Palermo, Roma, Florença, Milão, Veneza, Viena, Munique, Berlim, Paris e volto.

— Mas quanto tempo vai ficar?

— O necessário. Vamos partir, sem data para voltar.

— Que máximo!

— E você? O que vai fazer na Inglaterra?

— Vou para o *college* onde estudou meu irmão, passar um mês e meio estudando inglês.

— Como vai aquele gato do seu irmão?

— Se divertindo. Namora a garota mais bonita do mundo, trabalha no lugar mais bonito do mundo... O que mais você quer?

— Mas ele é fera!

— É, sim, e eu também quero aprender inglês perfeito como ele.

— Por quê?

— Para poder paquerar pelo menos a metade das garotas do mundo.

— E a outra metade?

— Vou estudar espanhol por conta própria. E, se não for suficiente, também francês. Assim, devo cobrir pelo menos três quartos do mundo. Levando em conta que as orientais não fazem meu tipo, vou poder me dar por satisfeito.

— Quanta besteira você diz, Federico!

— Você vai ver.

— E o que vai fazer na universidade?

— Ainda é cedo para dizer, mas com certeza alguma coisa na área de humanas.

— Os livros fundiram seu cérebro. Que tanto interesse você encontra neles?

— A essência da vida. Leopardi dizia que a arte concentra sob nossos olhos o que está disperso na natureza.

— Nossa, como você é chato! Sempre complicando a vida com essas teorias. Olhe ao seu redor: mar, areia, sol, garotas. E você vem falar de Leopardi? O que está te faltando?

— Bem se vê que você nunca experimentou o *spleen* — respondo com ar intelectual.

— E o que seria? Uma droga?

— Não, um coquetel.

— Do quê?

— Quando o céu pesa como uma tampa sobre a alma. Quando chove dentro de você. Quando tudo isso ou esse *tudo* que você diz já não basta.

— Você ouviu o que acabou de dizer?

— Calma, só estava brincando.

— Está vendo no que dá ler todos esses poemas?

— No quê?

— Nesse monte de dúvidas, de incertezas e perguntas.

— E para que mais serve a literatura? Para fazer as provas orais ou para levantar questões?

— Sei lá, está no programa. Para que serve?

— Para nos libertar dos lugares-comuns. Para não aceitar nada como certo. Para pôr os esquemas à prova.

— Tipo o quê?

— Tipo: "Saber claramente / que o que agrada ao mundo é breve sonho.".

— E o que isso quer dizer?

— É o último verso do primeiro poema do *Canzoniere*, de Petrarca.

— Ah, não, por favor, Petrarca, não! Dante ainda vai, mas Petrarca, não: é o autor mais chato nos *top ten* dos chatos.

— Mas você não entendeu?

— O quê?

— Nada.

Ficamos em silêncio. É um desses momentos em que, justamente enquanto estou brincando, percebo que olho tudo de longe. Amo palavras que me afastam dos outros, dou nome a coisas que os outros parecem não ver. Então me retiro entre as dobras do silêncio e espero que um dia alguém me alcance ali.

Outro banho lava qualquer melancolia. Almoçamos um brioche que é um equilíbrio prodigioso entre sorvete e creme, semelhante às maiores obras-primas da arte. Deixamos que o sol, a areia e o sal alisem nossas vidas tão frescas. De repente, lembro-me do compromisso que assumi com dom Pino, e há algo pontiagudo nesse pensamento, como uma saliência enfadonha na alma, que te espeta quando você se vira. E então surge a enésima pergunta sem resposta; tenho uma caixa cheia delas em algum lugar. Pego na grama meu caderno de poeta e, na primeira página branca que encontro, escrevo com minha grafia irregular: "O que é toda essa vida desordenada dentro de mim, à qual não consigo dar nome?"

7

Quando a partida termina, todos saem juntos, e as ruelas os engolem. Suado, dom Pino fica sozinho: olha o relógio e se dá conta de que está atrasado, terá de pular o almoço. Como sempre.

Uma menina de 5 ou 6 anos ficou sentada em um canto; riscas pretas sulcam seus braços e suas pernas. Veste uma camiseta com alguma coisa escrita, que já não dá para ler, em um alfabeto que poderia pertencer a qualquer língua saída de Babel. Os cabelos desgrenhados e presos são os de uma Medusa infante. Tortura uma boneca nua, arrancando e recolocando ora uma perna, ora um braço. A boneca tem o rosto manchado como o seu, e tufos de cabelos louros. Olha as coisas com os olhos azuis e sempre abertos das bonecas.

Dom Pino se aproxima e sente o odor acre do xixi que impregna as roupas. Reconhece-a. Viu-a naquela manhã, na passagem de nível: parecia desejar que o trem a raptasse em seu vórtice de ar.

— Não vai comer?

A menina continua a torturar a boneca.

— Como você se chama?

Ela levanta a cabeça e tem dois olhos negros como alcatrão, nos quais, por um instante, parece dançar outra menina; depois, raiva e desconfiança vencem, e o preto se adensa, ameaçador como o mar noturno.

Não responde e abraça as pernas, magras como ramos secos. Olha a boneca nos olhos. Esconde a cabeça entre as pernas. E a boneca fita dom Pino.

Inclina-se, e o odor retido na pele e nas roupas se faz mais acre.

— Onde está sua mamãe? — pergunta dom Pino à boneca, que lhe oferece os olhos negados pela pequena.

A menina sacode a boneca, como para dizer "não".

Então dom Pino se senta e apoia as costas no muro.

Ficam em silêncio por um minuto, dois, três, quatro...

Estica a mão para acariciar sua cabeça.

Ela se retrai como um animal ferido. Salta em pé, começa a gritar e foge, as costas como uma enguia na luz lamacenta da tarde. Segura a boneca por um pé. Para a uma distância segura e lhe lança um olhar sombrio. Depois, sai correndo, sem se voltar mais. Corre tropeçando em chinelos grandes demais para seus pés.

Deixai vir a mim as criancinhas.

Delas é o céu.

No inferno, até isso lhe parece uma mentira.

"Não a abandone" pede dom Pino a seu Deus silencioso.

Quando dom Pino volta para casa, Mimmo, o policial que mora no andar de cima, está parado à janela, com seu cigarro sempre na boca e seus teoremas policialescos sobre o bairro. Tão inúteis para fins de trabalho quanto preciosos para fins da verdade.

Fazem um aceno de entendimento, dom Pino imita o gesto de fumar e sacode a cabeça.

— É o último — declara Mimmo, inocente.

— É mesmo? — responde dom Pino, fingindo surpresa.

— É, sim, deste maço.

8

Meu quarto é o porto. Petrarca também disse que seu aposento era um porto, não há nada de sentimental nisso. Não que os objetos estejam em ordem — pelo contrário, às vezes preciso de um mapa para me achar —, mas porque sei onde encontrar cada coisa.

O pôster do Bono, do U2, lembra-me de quem eu gostaria de ser e nunca serei. A fileira de livros escolares, os romances desordenados e os livros de poesia me fazem lembrar quem sou e não gostaria de ser: uma mistura de palavras ainda não articuladas na sintaxe do futuro.

Uma sintaxe dominada com perfeição por meu irmão Manfredi, companheiro de risadas sem sentido, de brigas titânicas que culminam com mordidas nas panturrilhas, de partidas de futebol e tênis, de séries de televisão, consumidas com avidez, sobretudo *MacGyver* e *Esquadrão Classe A*, de desenhos animados cultuados, como *Kotetsu Jeeg*, *Supercampeões*, *A rosa de Versalhes* e *Lupin III*. Ele se parece muito com Jigen*. Seguro de si, de poucas palavras, muitas ações, mas nada de cigarro. Quando mira alguma coisa, acerta no alvo. Tem sete anos a mais do que eu e acabou de

---

* Personagem de Lupin III. É um pistoleiro que auxilia o personagem principal em seus planos de roubo, e descrito como o melhor atirador do mundo. Via de regra, aparece fumando. (*N. da T.*)

começar a especialização em neurologia. Sabe tudo do cérebro e de como funciona, e um dia será o melhor neurocirurgião da praça. É um cara frio, dá as respostas da ciência e deixa o resto para a improvisação, mas o resto é bem pouco. Eu queria ter sua segurança, e não apenas um monte de palavras desconexas. Por isso, quando o equilíbrio precário entre as palavras e a realidade se rompe, é a ele que recorro. E não houve nem uma vez sequer em que meu irmão tenha errado. Não houve nem uma vez em que não tenha resolvido minhas equações de matemática logo de primeira. Resumindo, acho que somos o par perfeito de irmãos dos anos 1990.

Neste verão, vou ao *college* onde ele também esteve quando frequentava o ensino médio. Meus pais têm fixação pela língua inglesa e, se meu irmão concorda, é porque têm razão. Meus pais só têm razão se meu irmão os confirma: ele é minha carambola de bilhar, a margem que me garante um complexo de Édipo menos feroz.

Quando lhe faço perguntas demais, ele me lembra de que, por causa da minha idade, produzo testosterona a cada duas horas, diferentemente de um adulto, que se limita a despendê-la uma vez a cada vinte e quatro horas.

— Você é uma *overdose* de energia desperdiçada, Federico. Se não arrumar uma namorada, em vez de passar o tempo lendo, corre o risco de um ter um colapso, de se afogar na sua superprodução. E depois você ainda vem com todas essas perguntas...

É um tolo, mas tem razão. E namora a garota mais linda de Palermo. Muitas vezes meus amigos vêm à minha casa só com a esperança de vê-la. Costanza. Filha de um grande comerciante palermitano, um cara importante. Nunca consegui entender por que Deus concentra os dons em certas pessoas, de modo desproporcional, enquanto a outras bastaria apenas uma daquelas sortes para ter uma vida aceitável. Beleza, inteligência, dinheiro. Há quem tenha o horóscopo alterado.

Para mim, de todos os dons da vida, coube o mais inútil: o amor pelas palavras. De fato, entre as coisas estudadas até o momento, nada me agradou mais do que Petrarca, o que faz de mim, *ipso facto*, um rapaz estranho. Mas esse retorno obsessivo aos mesmos termos, polidos até ficarem transparentes, me faz sentir em casa. Petrarca é alguém que concentrou todas as coisas do mundo em palavras selecionadas, alguém que sabe acomodar o caos da vida e atracá-lo. Foi dele que tirei a ideia das cinco palavras.

Meu professor encheu nossos ouvidos com o monolinguismo de Petrarca e seu hábito de fazer a alma respirar em poucos vocábulos, essenciais como diamantes limpos da matéria que estava presa a eles. Já Dante assimila tudo, até o carvão, não apenas o diamante. É sujo em relação a Petrarca, chegando até a feder. E agora preciso de limpeza, porque já existe caos demais do lado de fora. Sobretudo no que se refere ao amor. E Petrarca é capaz de simplificá-lo até o diamante.

Outro dia, nadava no mar com meu irmão. É o lugar em que não tenho medo de lhe fazer as perguntas que me deixam envergonhado. Talvez porque o corpo fique escondido debaixo d'água, e o mar em movimento disfarce o embaraço.

— Como você fez para conquistar a Costanza?

Foi ela quem me apelidou de "Poeta" e, a partir desse momento, também meu irmão se diverte chamando-me assim.

— Federico, com as mulheres, tudo depende da força. Quando veem um homem digno desse nome, são elas que ficam conquistadas, e não você que as conquista. Não é uma caça, não banque o adolescente depravado. A questão é ser homem. As mulheres são mulheres porque existem os homens, e vice-versa.

O raciocínio é impecável, mas o problema, então, é saber o que significa ser homem.

— Saber fazer escolhas e responsabilizar-se pelos próprios erros. Não ter medo de ficar sozinho por ser determinado. O contrário de um homem é um camaleão, alguém que se adapta, que se mimetiza, que não escolhe.

— Só isso?

— Não. Você também precisa ser gentil. De uma gentileza que não seja afetação, e sim o cuidado que cada um sabe que deve ter quando tem em mãos algo de extremo valor. Os homens, Fê, são diferentes dos machos. Os machos querem uma parte daquela mulher. Os homens querem aquela mulher. Os machos estão dispostos a conceder um pouco de amor para ter sexo. Os homens querem o amor, e o sexo faz parte dele. Uma mulher se apaixona pelas suas mãos, porque é a partir delas que entende se você sabe protegê-la, acariciá-la, apoiá-la, segurá-la, possuí-la.

Nadando lentamente para me manter na superfície, olhei para minhas mãos e as achei pequenas demais para todas essas tarefas. Nem sei direito o que quero, imagine se sou capaz de fazer escolhas e responsabilizar-me pelos meus erros. Quanto menos erros cometer, melhor. Sou como um guerreiro dos poemas cavaleirescos, só que roubaram minha armadura. Não posso sair por aí, sem couraça, à procura de monstros, gigantes, feras e inimigos. De que serviriam as palavras nesses bosques cheios de perigos? Às vezes, tenho apenas palavras e não estou livre de me comportar como um camaleão; só que, para ser homem, é preciso ser vertical. Manfredi o é. Eu, como todos os poetas que estudamos, sou um ziguezague.

Deus é culpado também nesse caso, pois pendeu muito a balança para o lado do meu irmão. Pareço ter saído dos descartes da produção de Manfredi. Sou apenas um ambulante incompleto, como aquelas estátuas de Michelangelo, engastadas na pedra pela metade. Posso passar horas desenhando novos corredores no meu autolabirinto sem saída. Às vezes penso que a maior coragem se tem quando criança, depois é preciso tornar-se como escolhos para tolerar as ondas da vida.

O sono se precipita sobre mim, libertando-me de mim mesmo. Acordo ainda vestido, e já é noite. Sonhei com o sorriso de dom Pino. Nunca me lembro dos meus sonhos, mas desse detalhe me recordo, e Flaubert dizia que Deus está nos detalhes. Talvez até seja verdade. Quando o infinito devora as paredes do meu quarto, queria saber mandar no meu sono. É o único modo de escapar de si mesmo.

9

O inferno não existe. Se existe, é vazio. Dizem.
Talvez vivam em bairros com jardins e escolas. Ignoram.
Inferno são os enormes prédios de cimento, colmeias rachadas e abandonadas pela beleza, que fazem de cimento a alma que as habita.
O inferno se aninha nos subterrâneos desses prédios, cheios de pó branco muito bem misturado e carne humana em liquidação.
O inferno é fome nunca satisfeita de pão e palavras.
Inferno é uma criança desfigurada de fora para dentro, da pele até o coração.
Inferno é o lamento dos cordeiros cercados pelos lobos.
Inferno é o silêncio dos cordeiros sobreviventes.
Inferno é Maria, mãe aos 16 anos, prostituta aos 22.
Inferno é Salvatore, que tem pouco pão para os filhos e, por vergonha, bebe o pouco que tem.
Inferno são ruas sem árvores, escolas e bancos sobre os quais falar.
Inferno são ruas das quais não se veem as estrelas, pois não é permitido levantar o olhar.
Inferno é uma família que decide quem e o que você vai ser.
Inferno é a consciência fria do desespero alheio.
Inferno é fazer os outros pagarem para que sintam o sabor amargo que mastigamos.
Inferno é quando as coisas não se realizam. Inferno é toda semente que não se torna rosa. Inferno é quando a rosa se convence

de que não tem perfume. Inferno é uma passagem de nível que dá para um muro.

Inferno é toda beleza voluntariamente interrompida.

Inferno é Caterina, que se jogou do décimo andar com um guarda-chuva na mão, porque não queria continuar no inferno e esperava que um anjo a pegasse antes de chegar ao asfalto.

Inferno é o amor possível, mas nunca inaugurado.

Inferno é odiar a verdade, porque amá-la custaria sua vida.

Inferno é Michele com espuma na boca e os olhos queimados por uma overdose solitária.

Inferno é um velho sem nome, morto há dias em sua casa, sem que ninguém percebesse.

Inferno é já não ver o inferno.

Nesse bairro dessa cidade de homens, governam dois demônios.

Não têm nomes exóticos. Astaroth, Malebranche, Gog e Magog... Não.

Miséria. Ignorância. Assim se chamam. Como cavaleiros do Apocalipse.

Misericórdia e Palavra bastarão para contê-los?

O inferno existe. E é aqui. Nessas ruas ferozes em que os lobos fazem sua toca. E os cordeiros, ensanguentados, calam-se porque a vida lhes é mais cara do que qualquer outra coisa. E o sangue é a marca da vida, pois, se a palavra não salva, é o sangue que terá de fazê-lo.

Inferno é um pai que tira a vida dos filhos.

O inferno existe e está repleto.

Não é do lado de lá, *mas do lado de cá, com mapas e endereços.*
Em Tuttocittà 1993*

---

* *Tuttocittà*: guia das cidades e estradas italianas. (*N. da T.*)

10

Na banheira vazia, uma moça nua esfrega um sabão seco nas coxas, como se estivesse tentando lavar alguma coisa invisível. Não escorre água.

— Mãe! O que tem para comer hoje? — grita Francesco, em pé, diante do banheiro, com a orelha colada à porta.

Maria continua a esfregar. Uma moça sozinha, com uma criança de seis anos e sem vestido de noiva no armário. Linda, de olhos escuros escondidos pelos cabelos longos. Uma beleza de conto de fadas, toda errada para a realidade.

— Mãe? Estou com fome — insiste o menino, mas para receber uma resposta do que para afirmar sua necessidade.

— Já estou indo, Francesco, já estou indo. Estou me lavando. Vá assistir aos desenhos animados.

— Tudo bem, mas o que você vai fazer para mim? Estou com fome.

— Peixe-espada.

— Mas não gosto de peixe!

— Então vou te dar a espada, e não o peixe.

— Ah, mãe! Não gosto.

— É o que tem.

— Então não vou comer, e você é má.

Maria se cala enquanto esfrega o sabão e já não sabe se é uma mãe má ou uma má mãe.

Francesco chuta a porta e desata a chorar.

— Não queria ter matado o cachorro, mãe, não queria.

— Que cachorro?

O menino soluça contra a porta.

Maria abre e o pega nos braços.

— Não quero quebrar tudo, quero consertar as coisas, não quebrá-las.

— Vou te ajudar, meu amor, meu tesouro.

Entra na banheira junto com ele. Abre a torneira e a água o molha do jeito que está, ainda vestido. Francesco tenta se defender, mas a mãe o segura com firmeza e lhe faz cócegas para vencer toda resistência.

Ele ri e a abraça. Agarra-se ao seu calor, ao seu colo, capaz de reparar tudo, como acontece com as mães, incluídas aquelas que o são sem querer.

Há lugares onde o inferno não consegue chegar, nem mesmo no inferno.

11

Sozinho e pensativo, vou-me embora, à maneira de Petrarca. Ele se isolava para esconder os sinais da chama amorosa, evidentes em seu semblante; eu nada tenho para queimar, menos ainda para esconder. É a mim que escondo, justamente porque não tenho um amor. Por enquanto, o que me mantém em estado de submissão são, sobretudo, as palavras: escrevo algumas em folhas brancas, afloram em sequências nada matemáticas. Tento ligar as que têm som semelhante. Estou brincando com a palavra "riso", que se parece com "rosa", e tento obter seu parentesco oculto:

> Apesar dos espinhos
> ao riso
> prefiro
> a rosa

Para não falar do fato de que basta mudar as vogais de lugar para sermos transportados a outro lugar:

> Apesar dos espinhos
> Ao raso
> Prefiro
> A rosa

Enquanto busco outra variação que envolva uma russa em alguma raça, o exercício é interrompido por minha mãe.

— Vamos comprar o que você precisa para a viagem? Não dá para passar um mês e meio na Inglaterra só com papel e caneta.

As compras com minha mãe compõem alguns dos momentos mais doces e, ao mesmo tempo, amargos da vida. Doces porque, por um instante, volto a ser criança e gosto, mesmo sofrendo como homem de 17 anos. Amargo porque minha mãe, embora não tenhamos nenhum problema econômico, nunca deixa de pedir desconto. E não sei onde me enfiar de tanta vergonha. Deve ser algo que aprendeu de menina, em família, o reflexo condicionado de uma geração saída da Segunda Guerra Mundial com os recursos racionados e os produtos de substituição. Nasceu na década de 1940, e eu, na de 1970; o desconto é o abismo que divide nossas gerações.

— É bom levar uma capa impermeável, você sabe que lá sempre chove.

— Sim.

— Também sapatos impermeáveis e confortáveis.

— Para quê?

— Ué, para ficar confortável quando chove, sem se molhar.

— Mãe, não estou indo para a Índia na época das monções. Sempre usei tênis em qualquer clima, e são eles que vou levar. Aliás, veja só, já estou com eles nos pés. Problema resolvido.

— Federico: Londres não é Palermo! Vamos ver se encontramos um par como estou dizendo.

— É diferente, não vamos procurar.

— Você também vai precisar de um pijama de manga comprida.

— O que é isso?

As mães sicilianas acham que sair da Sicília é entrar em territórios inexplorados, como se fôssemos novos Cortés ou Shackleton*. Preveem toda calamidade natural possível, fornecendo a você o equipamento necessário até para a grande probabilidade de uma invasão de gafanhotos.

No fundo, esse é seu modo de querer bem.

---

* Referência a Hernán Cortés, conquistador espanhol (1485-1547), conhecido por ter destruído o Império Asteca, e a *sir* Ernest Shackleton (1874-1922), explorador britânico que, sem sucesso, tentou chegar ao Polo Sul e morreu na segunda expedição. (*N. da T.*)

12

Dom Pino observa os sapatos deformados; fazem-no se lembrar dos que seu pai consertava, quando comprar novos era um luxo. A luz da tarde abraça as ruas com menos ferocidade, e muitos aproveitam o ar temperado, conversam na frente das casas, sentados nas cadeiras da sala, inadequadas ao ar livre, mas confortáveis. Poeira. Manjericão e menta. Roupa estendida no varal. Os jovens iniciam seu ritual: passear de um lado a outro da praça e das ruas principais para verem e serem vistos. O vaivém. O esfregar das ruas, porém ainda mais aquele esfregar-se com os olhos, mais do que com os corpos, com o movimento antigo do lavrador que ara um campo de um lado para outro, de um lado para outro, semeando palavras, casa de toda fofoca, novidade e ordem; e olhares para corroborar as hierarquias. Com as palavras e os olhares, faz-se e desfaz-se tudo nessa cidade. O resto é silêncio.

Dom Pino pisa essa mesma praça e essas mesmas ruas e busca o olhar dos jovens. Alguns se desviam dele, outros brincam com ele, outros ainda lhe sorriem. Algumas crianças se postam ao seu lado e puxam suas calças para lhe perguntar quando vão comer de novo pizza e batata frita.

Olha os olhos dos homens, depois, os próprios sapatos deformados. Com que sapatos caminhar no inferno? Ninguém sabe. Talvez ele, sim, porque seu pai era sapateiro e lhe passou o ofício com as mãos e o suor. Quantos não consertou... Guarda os instrumentos de trabalho do pai como os ricos guardam os talheres de prata e as joias. Talvez não existam sapatos adequados. Sabe apenas que tem que fazer como Deus, vestir os sapatos e a poeira dos homens e caminhar de um lado para outro por suas ruas. "Antes de julgar um homem, deves passar duas semanas em seus sapatos", diz o provérbio. Foi o que Deus fez por 33 anos, trinta dos quais passou lixando mesas com mãos e suor de homem. E isso é o que faz dom Pino em Brancaccio desde 6 de outubro de 1990, dia em que voltou ao seu bairro natal. Nele vira a luz pela primeira vez em 15 de setembro de 1937 e nele chorou, como todas as crianças quando veem a luz pela primeira vez, como se soubessem que expiarão os nove meses de calor e escuridão com anos de luz dolorosa. Queria ver, tocar, suar nas ruas dos homens do seu bairro, e eles deviam vê-lo nessas ruas, ao alcance da mão e com os sapatos cobertos pela mesma poeira.

Sabe que nessa cidade se privilegia um dos cinco sentidos: a visão. Em um porto, todos olham todos. Em um imenso porto, fazem-no desmesuradamente, e não há adjetivos suficientes para designar os vários modos de fazê-lo. Alguém disse que os sicilianos, com seu olhar penetrante, seriam capazes até de engravidar os terraços, e tinha razão. Se um desconhecido o observa com insistência, você lhe diz: "O que é que você está olhando?". Isso serve para definir o tipo de hierarquia entre os interlocutores. O estrangeiro ingênuo não é capaz de olhar. Fita. Já quem nasceu na Sicília sabe como se faz. Todos olham e veem tudo, mas a arte de viver é ver e fingir que viu. E calar, se viu demais. Se você viu demais, também pode morrer por isso.

Ele sabe que tem que fazer o contrário: olhar, ver, ser olhado, visto. Abertamente, de cabeça erguida. E não fazer de conta que não viu nada se o que viu deve ser mudado. O início do inferno é baixar o olhar, fechar os olhos, virar para o outro lado e reforçar a única fé espontânea que a Sicília conhece, que é aquela fatalista e cômoda do "seja como for, nada vai mudar". Sua paz se nutre dessa guerra contra o que é sempre igual, contra a ordem constituída, mantendo os olhos bem abertos. Quantas vezes não tem que repetir às suas crianças, aos seus jovens: de cabeça erguida, caminhem de cabeça erguida. Por essas ruas, quando alguns passam, outros baixam o olhar. A submissão ocular é regra de vida. Se você olha, está lançando um desafio. E ele olha todos no rosto e nos olhos.

Durante a guerra, deixou o bairro; os muros e os telhados ainda trazem suas cicatrizes mal suturadas. Mas, desde que voltou, atravessou todas as suas ruelas para recuperar a memória e os passeios com os pais, quando o faziam balançar, suspendendo-o no ar e fingindo que o lançavam no vazio. E conhece seus homens, como um mafioso que controla seu território. No fundo, também ele é um "dom".

Entre esses homens está o Caçador. Dom Pino olha para ele como olha para todos os outros, e o Caçador retribui, com traços de pedra. Dom Pino é atraído por esses olhos. Busca-os. Fita-o e lhe sorri. O Caçador se vira para outro lado. Não tem nenhuma resposta para esse sorriso e se mostra indiferente a ele, como se não tivesse reconhecido que era para ele. Quando alguém olha para o Caçador, deve acenar com uma inclinação da cabeça ou manter os olhos voltados para baixo.

Dom Pino é um dom sem poder, mas não sem força. Uma força desarmada, não superior à violência — porque a violência transforma a carne —, mas *ulterior* à violência — porque sua força transforma o coração. Supera-a, não no espaço, mas no tempo. Somente o tempo pode vencer o espaço. Há homens que dominam o espaço, e há homens que são senhores do tempo.

Depende do deus que escolheram para se consagrar.

13

Outro compromisso irrenunciável antes das férias são os quadros com as notas escolares. Combinamos de nos encontrar do lado de fora da escola, entramos juntos e começamos a procurar as notas entre milhares de linhas e quadradinhos, no turbilhão de números que certamente quantificam não as notas, mas a relação entre você e seu orgulho, seu sofá, sua televisão... ou qualquer forma de distração de massa. As notas são apenas isto: a diferença de orgulho dos altivos ou a confirmação da acídia dos ignorantes.

Encontramo-nos com Gianni, Marcello, Marco, Margherita, Giulia e Agnese. Disse Agnese por último não por ela ser menos importante, mas, ao contrário, em fases alternadas na minha vida, torna-se a mais importante. Confio-lhe meu nada e meus emboras, e ela consegue contê-los sem divulgá-los. A Gianni, por sua vez, confio meu entusiasmo e minha raiva, como se costuma fazer entre homens, incapazes que são de partilhar sentimentos de subtração, mas apenas de excesso.

O primeiro quadradinho a ser verificado é o último, aquele que decreta se você está livre do exame de setembro. Limpos, todos limpos, como narcotraficantes que atravessam a fronteira sem serem descobertos. Nada como a escola para fazer você se sentir um delinquente. O primeiro grito em uníssono decreta que nosso verão está salvo. Quanto ao meu, eu não tinha nenhuma dúvida. Meus pais nunca me mandariam para a Inglaterra se eu tivesse que fazer um exame de recuperação em setembro. Antes de tudo, a escola, na nossa casa; o resto é efeito dessa causa, que não pode de modo algum ser perdida. Não tenho problemas na escola, sempre fui suficientemente inteligente para ir bem nas matérias de que gosto e equipar-me com estratégias precisas naquelas em que me sinto menos à vontade. Tudo mérito do latim, graças ao qual aprendi a distinguir a estratégia da tática, quando traduzimos os trechos de *De bello gallico*, de César. Ao meu lado, o bom e velho Castiglioni-Mariotti, único e verdadeiro sobrevivente de uma guerra maior, que une gerações. Era o dicionário da minha mãe, que passou a Manfredi e agora está comigo, com a capa já em péssimo estado e páginas preenchidas com declinações e exceções, criptografadas e deslocadas com perícia, sobretudo na parte do italiano para o latim, que nunca teríamos usado. César me serviu para o seguinte: para aprender como tirar 8.

Segundo meu dicionário de italiano, a estratégia é:

Na arte militar, a técnica com que se devem individuar os objetivos gerais e finais de uma guerra ou de um amplo setor de operações e elaborar as grandes linhas de ação, predispondo os meios para obter a vitória (ou os resultados mais favoráveis) com o menor sacrifício possível.

Uma definição perfeita também para a arte da escola. O objetivo final é justamente o quadro com as notas e, com base em um planejamento anual, é bom predispor tudo o que sirva para determinar o efeito numérico, sacrificando o mínimo possível de tardes, finais de semana, pontes e feriados.

Mas vamos à tática:

A técnica, os princípios e as modalidades de emprego das tropas, divisões e meios bélicos em contato com o inimigo, em batalha ou em combate.

Aqui está toda a diferença: a estratégia tem por objeto a conduta geral da guerra e o emprego de grandes unidades de amplo alcance; porém, quando se está em contato com o inimigo, é a tática que entra em ação.

Amo César quase tanto quanto Petrarca. Somente os grandes generais como ele conseguem unir perspectiva e detalhe. O triênio também é dividido *in partes tres*, como a Gália, mas o contato com o inimigo tem nomes, sobrenomes, matérias, horas, companheiros de batalha, terrenos em declive e fortificações. Uma coisa é ter que lidar com a matemática; outra, com a professora de matemática. Não necessariamente o conhecimento da segunda torna necessário o da primeira.

Éramos vitoriosos. Nosso grito de alegria não deixava dúvidas.

Depois, cada um embrenhou-se nos próprios quadradinhos para descobrir a concretização numérica da própria arte da escola. A minha tinha ido além das expectativas.

Tive uma porção de 8 (inclusive em física, não sei como), três 9 (italiano, grego e filosofia) e um 7, em matemática. Era um boletim de salto mortal duplo para trás. Tudo mérito de César. E do meu irmão Manfredi, no que se refere à matemática.

— Você é um cê-dê-efe. E um puxa-saco. É Petrarca para cá, Ariosto para lá, Tasso em cima e Maquiavel embaixo... — comenta Gianni.

— Que nada!

— E você acha que alguém tira três 9 sem ter ralado?

— Sou um cê-dê-efe que não entra nessa categoria. Você sabe muito bem disso. Eu simplesmente gosto dessas matérias, elas me divertem.

— Não piore a situação, Idiota.

— Você bem que podia agradecer por todas as versões que te passei, Ignorante.

— O campeão das línguas mortas! Está explicado por que as garotas estão todas aos seus pés: se você aprender também os hieróglifos, talvez fique noivo de uma múmia.

— Vá aos corvos!

Desatamos a rir, lembrando nossas pesquisas de imprecações no Rocci, dicionário de grego que deixou míopes gerações de adolescentes italianos. Em grego, para mandar alguém para aquele lugar, costumava-se mandá-lo aos corvos, para que seu cadáver fosse devorado.

Giulia beija Gianni, ou Gianni beija Giulia. Pronto, para o próximo ano, posso esquecer as caronas na *scooter* do meu melhor amigo, visto que acabou de iniciar um namoro com Giulia. Se eu tivesse de dar uma definição do amor nesse momento, diria que não é outra coisa senão aquilo que se coloca entre você e seu melhor amigo. Do ponto de vista de Gianni, é como a amizade, mas com beijos, carícias, abraços... uma diferença qualitativa, mas eu também diria quantitativa, como a quantidade de quilômetros que serei obrigado a percorrer a pé ou à mercê dos casuais meios públicos de transporte. Sobretudo a linha 102. Um ônibus que mais se parece com a providência, pelo modo como mistura destinos de indivíduos que não combinam: matronas palermitanas com ciclópicas sacolas de compras; batedores de carteira da minha idade; estudantes esparramados como manteiga nos assentos; os olhares de uma garota, que assim que nota um livro em minhas mãos vira-se para o outro lado; e velhos que caíram no sono depois de não sei quantas voltas nessa linha. Por isso, tive de arranjar uma bicicleta: responde melhor às exigências da minha anarquia interna.

Quase todos na minha classe estão namorando alguém. Só ganhei um único beijo nesses longos dezessete anos, talvez por engano. Sou a favor do amor petrarquiano, e ainda não o encontrei. Seus ingredientes? Escrevi-os em uma das minhas listas de ancoragem. Esquematicamente.

Uma mulher. Não requer explicações. Aquela ideal.

Um nome: a ideal tem um nome com vários significados metafóricos e metafísicos. Por exemplo: Laura.

Coração gentil: algo que tenha a ver com o que diz meu irmão.

Olhos: todo o amor se faz com os olhos, cujas raízes estão no coração.

Fogo: o sangue é altamente inflamável.

Paz e guerra: o oximoro é a figura retórica predominante no amor, embora eu ignore o que isso implica, a não ser evidentes contradições. Não sei como podem ser remediadas.

Dor: nutriente de todo amor verdadeiro. Manifesta-se no choro. Preferiria ficar sem ele, mas desde Safo já não me parece possível separar as duas coisas. Agridoce.

Sorte: a de encontrar a mulher número um da lista.

Palavras: todas as que forem necessárias para dizê-lo. Também em forma de livros, contos e poemas.

Depois, não sei por que, fiz uma declaração de amor a Petrarca: os poetas são os hóspedes de honra da vida.

Isso confirma que preciso de um especialista.

Volto a entrar em contato com a realidade e me dou conta de que, ao nosso redor, não há apenas triunfo. Uma garota chora em suas mãos, enquanto seu namorado a consola. Seu verão foi arruinado, não se sabe se pela matemática ou pelo grego.

A nós, resta apenas uma escapada até a praia. Depois de ver as notas, sempre vamos a Addaura mergulhar, saltando de cinco metros acima da água e gritando coisas infames contra os professores, convidando-os ao adjunto adverbial de lugar mais antigo do mundo.

— Quando você viaja? — pergunta Agnese.
— Daqui a dez dias.
— Está feliz?
— Não vejo a hora. À conquista dos bretões, como César. Aliás, das bretãs.

Agnese torce a boca em uma careta.
— Me dá uma carona?
— Estou de bicicleta.
— Por isso mesmo. Vim de ônibus.
— Nós dois na bicicleta, daqui até Addaura?
— É o último dia de escola, vai! Se não fizer isso hoje, quando vai fazer?

Acho que foi uma das façanhas mais titânicas da minha vida. Uma vez na garupa, Agnese se apoiou nas minhas costas. Ainda bem que é magra. Seus cabelos são perfumados. E essa pele tão colada à minha quer me iludir, mas sei que Agnese não mora fundo em mim, só na pele, justamente. Ao final do trajeto, estou exausto e suado, ela me dá um beijo no canto da boca.

— Você é um herói.

Acho que enrubesci. É um luxo que ainda me concedo, contra minha vontade. Refugio-me no mar.

O corpo magro, os pés nus, a vertigem de um mergulho das alturas: é preciso coragem para certas coisas. O mar em cima e embaixo, e o mundo que poderia estar no meu bolso.

14

As crianças esperam a pergunta, como é seu estilo.
— O que é o amor para vocês?
Observam-no em silêncio, não porque a pergunta seja muito grande, mas porque a resposta é grande demais para caber em uma frase.
— Me deem um exemplo.
Francesco toma a palavra.
— Quando alguém te quer bem, diz seu nome de maneira diferente. É como se o seu nome estivesse protegido na sua boca.
— E quem consegue fazer isso?
— Minha mãe.
— E o seu pai, onde está? — pergunta um menino, e começa a rir com maldade.
Francesco quis dar-lhe um soco, mas felizmente uma menina interveio e o distraiu.
— Amor é quando a mamãe dá ao papai o melhor pedaço do frango.
— Para mim, amor é quando a mamãe vê o papai todo fedido depois do trabalho e lhe diz que é mais bonito do que o Tom Cruise.
— E quem é Tommcruis? — perguntou uma menininha.
— Um ator.

— Para mim, é quando o vovô pinta as unhas da vovó, que já não consegue se curvar por causa da artrite. Mas depois o vovô também acaba tendo artrite.

— O que é artrite, dom Pino?

— Quando a gente fica velho, os músculos perdem elasticidade, os ossos ficam travados, e já não dá para se curvar muito bem.

— E você tem artrite?

— Acha que sou velho?

— Acho, você tem cabelo branco.

— Mas nem cabelo tenho!

— Pior ainda!

— Bom, seja como for, não sofro de artrite.

— Ainda bem...

— Para mim, é quando o papai compra uma bola e joga comigo, e também quando me faz cócegas.

— Puxa, vocês sabem um bocado sobre o amor. Mais do que eu. Imaginem que Deus é mais do que a soma de todos esses amores juntos. — Sorri dom Pino.

— Então é um é um super-mega-amor — conclui Francesco.

Uma menina imóvel, em pé em um canto, aperta uma boneca na mão e se balança primeiro em um pé, depois no outro. Tem um vestidinho vermelho, insolitamente novo e limpo.

— E para você? — pergunta-lhe dom Pino.

Ela se cala. Os outros olham para ela. Francesco se aproxima. Pega sua mão e a faz sentar-se com eles. A menina não para de roer as unhas e, sem erguer a cabeça, escande as palavras.

— Quando o papai me ensina a nadar na maré alta.

— Posso ir junto? Não sei nadar... — interveio uma menina com os óculos apoiados nas bochechas infladas como tomates.

— Nossa, vocês não sabem nadar; não é à toa que são mulheres — diz Francesco sem malícia.

— Eu também não sei direito... — murmura dom Pino, como se falasse a si mesmo, recordando-se da vez em que, com o mar agitado, afundou como uma pedra de tanto medo.
— E para você, o que é o amor? — perguntou Francesco.
— Vocês.

15

A cancela da passagem de nível é erguida. A bicicleta solavanca nos trilhos e fende o ar denso de Brancaccio. Estudou bem o caminho. Há lugares em que nunca se pode demonstrar insegurança. A saliva já não umedece seus lábios, e em breve a secura também chegará à boca. O calor enfraquece os joelhos e queima os pulmões. O medo do desconhecido faz o resto. Mas tem a coragem inocente e selvagem dos jovens convencidos de que os lugares correspondem à sua estilização nos mapas. Como as pessoas que vão para a Islândia e depois descobrem que no mapa não se via que ali a escuridão prevalece metade do ano. A luz uniforme dos atlas e dos mapas é algo em que não se deve acreditar até o fim: esse rapaz vai descobrir isso hoje.

Encontro a igreja. Enquanto amarro a bicicleta em um poste, olho ao redor. O sol amalgama o asfalto, que cede sob a sola dos sapatos. O ar é rançoso. É preciso recorrer a movimentos pacatos para não sucumbir. Alguns raros transeuntes, sobrecarregados pela canícula, fitam-me. Tenho a impressão de ser um turista; no entanto, estou na minha cidade, a poucos quilômetros de casa, menos ainda da escola. Sinto olhos fincarem-se nas minhas costas, algumas persianas se abrirem, curiosas. O que me deu na cabeça de vir até aqui, e ainda por cima de bicicleta? Deveria ter vindo em tanque de guerra. Mantenho a cabeça baixa e não olho muito ao redor, para dissimular minha clandestinidade, como se faz na escola quando se procura alguma coisa na mochila no momento em que o professor faz perguntas, como se olhar para outro lugar nos tornasse invisíveis. Entro na igreja; os muros amarelados ao sol quase pegam fogo. Dentro, a sombra me acolhe e, por um instante, reanima. Mas também ali dentro o ar é tórrido. Não se escapa aos dias de calor. Só de vez em quando um rasgo de vento vindo do mar permite esperar que o calor vá terminar. Tufo pintado de branco. Reboco coberto de cal. Velas vermelhas.

A igreja está vazia. O telhado é sustentado por um andaime, e a área abaixo dele é bloqueada. Há apenas um homem de camisa preta, sentado no primeiro banco. A cabeça curvada. Temo pisar esse silêncio sobreaquecido e avanço sem fazer barulho.

Dom Pino está com os olhos fechados. A respiração pesada o trai. Dorme.

Sento-me perto dele, e o rangido do banco o desperta. Olha para mim e sorri, como no sonho de poucas horas antes.

— Estava dormindo?

— Ahn... quem é? Você veio! Fico feliz.

— Estou incomodando?

— Estava tentando rezar, mas acabei pegando no sono.

Aproxima-se e me abraça.

— Obrigado. Quando vai para a Inglaterra?

— Domingo que vem. Ou eu vinha hoje, ou não vinha mais.

— Que bom! Lá você vai pegar um clima mais fresco. Chove sempre...

— Já aqui se morre sempre de calor.

— Aqui se morre sempre de outras coisas, infelizmente.

— Como posso ajudar o senhor?

— Se tiver paciência, vamos ficar mais um pouco aqui, em silêncio, depois o levo para dar uma volta.

— Tudo bem.

Ao meu redor, estátuas de santos sem rugas. Debaixo de um crucifixo deslocado e não totalmente proporcional, há uma inscrição: "Ninguém tem maior amor do que aquele que dá a sua vida por seus amigos".

Fito dom Pino: olhos fechados, imóvel e sorridente. As mãos apoiadas nas pernas e a coluna ligeiramente curvada. Para quem está sorrindo?

Abre os olhos e me observa como se enxergasse através de mim.

— Estou realmente feliz que esteja aqui. Hoje estava me sentindo sozinho. Precisava de ajuda.

— Estou aqui para isso — respondo, encabulado: ele precisa de mim.

— Vou visitar uma família. Vem comigo?

— O senhor tinha me dito para vir e dar uma mão. Aqui está a mão... — Mostro-lhe a palma. Nela, Dom Pino apoia a sua por um instante.

Em seguida, caminhamos lentamente pelas ruas ardentes do bairro, roçando os muros, ansiando por uma proteção que não existe. As casas são baixas, predinhos de um ou dois andares. É tudo muito diferente da *via* Notarbartolo, com seus edifícios e seus pedaços de verde. Em Brancaccio, o verde jorra dos parapeitos em arbustos de manjericão, salsinha e hortelã, indispensáveis para molhos suculentos. Mas nada mais.

Entramos em uma ruela em que as lixeiras transbordam de sacos: o ar impregnado de umidade faz tremer o contorno das coisas e liquefaz seus perfis. Há pequenas construções, semelhantes a garagens.

Dom Pino se dirige a uma porta de aço semiaberta. Estou ao seu lado e tento usar sua figura diminuta como escudo.

— Com licença?

— Dom Pino!

— Me desculpem pelo atraso.

— E quando é que o senhor já foi pontual? Seja como for, o senhor sabe, aqui estamos sempre abertos...

Uma mulher arruma alguma coisa em um canto que se parece com uma cozinha. O ar é comprimido, mas perfumado. Molho. Orégano. Vime. A dignidade supera a frugalidade e a transforma em graça. Tenho um quarto só para mim, com meus discos, minhas fitas-cassete, meus CDs, meus pôsteres, meus livros. Aqui, ao contrário, há tudo de todos. No sofá do canto oposto, três crianças assistem à televisão. Em uma cadeira, um velho, por sua vez, faz o mesmo: seu olhar é estupidificado, ao contrário daquele hipnotizado das crianças.

O cômodo é tudo, ou quase. Semeado com camas, algumas cadeiras capengas e um grande armário embutido. Uma mesa ao lado da cozinha, coberta por uma toalha encerada, com estampa de flores laranja umedecidas por desenhos de gotas.

— O que posso oferecer a vocês?

— Um copo d'água. Está um calor de matar hoje...

— Não vão cumprimentar as visitas, crianças?

— Oi, dom Pino — respondem em coro, sem tirarem os olhos da tela.

Fico na soleira. Não sei o que fazer nem como fazer. Na casa dos meus amigos, a certos cômodos correspondem certos comportamentos, e aqui não sei que posição tomar, há muitos lugares ao mesmo tempo. Nem sei onde colocar as mãos e para onde olhar. Os bolsos acabam sendo úteis para eu esconder as mãos.

— Venha, te apresento Gemma. E esses delinquentes na frente da televisão que nem nos cumprimentam são...?

As crianças se apresentam em ordem, gritando o próprio nome.

— Domenico.

— Caterina.

— Massimo.

Dom Pino se aproxima deles e dá um tapinha na cabeça de cada um. As crianças se defendem e dão risada.

— E este é o senhor Mario. Amigo querido dos meus pais, o senhor Mario. Não é verdade? — diz aumentando o tom de voz e escandindo as sílabas, para que o outro pudesse ouvi-lo.

O senhor Mario faz que sim e mostra as gengivas nuas de dentes. A boca se abre em um sorriso torto, mas autêntico, e os olhos úmidos, típicos dos velhos, se iluminam. Um fio de saliva escorre por um lado de sua boca, enquanto beija a mão de dom Pino, que a retira com delicadeza e acaricia sua face.

Decido entrar e aperto a mão da senhora Gemma, depois aceno para as crianças e o senhor Mario; minha pele pinica como à espera da chamada para a prova oral.

— O que você quer tomar?

— Também um copo d'água, obrigado.

— Só temos água da torneira.

— Tudo bem.

Gemma enche um jarro com água da torneira, depois de deixá-la correr um pouco.

— Sai morna, está muito quente. Sinto muito.

Sentamo-nos com ela ao redor da mesa.

— Tudo bem?

— Tudo indo, dom Pino. Vamos levando. Giuseppe está trabalhando no canteiro de obras. E agora Giovanni está lhe dando uma mão.

— E a Lucia?

— Lucia terminou a escola e está me ajudando em casa. E está procurando emprego de babá. Ainda lê todos aqueles livros... Não sei como consegue. Nem sei ler e tenho uma filha que lê até o que eu mesma deveria ter lido...

— Posso ver se consigo encontrar algum casal que esteja precisando de alguém para cuidar dos filhos. Os livros eu lhe empresto com prazer, você sabe. Tenho até demais... A Lucia precisa ir para a universidade, Gemma.

— Tem razão, é uma menina especial. Sorte de quem se casar com ela.

Ouço a conversa como alguém que assiste a um documentário sobre um país exótico. Gemma tem os olhos bons e o rosto cansado de quem nunca teve nada seu na vida.

Bebo para manter a boca ocupada. Não sei o que dizer. Perdi as palavras; logo eu, que sempre tenho um monte delas. Nem Petrarca vem me socorrer.

As crianças riem e comentam os infortúnios de Tom e Jerry.

— E você, faz o quê?

— Eu... estudo. Sou aluno de dom Pino no liceu Vittorio Emanuele. Perto da catedral.

— Puxa, você tem sorte. Dom Pino sabe tudo. E tem um coração enorme.

Dom Pino sorri.

— Mas é menor que o seu. Não há mãe como a Gemma em toda Brancaccio. E que faça um molho como o dela? Ninguém! E seu pai, como está?

— Como vê, parece uma criança. Às vezes me deixa louca.

— Como as crianças.

— Pois é, é como ter um filho a mais. Só que de oitenta anos.

Gemma se levanta e enxuga a saliva de Mario.

Nesse momento, entra uma moça de cerca de dezesseis anos. Veste uma saia florida e uma regata branca e fina. Os cabelos pretos lhe caem em ondas sobre os ombros. A pele é escura, e os olhos verdes cintilam no bronzeado oval do rosto. Mistura dezenas de estirpes normandas e árabes. Uva. Topázios. Damascos. Nela revivem séculos de Mediterrâneo. Sempre me deixo tomar pelas palavras quando vejo uma garota que me agrada, talvez só para torná-la menos inacessível.

— Dom Pino! Como vai?

Move-se com delicadeza. Sua presença não corresponde ao lugar. Parece superá-lo.

— Bem. E você, Lucia? Terminou o livro?

— Terminei. O senhor precisa me dar outro.

— É para já.

Dom Pino abre a bolsa que sempre traz consigo e lhe entrega um romance. Lucia o pega com ansiedade. Depois, precipita-se em um canto da sala e pega outro livro que devolve a dom Pino, deixando atrás de si o vórtice de seda dos seus cabelos.

— Pode ficar com ele.

— Posso mesmo?

— Pode, é um presente.

— Gostei muito de Dickens, parece até que andei pelas ruas de Londres.

Seus olhos brilham como o sol da manhã que lapida o mar. Em poucos dias estarei nessa cidade e me pergunto, avaliando as dimensões da obra, se ele lhe emprestou *Oliver Twist* ou *David Copperfield*.

— Ele é meu aluno.

— Olá.

— Prazer.

A pele do meu rosto fica um grau mais quente em relação ao que se deve ao calor e ao embaraço anterior, e espero que a penumbra da sala o esconda. Lucia tem a mão delicada, mas o aperto é firme.

— O que você estuda?

— Vou para o liceu clássico, terminei o quarto ano.

— São todos certinhos, os alunos do clássico. Se acham os melhores.

— E você?

— Estou fazendo magistério.

— Quer ser professora?
— Também. E você?
— Não sei. Gosto das palavras...

Há coisas que você não sabe direito como saem da sua boca. Minha resposta a faz sorrir, em uma foto instantânea de luz.

— Do que fala? Para que cidade te leva? — pergunta Lucia indicando o livro a Dom Pino.

— De um rapaz que vive sozinho em uma cidade onde o pôr do sol nunca termina, porque a luz do sol na primavera nunca acaba. São Petersburgo. A cidade em que nasceu Dostoievski: gostava dela mais do que de qualquer outro lugar no mundo. Certa noite, esse rapaz vê uma mulher chorando em uma ponte. Conversam até tarde da noite, que não é bem noite, porque a luz nunca vai embora. E decidem encontrar-se naquela mesma ponte todas as noites para poderem conversar. Ele se apaixona perdidamente por ela, ou pelo menos é o que acha, e...

Para dizer a verdade, quem respondeu não foi dom Pino, mas eu, tomado pelos sintomas de uma grave doença que uma colega me atribuiu: a síndrome de Petrarca. Nosso professor nos entediou por várias horas, falando sobre o comportamento do poeta em relação aos livros. Foi um dos primeiros a ter uma biblioteca particular, que sempre carregava aonde quer que fosse, e alguns de seus livros eram verdadeiras peças únicas naquela época. Nunca saio de casa sem um livro, e meu quarto é uma biblioteca sem critério. Se é para gastar dinheiro, faço-o com um livro novo, ainda que nunca o leia. Chamo de "livralgite" a alegria de possuir volumes, um eros solicitado pela presença do tomo e de seu fácil acesso, conjugado a uma distância, justamente porque ainda não foi lido.

— E...? — Quer saber Lucia, olhando-me com espanto.
— Leia.
— Este aí é pior do que você, Lucia. — Intervém dom Pino.

— Onde é essa cidade?
— Na Rússia — respondo.
— E como se pronuncia o nome do autor?
— Dostoievski.
— Você o conhece?
— É um dos meus preferidos.
— Por quê?

Volto a pensar no verão entre o quinto ano ginasial e o primeiro do liceu, durante o qual, de tanto ouvir que no triênio haveria um salto de qualidade e dificuldade, em um dia em que me entediava como uma medusa em mar aberto, peguei a edição de *Crime e castigo* que temos em casa. Foi então que ocorreu o salto de qualidade. Não no liceu, mas graças a esse livro. Um romance que me sequestrou por diversas tardes, de um modo totalmente diferente dos livros que eu tinha devorado até então, como *O senhor dos anéis* e *A história sem fim*. *Crime e castigo* não me seduzia; ao contrário, repelia-me, dava-me medo. Li-o justamente por causa da sua aspereza, uma transgressão nada doce, mas perigosa. A cada página, esperava descobrir o enésimo corredor no labirinto do coração humano. Não imaginava que em uma alma pudesse haver tantas coisas obscuras e luminosas ao mesmo tempo. Em seguida, li *Noites brancas*, porque era curto e porque o personagem parecia meu *alter ego* literário, fechado em seu sótão, sonhando com amores tão perfeitos quanto inacessíveis.

— Não sei.
— Você não sabe uma porção de coisas, mesmo fazendo o liceu clássico. Mas gosta das palavras e dos livros. Adoro os que descrevem lugares diferentes e cidades distantes.

Lucia fala com um sorriso, parece habituada a exprimir o que pensa sem titubear.

— Como vão os ensaios de *Orlandino*? — pergunta dom Pino.
— Muito bem. Mas está faltando Carlos Magno.

— Vamos encontrá-lo, você vai ver.

— Mas como posso ser a rainha sem o rei? Além do mais, tenho problemas com o texto. Às vezes não encontro as palavras certas.

— Posso ir jogar bola na sua casa, dom Pino? — pergunta, de repente, uma das crianças.

— Eu também, eu também! — precipita-se automaticamente a outra, sem saber do que se estava falando.

— Claro, venham com a Lucia. Assim vocês deixam sua mãe um pouco em paz.

— Mas só se se comportarem em casa...

— A gente sempre se comporta...

— Tem certeza?

— A gente só desobedece um pouco. Só um pouquinho. Na maioria das vezes nos comportamos. Somos bonzinhos.

— Ah, então, tudo bem...

Rimos. Vejo Lucia rir. E seu perfil nessa sala pequena e lotada parece um porto. Não sei por que, mas gostaria de ler em voz alta *Noites brancas* para essa garota que mal conheço e que nada tem em comum comigo, a não ser um livro.

Na volta, uma mulher interpela dom Pino.

— *Parri'*, pode dar a bênção a meu filho? Assim, quem sabe ele não encontra um trabalho...

— Mas ele está procurando trabalho?

— Não.

— Então vou lhe dar um chute no traseiro, não a bênção!

Caminhamos em meio ao ar esponjoso de junho, e a rua engole nossos pés. Estou com uma frase que não para de remexer meu cérebro.

— O que significa "dar a vida por seus amigos"?

— Defendê-la e enriquecê-la com a própria.

— Como?

— Com o próprio tempo.

Olho ao redor sem focar em nada, preso no tráfego interno: muitos pensamentos estacionados desordenadamente.

— E com sorvete — acrescenta dom Pino, sorrindo.

— Acho que nunca neguei um sorvete na minha ainda que breve vida. Poderia quase colocá-lo no mesmo patamar dos livros — respondo dosando as pausas e ressaltando as palavras mais importantes com um olhar muito sério.

— E aqui em Brancaccio tem um cara que faz um sorvete capaz de ressuscitar os mortos.

— Dito por um padre...

— Você se lembra da excursão a Monreale?

Uma das coisas pelas quais o ano escolar não foi totalmente inútil. As melhores coisas se aprendem sempre fora da escola. Fomos acompanhados por 3P e pelo professor de artes, um homem magérrimo e evanescente, capaz de fazer você entrar em um quadro como no filme *Sonhos*, de Kurosawa, que também nos fez assistir, com consequências devastadoras para toda a classe.

— Depois de Santa Sofia, em Istambul, é o maior mosaico do mundo. Pelo menos o maior do Ocidente. Seis mil e quatrocentos metros quadrados de peças subdivididas em cento e trinta enormes cenas temáticas e figuras isoladas, imersas em um mar de ouro que despoja a pedra de toda consistência e transporta o espectador para a luz paradisíaca de Deus. A catedral foi construída como grande teologia da luz. Foi feita de maneira a seguir os fenômenos luminosos de cada estação do ano. Tem seu ápice de luz interna no dia 21 de dezembro, com o início do solstício de inverno, e o mínimo no dia 21 de junho, com o de verão. O ano inteiro é marcado pela luz física e metafísica, para que se deposite no ouro bizantino dos mosaicos, iluminando a cena correspondente à festa do ano litúrgico — explicara-nos o professor.

— O que é ano litúrgico? — perguntara-me Gianni.

— Sei lá. Deve ser alguma coisa da Igreja.

— Por onde passa a luz, o mundo está salvo. Resgatado das trevas. Nada é deixado ao acaso nesse edifício. Infelizmente, as telas nas janelas não permitem apreciar sua precisão científica. Quando vocês ouvirem alguém falar da Idade Média em termos depreciativos, podem responder que ninguém hoje é capaz de tamanha maestria científica, técnica e teológica. A primeira pedra desta alegoria da luz foi depositada em 1174.

— Alegoria da luz? Do que ele está falando? — Interveio mais uma vez Gianni, que (com razão) me considera o maior especialista na inútil enciclopédia das figuras retóricas, situada no final do livro de literatura.

— Que através da luz se diz outra coisa sobre a própria luz.

— E o que se diz?

— Talvez se você ficar quieto e ouvir...

Gianni me mostrou o dedo médio, e isso não foi uma alegoria.

— A catedral de Monreale e a igreja de San Giovanni degli Eremiti têm em comum o alinhamento astronômico às duas datas do solstício. O templo devia ser a representação concreta do que ensinava em suas imagens: Deus é criador e arquiteto do mundo, e o homem é chamado a fazer o mesmo. Distinguir trevas e luz e ordenar o caos. As leis matemáticas da construção eram a linguagem que Deus havia utilizado para a criação. Quem entrava devia cumprir um caminho de purificação na luz, e as histórias nas paredes marcam essa progressão, culminando nos olhos do Cristo Pantocrator, do qual tudo provém e ao qual tudo retorna, como nos versos do Paraíso de Dante: "A glória daquele que tudo move / pelo universo penetra, e resplandece / mais em uma parte e menos em outra." — Acrescentara dom Pino.

— Não suporto Dante. — Recomeçara Gianni. — O *Inferno* ainda vai, mas o *Purgatório* é um saco. Resta saber como vai ser o *Paraíso*...

— Petrarca é melhor, eu sei.

— Petrarca é um purgante!

Dom Pino me arranca do curso livre e anárquico das lembranças, capaz de me tirar do presente sem nenhuma solução de continuidade.

— Pense nas peças que compõem aqueles mosaicos. Em primeiro lugar, são milhões, separadas umas das outras, cada qual com sua cor, sua forma, suas imperfeições. Depois, todas vão compondo a imagem. A imagem de Deus. Somos como peças que, dispostas uma ao lado da outra, juntas realizam a polifonia de Deus no mundo.

— Mas a mim não interessa muito ser parte de uma polifonia; eu queria entender um pouco da pequena peça.

— E como pode conseguir isso sem considerar o todo?

E eu que pensava ter cumprido minha missão indo a Brancaccio, agora estou aqui, na cama, pensando que tenho de voltar, porque dom Pino me pediu. Eu tinha que estar pensando nas férias, na praia, na Inglaterra... não nesse padre. Nem mesmo em Lucia. Mas esses são pensamentos que não pensamos; são eles que nos pensam, como as palavras das canções que vêm à cabeça sem que as evoquemos. São os pensamentos que mais temo, navios que atracam no porto sem aviso prévio, e sabe-se lá o que trazem e de onde.

Manfredi entra no quarto, como sempre, sem bater à porta.

— Poeta, o que é toda essa melancolia no seu quarto? Parece até que estou entrando no sótão de um daqueles boêmios que morrem jovens, de tristeza e tuberculose.

— E desde quando você trabalha no departamento de "assuntos alheios"?

— Os poetas morrem de tuberculose ou de amor. Qual dos dois é o seu caso?

— Às vezes simplesmente morrem por causa da vontade de quebrar a cara de alguém.

— Você é um garganta que só sabe botar banca. Garganta que bota banca — rebate Manfredi, movendo a mandíbula como De Niro em *Os intocáveis* e fingindo que alguém o está impedindo de me atacar. É louco por esse filme e gosta, sobretudo da cena do almoço, em que o cérebro é espalhado na mesa com um taco de *baseball*.

— Me deixe em paz.

— O que você tem, mano?

— Nada, nada.

— Esses seus *nadas* contêm muito mais coisa do que você quer me fazer acreditar. Você sabe disso.

Tem razão, mas desta vez o meu *nada* não é um modo de aludir a alguma coisa que não vejo a hora de lhe contar para ter um conselho. Significa apenas que preciso avaliar o que está acontecendo comigo, antes que alguém o interprete por mim. Pelo menos desta vez quero ser o primeiro a chegar ao encontro comigo mesmo sem ser precedido por outra pessoa, ainda que se trate de Manfredi.

— Vem ao show com a gente?

— Claro!

— Bom, então trate de se apressar.

Tinha me esquecido do show daquela noite. O verão é feito dessas coisas, e eu tinha me esquecido. Já não me reconheço.

16

— Está escondendo os tiras, *parri'*, estou-lhe dizendo. Com todo esse vaivém de gente.

Assim sentencia o chefe do grupo de fogo de Brancaccio.

— Tem certeza? — pergunta Mãe Natureza.

— Apareceu até na televisão. Se os jornalistas começarem, estamos ferrados. Vai nos fazer passar por otários.

Mãe Natureza permanece em silêncio e volta a pensar nas palavras do corleonense:

— Você precisa dar uma lição nesse padre; ele está atraindo a garotada para o lado dele.

Mãe Natureza é quem manda em Brancaccio.

Com seus irmãos, compõe uma Trindade, controlam o bairro como Pai, Filho e Espírito Santo: um dá as ordens, outro se ocupa das finanças e o terceiro atira. A única prudência com essa trindade terrena é substituir a palavra "amor" pela palavra "respeito", a síntese perfeita de fidelidade e temor, que nem mesmo Deus pode-se permitir. "Como e dou de comer" é seu lema, o que nem sequer o pai-nosso, com seu pão cotidiano, é capaz de assegurar.

Comandam com o beneplácito dos corleonenses, em cujas graças caíram depois que Michele Greco, conhecido como "o Papa", desapareceu em 1984. São chamados de *"I Picciotti"*.* Por

---
* Jovens pertencentes a uma organização mafiosa. (*N. da T.*)

antonomásia. Sabem tudo. Veem tudo. E depois fazem tudo. Com as mãos que outros lhes emprestam: o grupo de fogo de Brancaccio, do qual faz parte o Caçador.

São jovens e determinados, a nova leva da família. O chefe mafioso é o deus que sabe e decide. É olhos, mente, palavra. Exerce o poder puro.

Os três pairam naquelas ruas como um céu muito baixo. Garantem proteção, ainda que o preço a ser pago às vezes seja a asfixia. O poder é o controle, não existe poder bom e apaixonado pelos súditos. O poder é necessário: assegura o equilíbrio e a sobrevivência. E quando há pão, não há por que se lamentar.

— Está pronto?

— O senhor é quem manda, *parri'*.

Mãe Natureza faz um gesto que indica dinheiro.

— Nem quis os trocados para a paróquia, para consertar o teto. O senhor sabe como ele é teimoso; conseguiu até levantar o dinheiro para as salas do centro, mesmo depois que a gente mais que dobrou o preço. É cabeça-dura. Depois da marcha que fez em homenagem a Falcone, mandamos pelos ares o furgão da empresa que está fazendo os trabalhos na igreja. Mas ele continua...

— Tem a carne dura? Vamos amaciá-la um pouco, como se faz com os polvos, mas é preciso pegá-lo pelos tentáculos. Vamos agradar um pouco os que o rodeiam.

17

Acho que é a décima quinta vez que releio a mesma página. Às vezes meu cérebro fica tão preso que nem mesmo os livros fazem efeito com seu encanto. Em meio às palavras impressas, há uma que se insere continuamente e me faz perder o fio da meada. Ou me faz tomar o fio que leva ao centro de mim mesmo? Lucia. Agora preciso ler esse livro interessantíssimo enquanto a música de fundo abafa os ruídos da rua. Preciso sonhar com a viagem para a Inglaterra e concentrar-me nas coisas a serem colocadas na bagagem. Lucia. Preciso parar de perder o controle das palavras que penso. Preciso encontrar um jeito de fazer isso. Lucia. Preciso encontrar. Lucia. Preciso. Lucia. Já chega!

Embora eu seja uma série de *emboras*, só tenho pensamentos de amor, porque talvez seja o amor a unificar as peças, os pedaços, os fragmentos e a fundi-los em ouro. E o amor sempre arma sua emboscada ao cair da noite. Amor com letra maiúscula, como escrevia Petrarca, como um deus incógnito que, de repente, aparece no seu quarto para rabiscar tudo, remexer as suas vísceras e não lhe deixar alternativa a não ser ficar deitado olhando para o teto, enquanto do rádio sai a voz melancólica de Battiato.

> À medida que os dias passam
> essa febre penetra em meus ossos
> mesmo que lá fora haja a guerra
> sinto um amor extraordinário... o amor...*

Como fazem os escritores para pensarem nossos pensamentos? Talvez sejamos nós a pensar os deles? Lucia abaixa o livro, do qual leu apenas as primeiras palavras — "... o céu estava estrelado, fulgurante, tanto que quem o contemplasse depois se perguntava involuntariamente se debaixo de um céu como aquele poderiam viver homens irascíveis?" —, aproxima-se da janela aberta, pela qual se vê uma lasca de céu, e apoia os braços no parapeito. Pensa em seus irmãos. Em seus pais. Nas crianças do centro de dom Pino e no espetáculo que estão preparando. Pensa em todo o bem e em todo o mal que há sob o céu. Justamente sob aquele céu há homens que fazem o mal, apesar daquele céu. Por um instante, queria fugir dos seus 16 anos, ter o dobro da idade e estar sabe-se lá onde, debaixo de um céu igualmente belo, mas entre homens mais dóceis. Volta a pensar no rapaz que conheceu por acaso, tão ingênuo em relação ao seu bairro e ao seu mundo.

Seu pai aparece no vão da porta e a vê ali. Põe a mão calosa de pedreiro em sua cabeça e lhe oferece um afago discreto, para dizer-lhe que é tarde. Ela apoia a face na mão e se abandona, como se o pai pudesse embalar seu rosto.

— O que ainda está fazendo acordada?
— Estava lendo, e depois me vieram uns pensamentos.
— Que pensamentos?
— Nada, pensamentos.

---

* Estrofe da canção "Stranizza d'amuri" de Franco Battiato. No original: "Man manu ca passanu i jonna / sta frevi me trasi 'nda ll'ossa / ccu tutu ca fora c'è 'a guerra / mi sentu stranizza d'amuri... l'amuri...". (*N. da T.*)

— Fique tranquila, está tudo bem. Vá descansar agora.
— Como você sabe?
— O quê?
— Que está tudo bem.
— Se a pessoa faz o bem, tudo fica bem. E você é uma menina boa. O resto se resolve.

Lucia sorri com os olhos matizados de melancolia. Queria acreditar nele, mas conhece muito bem os limites do mundo que o destino lhe deu. Não basta ser bom naquela cidade.

Sonhar é um luxo que só se pode permitir quando lê.

Eu gostaria de ler milhões de livros, visitar milhares de cidades, aprender centenas de línguas e colher a essência das coisas. A verdade, se é que existe alguma. Quero ser forte, corajoso como Falcone e Borsellino, ou, pelo menos, como Manfredi. Mas onde encontrar a coragem? Talvez devesse ter uma conversa com dom Pino, mas tenho medo de que depois ele me venha falar de Deus, e de Deus eu não quero saber, porque quero ser um homem livre, sem dez mandamentos, sete sacramentos e sabe-se lá quantas beatitudes. Para mim, basta um pouco de verdade. Uma mulher para amar e alguma coisa boa para fazer pelos meus amigos. Não preciso de Deus para isso. Em Deus vou pensar como póstumo. *Póstumo* é uma palavra que me fascina: ser publicado depois de morto, como meu amado conterrâneo Giuseppe Tomasi di Lampedusa, que minha avó via todas as manhãs tomar o café da manhã, com raspadinha e brioche, enquanto já escrevia novas páginas, diante daqueles que lhe recusaram o romance mais bonito do século XX. Póstumo.

Se meus pensamentos ecoassem fora da minha cabeça, acho que eu acabaria em um hospital psiquiátrico. Não me consola a explicação que me deu Manfredi: os pensamentos recorrentes são apenas os nossos circuitos mais utilizados, os percursos conhecidos, as sinapses lubrificadas. Lubrifiquei as engrenagens inúteis. A ciência explica o "como", e não me basta.

A única matéria científica de que gosto é química, sobretudo a tabela periódica. Lembra as letras do alfabeto, deve ser por isso. Como as palavras, a tabela periódica me tranquiliza. Apesar da aparente multiplicidade, há uma lista finita de elementos, posicionados em ordem. Nossa professora nos explicou os mais importantes e os mais estranhos. Aquele em que me reconheço é o frâncio. A substância mais instável da tabela periódica: vinte e dois minutos. Sua consistência não supera os vinte e dois minutos, quando é boa. Neste exato momento, na face da Terra estão presentes apenas vinte e oito gramas de frâncio, que vão perdendo a força.

Sou parecido com o frâncio. Minhas certezas estão sempre perdendo a força. Não duram mais do que 22 minutos e têm aproximadamente a consistência de 28 gramas. Rebatizei-o de federício, pois devo ser eu o portador desses 28 gramas.

Queria ser mais estável, como o carbono dos diamantes, mas me coube o frâncio, ou melhor, o federício.

São jovens que pensam os pensamentos mudos da noite. E, ao contrário do mar, os jovens compreendem sempre tarde as novidades que ocorrem dentro deles.

18

Há uma mesa e Mãe Natureza. Há também outros sentados ao redor dela. Uma faca e uma pistola no centro. E, na frente da pistola, um santinho, uma imagem de Nossa Senhora da Anunciação.
— Você vai ser fiel?
— Como uma sombra.
— Disposto a tudo?
— A tudo.
— Até a matar?
— Já provei que sim.
— E lembre-se: não se toca nas mulheres de outro homem de honra; se mudar de território, deve avisar o chefe da sua área; nunca faça nada por iniciativa própria; e esteja sempre à disposição. Se for preso, cuidaremos de você e dos seus familiares; o importante é que você seja fiel...

A lista continua, e todo mandamento é acompanhado por um olhar eloquente à pistola e à faca. Em seguida, Mãe Natureza pega sua mão, fura seu dedo com uma agulha e faz o sangue gotejar sobre o santinho. Saca um isqueiro e põe fogo na imagem sagrada, deixando-a contorcer-se sobre a mesa. Pega as mãos do outro e finca-as no fogo, segurando-as com firmeza enquanto a chama abrasa e descama a pele. Permanece imóvel, os dentes cerrados.

— Como papel te queimo, como santa te adoro; tal como arde este papel deve arder minha carne se um dia eu trair a Cosa Nostra — pronuncia a fórmula que evoca o inferno. Aliás, que o cria.

— Se falhar, queimarei sua carne com minhas próprias mãos — aperta seus dedos até fazê-lo sentir que o que está dizendo é lei.

Olham-se nos olhos. Agora pertence à Cosa Nostra, e a Cosa Nostra lhe garantirá bem-estar e proteção.

Segue um banquete em que, entre um prato e outro, passa-se uma hora. Todos o cumprimentam e apertam sua mão, fazendo-o lembrar do por que ela está ardendo. E lhe dão dois beijos. Finalmente, depois de uma longa observação, foi apresentado e aceito na família. Não é com todo o mundo que isso acontece, só com quem se mostra disposto a tudo, obediente, devoto. E, sobretudo, mudo.

Volta para casa. Alguns sopros de vento sobem do mar e debatem-se pelas ruas como um animal indomado, mas mortalmente ferido. A umidade evapora do asfalto, dando forma a miragens de deserto. Quando era criança, tentava tocar a água dessas figuras no asfalto. Quando era criança. Mas a água desaparecia se ele se aproximasse. Agora já não é uma criança. Por um instante, bem que gostaria de correr atrás da miragem, de ver a água ficar parada e esfriar o calorão. Lembra-se da época em que sua mãe o levava à praia. Chamava-o de "Cachinho". Era realmente feliz, mas a felicidade é só para as crianças. A vida é outra coisa. É possível ser feliz o suficiente. Não mais. E ele seria até mais, não fosse esse *padre* pentelho que o está tirando do sério, fazendo seu sangue ferver e acabando com sua paciência. Lugar de padre é na sacristia. Conduzindo procissões, não revoluções. Viver e deixar viver. Só que esse, ao contrário, sai às ruas, fala, faz. Mas ele vai lhe dar uma lição, assim vai passar sua vontade de fazer, falar e sair às ruas. Ou não se chama Caçador.

19

Faz meia hora que estou parado na frente da estante, procurando alguma coisa para Lucia. Quero lhe emprestar um dos meus livros, mas não sei qual. Vai ser o livro a escolhê-la. Fecho os olhos, giro ao redor de mim mesmo, três vezes para a direita, duas para a esquerda, outras quatro para a direita e mais uma para a esquerda. Ainda de olhos fechados, ergo o braço direito e o aponto para as estantes: o indicador bate em um dorso. Abro os olhos. O meu Petrarca. O *Cancioneiro*, quem melhor do que ele. Coloco-o na mochila e me encaminho para Brancaccio. Petrarca nunca foi a Brancaccio, disso tenho certeza. Pelo menos tenho um recorde na história da literatura: fui eu quem o levou até lá.

A tarde avança muito lentamente, como os adeuses; os minutos se desenrolam, repetitivos como a ressaca. Dom Pino me pediu para ser juiz em uma partida de futebol enquanto ele resolve pendências na igreja; logo irá ao nosso encontro. Nada entusiasma tanto essas crianças quanto uma arbitragem de futebol.

— Ninguém nunca dá atenção a elas — disse-me dom Pino. — E uma criança que não recebe atenção é uma criança perdida — acrescentou.

Só preciso iniciar a partida.

O campinho enviesado e seco pelo sol está repleto de crianças ansiosas. Tenho um apito, objeto de poder catalisador.

— Coloridos contra brancos! — sentencio, seguro das minhas experiências futebolísticas na escola.

— Quem é você?

— Aluno do dom Pino. Hoje sou o juiz.

Devo ter cometido um erro. É o que intuo pelos olhares indiferentes. Não disse meu nome.

— Queremos dom Pino. Quem você pensa que é?

Dissimulo o tédio por causa dessa recepção, mas o tom de voz me trai.

— Foi ele quem me pediu para substituí-lo. Vamos, deixem de frescura.

— Mas olha só o cara! Um bostinha dando ordens. E olha só como fala! Parece italiano...

É o instinto que me sugere uma saída. Começo a fazer embaixadinhas com os pés, a cabeça, o peito e os joelhos. Observam-me, admirados. Não disse que era um campeão?

— Puxa, você é bom nisso! Quem te "aprendeu"?

Continuo.

— Ninguém. Cinquenta. Vamos ver quem faz mais.

Um menino dá um passo à frente e tira a bola de mim. Inicia suas embaixadinhas. Tem os cabelos espetados como um ancinho. Suas pernas e seus braços magérrimos não pareceriam capazes de produzir aqueles movimentos extraordinariamente maleáveis.

Chega a cinquenta e faz uma a mais. Depois para e me devolve a bola.

— Assim você para de encher o saco.

— Você é melhor do que eu. Parabéns! Como se chama?

— Riccardo.

— Muito bem. Riccardo é o capitão. Quem é o outro?

Apresenta-se um menino com luvas de goleiro. Ninguém ousa contradizê-lo.

— E você, como se chama?

— Gaetano. E quem decide os times somos nós. Nada dessa história de escolher pela cor da camiseta, que isso é coisa de mulherzinha.

Tiram par ou ímpar e escolhem os companheiros de time como executivos experientes. Falta só o hino nacional.

— Cara ou coroa?
— Coroa.
— Coroa. Bola ou campo?
— Bola. O campo é uma merda mesmo.

Apito, e o ar se precipita no caos, debaixo de um céu amargo e amarelo de areia e siroco. Com suas camisetas logo impregnadas de suor e poeira, as crianças perseguem uma bola-miragem à luz marinha da tarde de junho. Sua algazarra de palavrões e blasfêmias ensurdece a praça.

Olho para eles e vejo sorrisos, cicatrizes, pernas e braços frenéticos, abraços, rasteiras.

O rapaz ainda não conhece as histórias dessas crianças de nomes curtos, como títulos de biografias que, em seu interior, já guardam centenas de páginas de dores e algumas linhas de alegria. Vê meninos jogando futebol, como ele também jogou milhares de vezes. Não pode ver tudo, é muito cedo.

Há Dario, com os olhos cobertos de tristeza. Não diz uma palavra. Seu pai está preso, e a mãe precisa trabalhar para dar de comer a ele e a seus irmãos. E a mãe não sabe o que acontece com Dario quando ele não vai à escola, ou não quer saber. Ninguém sabe, ninguém quer saber. E é justamente Dario quem marca um gol; todos o abraçam, e ele retribui. E ri no abraço sincero.

Depois há o Riccardo. O menino mais inteligente de Brancaccio. É o de cabelos pretos espetados, que parecem ter sido esculpidos. É rápido com as pernas e o cérebro. Sempre tem uma resposta pronta. Observa e sabe tudo o que acontece no bairro.

Basta perguntar a ele quem trafica e se droga, quem vai à escola e quem não, quem anda com quem. Os outros meninos obedecem a ele porque tem a fala esperta, de mercador de informações. Tem tudo para se tornar alguém na vida; caberá a ele decidir quem. Sua família está envolvida em negócios mafiosos.

Certa vez viu um rapaz morto por overdose. Estava deitado de costas, em meio a seus excrementos, em uma ruela solitária, com os olhos revirados e uma seringa suja de sangue a seu lado. Ficou pelo menos dez minutos olhando para o inferno, depois foi embora, tremendo sozinho, e dom Pino o encontrou assim, encolhido e trêmulo, e ele lhe contou tudo. Quis saber para onde ia o rapaz morto. Dom Pino lhe falou do paraíso e do inferno, e lhe confessou que não sabia. Riccardo respondeu que queria ir para o paraíso, e dom Pino lhe propôs de irem juntos.

— Você conhece o caminho, dom Pino?
— Conheço.

Eis por que Riccardo vai ao centro Padre Nostro jogar futebol, porque dom Pino conhece o caminho para o paraíso. E também o ônibus que é preciso pegar para se chegar lá. Foi o que disse.

Depois há um menino atrapalhado, que chamam de Totò. Não se sabe se o apelido vem de Antonio ou de Salvatore. Chama-se Totò, como seu avô. O pai é operário, e a mãe, cabeleireira. Uma dessas famílias que trabalha em silêncio e tenta educar os filhos como pode. Totò sabe se portar à mesa com o garfo e a faca, ao contrário da maior parte dos seus amigos. Totò vai à escola todos os dias. Tem até a bata escolar, e riem dele. Tiram sarro da sua cara porque, quando crescer, quer ser maestro. Tomou essa decisão depois de ver na televisão um senhor vestido de preto agitar uma baqueta e todos os instrumentos lhe obedecerem. Aquele homem com os cabelos ao vento e os olhos fechados parecia perdido em uma coisa muito bonita. E os outros obedeciam a essa coisa bonita. Para Totò, a música é uma coisa linda. No futebol é um perna de pau, mas cantando é o melhor. Riem dele porque seu sonho é coisa de mulherzinha.

— Quando eu crescer, vou comprar uma pistola e matar todos os tiras de Palermo — disse-lhe seu colega de classe. Nada dessa história de baqueta e música.

O rapaz os observa jogar e, sem saber de suas histórias, vê o que falta em Brancaccio em relação ao lugar onde mora: é o espaço para a imaginação. O espaço para os desejos, que se escancara nas noites de agosto, quando caem as estrelas e o mar parece poder restituir uma a qualquer momento. Esse fragmento de asfalto, nas dimensões de um campo de futebol enviesado, não é suficiente para salvar os desejos.

O time com um gol a menos empata. Mas os adversários protestam por um erro, com o qual o atacante teria se apoderado da bola. O rapaz valida o gol, e os meninos o agridem com palavrões.

— Juiz vendido.
— Corno.
— Sua mãe é uma grandessíssima puta!

A passagem da alegria ao pânico é muito curta.

Sinto o sangue se agitar sob a pele. Como ousam? Expulso o menino que me insultou. Afasta-se em silêncio, mas tão logo lhe dou as costas me surpreende aparecendo à minha frente de repente e me dando um soco na cara, sob o nariz.

O menino tem cerca de dez anos. E mesmo que seus olhos mal alcancem o meu queixo, com a força do ímpeto o soco desferido de baixo para cima arrebenta meu lábio. Passo a mão na boca e a encontro cheia de sangue. Apenas uma vez me aconteceu algo parecido: foi uma bola de basquete arremessada sem querer no meu nariz, que, a partir desse dia, ficou um pouco assimétrico. Sempre achei que socos na cara fossem coisa de filme, nem saberia como dar um, que dirá então recebê-lo.

Os outros me cercam. A dor morde a alma e os lábios, mas a raiva leva vantagem. Alguma coisa dentro de mim está decidindo o que fazer sem me consultar. Também entram em campo as crianças que esperam sua vez de jogar: querem ver como o embate vai terminar.

— Quem você pensa que é? Chega aqui da sua bela casa em Palermo, com seus tênis de marca... e me põe para fora do campo, eu, que nasci aqui? Mas por que não volta para a puta da sua mãe?

Essa coisa dentro de mim entra em ação. Agarro a camiseta do menino e o chacoalho, lançando-o ao chão. Ponho o joelho sobre seu peito e ameaço bater nele. Vejo-me fazendo isso.

O menino se debate e me chuta. Depois cospe em mim.

— Agora se manda, senão vai ter mais — grito-lhe.

— Tente e eu te mato. Você não manda aqui. Sacou? É você quem tem de se mandar, senão chamo meu pai e vamos ver como essa história termina.

Permaneço parado, em silêncio. Aquela coisa dentro de mim respira mais lentamente. Tantos olhos em cima de mim, olhos semelhantes a vadios, prontos a se defenderem de um estranho. Desesperados, meus braços despencam ao longo dos meus flancos. Abaixo o olhar. Jogo fora o apito com desprezo e me afasto.

— Vão à merda, vocês e esse seu bairro de selvagens!

Nesse momento, chega dom Pino.

— O que está acontecendo?

— O que está acontecendo? Isto está acontecendo! — grito e lhe mostro o lábio.

— Quem foi?

— Não tenho nada a ver com este lugar. Errei em ter vindo. E se o senhor estivesse aqui, não teria acontecido, porra!

Dom Pino tira um lenço do bolso e o oferece a mim.

Volta-se para os meninos.

— Que história é essa? Quem foi?

— Eu. Esse filho da puta chega aqui e acha que pode mandar.
— E você acha que esse é o modo de agir?
— A gente não quer ele aqui.

Muitos concordam e acrescentam comentários ásperos. Chega, vou embora antes que alguma coisa dentro de mim se transforme em lágrimas. Mas Totò me bloqueia a passagem, oferece-me um copo de água para limpar a ferida; sempre traz consigo o cantil quando vai jogar futebol. A água está morna, faz melhor ao coração do que ao lábio.

— Cuidado. Ele vai mesmo chamar o pai...
— Foda-se. Quem dera seu pai o tivesse educado como se deve..
— Educou do modo como foi educado — intervém uma voz feminina.

Lucia.

Não a tinha visto. Olha para mim sem clemência.

— Arrebentou meu lábio. E agora a culpa é minha...
— Aqui as pessoas são educadas para se defenderem, e ponto-final. Se não quiser se tornar uma vítima, tem de atacar, não pode ser humilhado na frente dos outros. Cresceram assim. Não é maldade, é a vida deles.
— As pessoas normais não fazem isso...
— As pessoas normais que crescem aqui são normais assim. Tudo o que você considera normal não existe aqui.

Depois de ter reiniciado a partida, dom Pino se aproxima. As crianças logo se esquecem.

— O que está fazendo aqui, Lucia?
— Trouxe o sanduíche de sempre para o senhor. Do contrário, acaba se esquecendo de comer.
— É culpa do calor. Ele tira meu apetite.
— No inverno é porque faz frio; no verão, porque faz calor.. O senhor tem sempre uma desculpa para pular as refeições ou comer porcaria.

Entrega-lhe um saco plástico. Dentro há um sanduíche envolvido em papel-alumínio. E um pouco de fruta.

Dom Pino sorri e pega o saco.

— Obrigado.

Observo a cena e me sinto um astronauta que desembarcou em um país alienígena, ou um explorador que descobre uma terra nova, mas não virgem como acreditava.

— Vamos, te acompanho até a sua bicicleta.

Antes de partir, volto-me na direção de Lucia. Está de costas para mim, mas depois se volta e me fita por um instante, amargurada e ferida.

— Não julgue o que você não conhece. De que adianta ir para o liceu clássico se não aprende isso?

Ao fechar a mochila, vejo o livro que trouxe para ela.

Não basta ler livros para ser homem.

Não bastam pensamentos bons para ser um homem bom.

20

A corrente está no chão. O poste parece desolado pela ausência da minha bicicleta. Dom Pino está mais desolado ainda.

— Sinto muito. Infelizmente, aqui as coisas são assim. Se você não é do bairro, quando entra, tem de pagar um preço. Confiei demais no fato de que estaria protegido comigo. Só que...

A rua parece inerte e ignara. A essa hora, a canícula abranda sua mordida, e os sopros do mar acariciam as coisas com inesperada graça, mas fazem queimar ainda mais a ferida no lábio.

— Te acompanho.

— Vou pegar um ônibus.

— Te acompanho até o ponto. Vamos por uma rua que conheço.

— Mas o senhor tem o que fazer.

— Tenho, sim, acompanhar você.

Eu queria ficar sozinho com minha dor, mas ele quis se envolver de todo jeito.

— Mas aqui as crianças são todas como esse mau-caráter?

— Ele não é mau-caráter. Tem o mesmo caráter de todos os outros. Depende de como você trata esse caráter. A família da Lucia parece igual para você? O senhor Mario era um dos velhos lavradores que moravam e cultivavam a terra nessa parte da cidade. Esta era uma região verde, fértil. Depois a cobriram de cimento e betume. Os antigos patrões enriqueceram, e os trabalhadores se reduziram a condições de sobrevivência. Moram em vários apartamentos de dois ou três cômodos, nas velhas casas de lavradores. Seu problema cotidiano não é o que comer, mas se vão comer. No entanto, vivem sua pobreza com dignidade. Aqui a dignidade está por toda parte, você só precisa saber descobri-la. Há muita gente capaz de manter as costas retas, apesar das chicotadas da vida.

Avançamos lentamente em uma espécie de labirinto sufocante e sufocado, o asfalto queimado pelo sol e nenhuma saída. Não vejo a hora de deixar esse lugar.

— Há também algumas famílias novas, vindas de outras partes de Palermo, por causa dos preços acessíveis: são trabalhadores, geralmente assalariados. Fazem sua vida. Usam o bairro, sobretudo para dormir, mas, em todo caso, acabam vivendo aqui. Sabe o Totò, aquele que te ofereceu água do cantil? Vem de uma família assim. Muitos deles me ajudam e organizaram um comitê intercondominial para solicitar serviços que ainda faltam: saneamento básico, escola, jardins.

— Mas por aqui não estamos indo por um caminho mais longo?
— Estamos. É que quero te mostrar uma coisa.
Não larga a presa.
— O quê?

Chegamos a uma avenida. A *via* Hazon. Gigantes de cimento sufocam a esperança não apenas de ver o mar, mas também de sentir seu frescor. A avenida é maculada por buracos e sacos de lixo. As lixeiras são dispostas como barricadas em uma guerra de rua. O mato cresce nas calçadas. Crianças brincam no asfalto com uma bola barata e descolorida, deslocando-se como um enxame atrás dela, que aparece de maneira intermitente entre suas pernas.

— Veja só este prédio.

Um monólito que se lança como uma torre de Babel contra o céu.

— O inferno não é debaixo da terra, mas no cimento dessas moradias populares. Nelas moram dezenas e dezenas de famílias, transferidas do centro histórico, onde estavam acampadas em casas que ameaçavam cair. A prefeitura as enfiou aqui, em condomínios transformados em refúgios para desabrigados.

— Como fazem para viver?

— Fazem o que podem. Há quem trabalhe no mercado informal, se conseguir, ou então faz contrabando de cigarro, tráfico de drogas, prostituição... Muitos estão em prisão domiciliar, outros, na cadeia. Quase todos são analfabetos; as crianças não vão à escola e aprendem o trabalho dos pais, seja ele qual for. O resto é a rua que ensina.

— Poderiam tentar algo diferente.

— Se você tivesse nascido aqui, faria como eles.

Fico em silêncio, como se tivesse levado um tapa.

— Há meses estou tentando adquirir salas no porão desse prédio. Pertencem à prefeitura, mas estão ocupadas e são usadas para as piores coisas.

— Dom Pino, não sei o que dizer. Não tenho nada a ver com este lugar.

— Tem, sim. Você entrou aqui e está saindo despojado.

— Realmente, o balanço da minha visita é um lábio rasgado e uma bicicleta roubada. Nada mal...

— De mal há até demais.

Chegamos ao ponto. A rua é sulcada por bandos de vadios: cães e crianças. Na minha rua veem-se terras-novas, galgos e pastores alemães, que senhoras elegantes levam para passear.

Aqui, vira-latas e vadios. À luz impiedosa da tarde, a miséria se expõe por inteiro.

O ônibus para, fazendo os freios assobiarem.

— Boa sorte, dom Pino. Viajo no domingo.

Acabaram-se minhas palavras. Antes que as portas voltem a se fechar, ele me abraça forte:

— Te peço desculpas. Boa viagem! Me traga um pouco de chá, daquele bom!

Seu sorriso é um até logo.

Há alguns assentos livres. Mais do que me sentar, deixo-me cair em um deles. Continuo a me atormentar com o lábio rasgado, para provar a consistência do mal, sua profundidade. O sangue coagulado me dá a certeza física de que sou feito de carne, não apenas de ar e sonhos.

O sol cai e cessa de fustigar as coisas. Areia. Poeira. Pedra. Depois, pouco a pouco, outras cores vão prevalecendo. Verniz, vidro, vento. Das trevas saímos para a luz, passando por toda gradação de opaco.

Os limites que eu conhecia da cidade têm a extensão que corre entre meu olho direito e o esquerdo, não mais do que isso. É a única coisa que fui capaz de ver em dezessete anos: achei que fosse o mundo inteiro, e não passava de uma pecinha de mosaico. Do alto, Palermo me parecia tão bela, tão cheia de luz. Mas seu ventre é sombra e luto.

O ônibus para na vigorosa luminosidade da *via* Libertà. Desço, quero sentir o ar limpo. O verde das plantas do Giardino Inglese parece esmaltado por antigos mestres de maiólica e marchetaria, folha por folha; os caminhos são dourados, até mesmo o vento parece mais fresco. A esperança já está no ar que você respira, no céu e nas coisas que descem do céu, no mar e nas coisas que saem do mar. Tudo parece igual. Mas agora sei que não é bem assim, como quando eu tocava com o dedo o azul do atlas, e via o mar, o marrom, e encontrava as montanhas, o verde, e descobria as planícies. Os atlas escondem muitas coisas, das quais é melhor ficar longe.

O preço a pagar à realidade é alto demais para mim.

21

Dom Pino pisa os trilhos que, quando criança, queria seguir, mas sentia muito medo e voltava atrás. Nunca tinha coragem para percorrê-los até o fim.

Seu avô lhe contava que levavam a toda parte, e que o trem podia até entrar em um navio e atravessar o mar. Ele o ouvia maravilhado e imaginava os trilhos lançando-se no mar.

Desde pequeno, era o pai escrito. Sapateiro, trabalhador, homem de poucas palavras e muitos feitos. E a mãe escrita. Costureira, afetuosa e convicta de que os filhos tinham de estudar para ter uma vida. Segurou na mão de ambos, tentando dar-lhes toda a coragem necessária para morrer. Seis anos antes, a mãe; apenas um ano antes, o pai.

A voz de uma mulher que chama alguém à mesa simples o faz voltar no tempo em que as recordações se esvaem. A rua se rebobina como um filme, e o espetáculo é o de sempre: os predinhos são baixos, têm vidros polidos e guarnições em alumínio amarelado, que fecham terraços transformados em espaços necessários para viver. Tudo pobre e feio.

As fachadas dos imóveis são encrespadas pelas roupas estendidas ao vento. Mimmo, o policial, fuma um cigarro, vestido com uma regata e cuecas. É perspicaz, esse Mimmo da brigada móvel, embora de móvel ele tenha pouca coisa. Dom Pino se sente seguro por tê-lo em seu prédio, no andar acima do seu. É como ter uma escolta, mas sem dizê-lo a ninguém e sem o incômodo de ser acompanhado por ela em todos os lugares. Ao contrário, é como ter um anjo da guarda de cuecas. Mimmo lhe dá suas opiniões sobre o bairro, sobre as mudanças imprevistas e as tão lentas metamorfoses. As ligações que se desfazem e se criam, como se ele fosse um químico ocupado com as reações que passam despercebidas a olhos inexperientes. Quando volta para casa, depois de um dia de trabalho, Mimmo reúne todos os dados das suas atentas observações e constrói mapas geográficos do poder e da delinquência. Deleita-se ao contemplar esses emaranhados, e nada faz além de desfrutá-los, por gosto de perfeição, como apenas um cérebro palermitano pode permitir-se fazer: capaz de ser frio com uma matéria incandescente. Perdido em elucubrações dignas de um alquimista árabe ou dos relatos policiais mais retorcidos, fita o vazio, mas a chegada do amigo o perturba.

Cumprimenta dom Pino com um aceno e aguarda a bronca amigável e ritual de toda noite estiva, uma cena escrita em um roteiro que se repete há anos.

— Você anda fumando demais, Mimmo.

— A gente precisa morrer de alguma coisa, *parri'*

22

— Estou sem fome. Vou dormir.
— Mas onde você esteve o dia todo?
— Na praia, mãe. Te disse ontem que iria para Mondello.
Não olho para ela e tento esconder o rosto com a mão, como se estivesse coçando o nariz.
Mas minha mãe percebe como estou sem que eu precise explicar. Para ela, basta meu tom de voz.
— O que você fez?
— Nada.
— Como nada? Está com a cara inchada. Me deixe ver.
— Não é nada, mãe, não é nada.
— Federico.
— Foi uma bobagem, levei uma bolada quando jogava futebol.
— Uma bolada? Venha aqui, vamos pôr um pouco de gelo.
Cedo ao tom alarmado da minha mãe.
— Mas olha só o seu estado! Para que isso, afinal? Sempre esse futebol. Vocês são uns fanáticos, você e seu irmão. Fanáticos, não: doentes!
O gelo anestesia a dor e sinto a consistência do restante do meu corpo. Estou fedendo, e a amargura tomou conta de mim.
— Ei, Poeta, o que você andou aprontando?

Manfredi entra na cozinha. Estou sentado à mesa, e minha mãe segura a bolsa de gelo.

Balbucio um "nada", depois minha mãe afasta por um instante a mão e mostra a meu irmão a obra-prima.

— Natureza-viva com corte perpendicular — comenta Manfredi. — E como fez isso? Caiu do cadeirão? Saiu na porrada com alguém porque recitava os sonetos de Petrarca melhor do que você?

— Fá-to-mar-no-cu. — Destaco as sílabas como posso, com o gelo apertando meu lábio.

— Tem ferteza? — Zomba Manfredi.

— Tenho, suma daqui.

Aproxima-se e dá um tapinha na minha nuca.

— Respeite seu irmão.

— Quietos, vocês dois.

— Então, o que aconteceu?

— Levei um soco.

— Mas você não disse que foi uma bolada? — Intervém minha mãe.

— Saiu no braço para conquistar uma garota? Supondo que uma garota digna desse nome consiga ver além do cara feio que você é e tenha fígado suficiente para se controlar mesmo depois do seu primeiro beijo. Ou talvez tenha sido uma garota que te esmurrou depois que você tentou beijá-la?

— Foi um cara.

— Sempre melhor do que dois... E quem era?

— Um cara.

— O primeiro lábio arrebentado a gente nunca esquece. Poeta, você está se tornando um homem.

— Já você continua o mesmo babaca de sempre.

— Federico, quer parar de falar como um mau-caráter?

— Por quê? O que você tem contra os maus-caracteres?

Minha mãe fica em silêncio, magoada com a minha resposta.

— Fê, se você não se acalmar, arrebento seu outro lábio. — Meu irmão eleva o tom.

Levanto-me de um salto, vou para cima dele e o golpeio sem alvo certo. Ele mal tem tempo de se defender, e já lhe finco um soco no estômago, que o faz curvar-se de dor.

Minha mãe tenta me segurar, mas me solto.

— Me deixem em paz. Já disse para me deixarem em paz!

Tranco-me no quarto e permito que a amargura invada todas as minhas células. Em poucas horas, tornei-me violento com as pessoas que mais amo. O inferno grudou em mim, e eu o trouxe para dentro de casa como um vírus desconhecido.

Sinto-me um estranho em casa, um estranho na minha cidade. Estranho para mim mesmo.

23

O inferno tem uma unidade mínima, um estado molecular identificável: é a interrupção da realização, a compressão da vida, não a sua compreensão. Tudo o que a suja, fere, fecha, interrompe, destrói, e toda possível variação sobre o tema da interrupção é inferno. Para opor-se a ele, é preciso consertar, reatar, restaurar, recomeçar, reconciliar...

Dom Pino sabe que o inferno atua com muito mais eficácia na carne tenra: as crianças. É preciso defender sua alma antes que alguém a despeje delas. Cuidar daquilo que têm de mais sagrado.

Sabe que somente as crianças entram no céu, ou quem volta a ser como elas. Mas não porque sejam boas. Nem mesmo ele era bom quando criança. Não queria ir à missa e preferia brincar, bater nos outros meninos e puxar as tranças das meninas. Ele também atormentava os lagartos e roubava maçãs do vendedor de frutas. O céu pertence a elas porque dependem. Sabem apenas receber. Quem sabe receber amor como uma criança o recebe dos seus pais habita o céu e tem sempre um lugar dentro de si para onde escapar. Onde esse amor se estabelecerá, sem poder ser expulso.

Dom Pino sabe que deve proteger esse lugar dentro de cada criança, esse pedaço de bem que explode como uma semente, esse pedaço de alma que, se permanecer intacto, pode salvar. No começo, é pequeno, bem pequeno, mas depois cria raízes, torna-se caule, tronco, folha, flor, fruto.

Em Brancaccio, muitas crianças são como sementes nas trevas. Sementes ao contrário. Não há espaço para um sonho, para a beleza, para a imaginação. Muitas são condenadas a morrer enquanto vivas, muitas são interrompidas antes mesmo que se estiquem na direção da felicidade.

Um desses casos é Giuseppe.
Dom Pino lembra tudo desse garoto de treze ou catorze anos, que surpreendera arrombando um carro estacionado perto do seu.
— O que você está fazendo?
— Não é da sua conta!
— Mas este é o carro de um amigo meu.
— Azar dele.
— Esqueça o rádio.
— Por quê? O que você vai fazer? Vai chamar os tiras? *Parrinu* amigo dos tiras. E você também é um deles.
— Deixe isso aí. O que vai fazer com isso?
— Com o rádio, nada, mas se o vender, vou comer.
— Deixe esse rádio aí.
— Vai contar para o meu pai? Está querendo apanhar de cinta?
— Eu te dou o dinheiro para a comida. Quanto tempo você leva para abrir um carro e pegar o rádio?
— Cinco minutos.
— Com mãos tão velozes, você seria um ótimo operário. Meu pai era sapateiro, e eu o ajudava com os sapatos. Você seria ótimo.
— Não quero ser sapeteiro.
— Sapateiro, não sapeteiro.
— Não quero trabalhar.
— E quer fazer o quê?
— O que meu pai manda.
— E se eu for conversar com o seu pai?
— Ele me mata. Não posso falar com dedo-duro. Nunca.

— Por que não vem me dar uma mão na montagem do presépio? Estou precisando de alguém com mãos boas.

— Não entro em igreja.

— Não precisa entrar na igreja, só precisa fazer o presépio. Construir as casas com madeira, poliestireno, solda...

— O quê?

— Não quer vir dar uma olhada?

— E quanto você vai me pagar?

— O mesmo que vão te dar pelo rádio.

— Não vale a pena. Leva muito mais tempo...

— Mas não prejudica ninguém.

— Azar de quem comprou, significa que tem dinheiro e pode arranjar outro.

O proprietário do carro chega, e o garoto sai correndo, sem o rádio, lançando uma blasfêmia contra Deus e um insulto a dom Pino, que lhe gritou seu desafio:

— Te espero para o presépio! Vamos ver se você tem coragem.

Giuseppe apareceu, tomando todo o cuidado para não ser visto por pessoas que pudessem comentar o fato com seu pai.

— O que está fazendo aqui?

— Vim dar uma olhada.

— Mas não tinha me mandado para aquele lugar?

— Foi de brincadeira.

— Com certas coisas não se brinca. Como você se chama?

— Giuseppe.

— Então, antes de fazer o presépio, é preciso pedir desculpas.

— A quem? A você?

— Não, a Deus.

— Por quê? Você é Deus?

— Não, mas você disse a Ele aquela palavra feia. E deve pedir desculpas.

— Mas por quê? Por acaso Deus está ouvindo a gente? E como faz? Nem tem orelha.

— E o que você sabe sobre isso? Olhe isto aqui. — Dom Pino indicou suas próprias orelhas.

— Mas estas são suas.

— Justamente, as minhas estão a serviço de Deus, por isso são bem grandinhas. Ele faz assim: pede às pessoas que lhe emprestem as orelhas, os olhos, as mãos...

— Você não deixa mesmo de ser dedo-duro, mesmo que seja um dedo-duro de Deus.

— Por exemplo, você quer usar as mãos para fazer o presépio? Se o fizer, suas mãos vão se tornar as de Deus.

— Sei, vai nessa...

— Precisa tentar para ver do que é capaz. Quando Deus usa uma parte da gente, fazemos coisas divinas. Somos como pincéis nas mãos de um pintor.

— O quê? Daquele que pinta paredes? Não, eu é que não quero ser um morto de fome.

— Olhe para as suas mãos. Com elas você pode fazer Deus descer à terra.

Giuseppe olhou para as próprias mãos, que lhe pareceram as de sempre, mas tentou.

E o presépio do Natal de 1992 foi o mais bonito já feito em San Gaetano. O garoto até deixou escapar que, quando crescesse, queria ser aquele que faz coisas de madeira: o carpinteiro.

— Jesus também era carpinteiro. Foi seu pai que o ensinou, e se chamava Giuseppe, como você.

— Mas que Jesus?

— Jesus, o do presépio que você construiu. O filho de Deus.

— Nossa! Mas se era Jesus, por que precisava trabalhar?

— Por você!

— Por mim?

— Para fazer você entender que carpintaria é um trabalho que Deus aprecia.

Os olhos de Giuseppe se acenderam.

A dom Pino deram a impressão de ser um daqueles fios de gramínea que aparecem entre as fissuras do cimento. Assim são todas as crianças de Brancaccio: são iniciadas no inferno, organizando duelos mortais entre cães vadios, torturando gatos que servirão de comida aos mesmos cães de guerra ou serão enforcados. Depois há o tráfico de drogas, os furtos, as brigas, a prostituição... A luz vai escurecendo e é substituída pela raiva de quem destrói e nem mesmo sabe por quê, de quem aprende a dominar antes de amar, de quem não sabe que amar acrescenta alguma coisa à vida, ao passo que odiar subtrai, mas odiar é mais fácil e imediato. É uma espécie de anestesia que não permite que se sinta a vida e a luz. Muitos deles sofrem violência sexual por parte de garotos mais velhos, e assim acabam se habituando a se submeterem. E quem é dominado já não sabe como se faz para amar, porque também já não sabe como se faz para ser amado. Foram crianças que gritaram "Viva a máfia! A máfia vence!", quando Falcone foi assassinado.

Dom Pino começou a preparar Giuseppe para a primeira comunhão, mas quando lhe explicou os dez mandamentos, ele protestou, dizendo que não poderia. Não poderia respeitar o sétimo: não roubar.

— Por quê?

— Porque se voltar para casa sem nada, meu pai me bate de cinta.

Giuseppe desapareceu, dom Pino não o viu mais. Voltou para o cimento. Sim, para aquele blindado do cárcere para menores de idade de Palermo: o Malaspina.

Hoje vai vê-lo. O Malaspina encontra-se em um bairro bonito, no final da *via* Notarbartolo, como uma fortaleza de renegados. Também lhe levará um presente. Mas antes quer ligar para Federico, para saber como está.

— Estou bem, o lábio não dói mais. E o senhor?
— Tudo bem, e por que não haveria de estar? Hoje vou passar perto da sua casa.
— Por quê?
— Vou ao Malaspina visitar o Giuseppe.
— Quem é?
— Um garoto que acabou lá por furto e que conheço bem.
— Como o senhor consegue se lembrar de todo o mundo?
— Ora, você também se lembra das pessoas de que gosta, sem precisar fazer nenhum esforço.
— Bom... é que... criei a maior confusão em casa, dom Pino.
— Se quiser, podemos conversar. Venha comigo visitar o Giuseppe, depois você me conta. Assim, nos despedimos direito; naquele dia ficou tudo um pouco confuso.
— Tudo bem. Mas posso entrar na prisão?
— Traga um documento, e mais nada. Se estiver comigo, não haverá problema.
— Assim espero.

24

A figura retórica que melhor me descreve é o oximoro. A figura retórica dos loucos, de quem diz uma coisa e faz o oposto. Não tenho paz, mas tampouco tenho os meios para fazer a guerra; no entanto, quero ir para a guerra.

O Malaspina fica a dois passos de onde moro, até dá para ver um pedacinho dele do alto do meu prédio, e é mais do que suficiente para considerá-lo a encarnação arquitetônica da desolação. Passei na sua frente centenas de vezes e vi mães esperando, pais com o sentimento de culpa estampado no rosto, crianças alegres aguardando os irmãos que estavam atrás das grades, como se tudo fosse uma brincadeira.

Entramos, e permaneço em silêncio. Tenho medo de ficar fechado na prisão. Dom Pino sorri e me dá um tapinha no ombro.

Uma sucessão de portas de ferro se abrem à minha frente, lentamente, uma após a outra, aumentando minha sensação de opressão. No átrio se ramificam os corredores com as celas. Uma estrutura que me faz pensar na roda do destino, com opções absolutamente cegas. A cor das paredes é anônima, marmorizada de umidade. De um lado, em um nicho, há uma estátua de Nossa Senhora, manchada de pontos pretos, que a fazem parecer afetada pela peste da qual Palermo foi salva graças a Rosalia.* A luz entra de través, como se caísse ali por acaso.

---

* Referência a Santa Rosalia, que teria livrado Palermo da peste em 1625. (*N. da T.*)

Avançamos escoltados por um carcereiro. As celas, que transbordam de corpos abandonados e apagados, assemelham-se a recintos. Não sabemos que temos alguma coisa até perdê-la ou encontrar alguém que a tenha perdido. Pensei nisso quando conheci a irmã com síndrome de Down de um amigo meu: nesse dia descobri que não posso considerar óbvio o fato de ter uma mente que funciona, um corpo que responde, mãos que sublinham um verso. Agora experimento a mesma sensação de estranhamento, como se me visse de fora: o deslocamento da dor.

Assim, pela primeira vez, aos dezessete anos, de um só fôlego, descubro que sou livre. Nessa manhã me levantei, e podia não me ter me levantado, tomei banho, e podia não ter tomado, decidi sair, e podia não ter saído. Tinha liberdade. Tinha tudo. E estava dentro de mim.

Entramos em uma sala de poucos metros quadrados, com uma mesa e duas cadeiras. Há um garoto sentado, daqueles que se vejo na rua mudo de lado, sobretudo depois que me roubaram o Swatch comprado com as economias que levei uma eternidade para juntar.

O garoto salta como uma mola e corre para abraçar dom Pino.

— Dom Pino! Nossa! O senhor veio até aqui!

— Claro, Giuseppe! Acha que vou largá-lo aqui?

Continuo em pé, apoiado na parede rachada.

— Este é Federico, meu aluno.

Aproximo-me e estendo a mão ao garoto, que a aperta com um sorriso capaz de derreter em um instante meus preconceitos. Giuseppe tem os olhos marrons e grandes; tirando a cor, não acho que sejam diferentes dos meus. Giuseppe poderia ser eu. Bastava ter nascido em Brancaccio em vez de Notarbartolo. Se a tômbola dos destinos tivesse sido diferente, talvez fosse eu a estar no Malaspina.

— Trouxe um livro para você.

Dom Pino tira da bolsa um exemplar amarrotado do *Pinóquio*.

— Fala de um marceneiro e do seu filho. Acho que você vai gostar.

— Mas quase não sei ler.

— Assim você aprende, ignorante.

Giuseppe pega o livro e o folheia lentamente.

— Nossa, é cheio de palavras.

— Eu sei.

— É palavra demais.

— Leia, depois a gente vê se são demais. Afinal, o que mais você tem para fazer?

Giuseppe folheia e, de vez em quando, lê uma palavra.

— Fantoche... fada... cepo... Nossa, é cheio de palavras difíceis, quem vai me explicar tudo isso?

— Marque o que não entender e, da próxima vez, te explico.

— Promete?

— Prometo.

— Ninguém veio me ver. Nem minha mãe.

— Quando você sair, vai voltar a me ajudar?

— Vou.

Diz com os olhos apertados, para repelir as lágrimas. De repente, explode como uma mola comprimida por um peso eliminado instantaneamente: começa a gritar e se agarra ao padre como um polvo em um escolho.

— Me tire daqui, *parri'*, por favor. Me tire daqui. Senão, vão fazer de novo.

— O quê?

Dois carcereiros se precipitam dentro da sala e se lançam sobre o garoto. Permaneço imóvel, com os dedos cerrados de medo. Os dois homens precisam segurá-lo para arrancá-lo de dom Pino.

— Volto logo, Giuseppe, não se preocupe. Volto logo.

Giuseppe se prostra e engole o desespero.

Saímos na luz densa da manhã. O ar nunca foi assim desde que respiro. Nunca experimentamos o ar, sempre o damos por certo. Mas quando ele falta é que o sentimos. É sólido e tátil.

Dom Pino está silencioso. Nos braços tem os arranhões das unhas de Giuseppe. Nos olhos, outras marcas, outras feridas.

— Tudo bem, dom Pino?

— Meu amigo Hamil é árabe e sempre me conta uma porção de histórias da sua terra. Há uma de que gostei muito. Dois homens estão caminhando em uma praia, uma tempestade estendeu na areia um tapete de estrelas-do-mar. Parece um céu estrelado ao contrário. O sol as queima sem piedade. As estrelas-do-mar se contorcem lentamente, antes de se cristalizarem por completo. De vez em quando um dos dois se inclina para pegar uma e a lança de volta ao mar. São milhares e milhares. O outro está com pressa de voltar para casa e lhe diz: "O que você está querendo fazer? Jogar todas de volta no mar? É impossível. Levaria uma semana. Enlouqueceu?". O outro lhe mostra a estrela-do-mar que tem na mão e, pouco antes de lançá-la na água, responde: "Acha que ela vai dizer que sou louco?"

— Sim, o senhor é louco de pedra.

— Você também, quando se apaixonar, vai cantar em voz alta e rir pelas ruas. Vai parecer louco de pedra.

— O que está querendo dizer?

— Que os loucos são os que amam. Você sempre pode amar, este é o paraíso. Enquanto não tirarem de você a capacidade de amar, Federico, sempre poderá fazer alguma coisa. O inferno é perder também a liberdade de amar.

Despedimo-nos com um abraço. Agradece-me a companhia e me pede desculpas por não ter sido uma visita muito agradável.

— Boa viagem.
— Obrigado. Boa coleta de estrelas-do-mar.

Sorri para mim e entra no carro.

Desta vez, não é só o lábio que está rasgado, a alma também. Dói mais do que o lábio, pois a alma dói por todos os lados quando se rompe.

25

— Ainda está faltando muita grana.
— Não tenho. Você precisa esperar. As coisas não andam bem.
— Já esperei dois meses. O tempo da paciência acabou.

Nuccio fita um homem baixo e emaciado, que mantém os olhos voltados para o chão e contorce os dedos para mantê-los ocupados.

— Então é sua filha que vai me dar um presentinho. Como se chama mesmo? Serena. É um belo nome, Serena. Me faz lembrar quando você está no barco, em alto-mar.

O homem se cala e aperta a mandíbula, depois estoura:
— Se tocá-la, eu te mato.
— Você o quê?

Nuccio grita em sua cara uma rajada de "você o quê?", sacando a pistola, que aos poucos vai afundando em sua face, nela imprimindo um círculo violáceo. O suor do medo escorre ao contato com o cano, que promete um pedaço de ferro a um pedaço de carne.

— Ah, você o quê?
— Nada, nada... espere que te dou tudo o que você quer. Me dê uma semana.
— Está vendo como você sabe raciocinar quando quer? Mas se daqui a uma semana eu não receber o dinheiro, primeiro como

sua filha, depois taco fogo nos seus móveis, e esta aqui vai fazer "bum bum" dentro desse seu cérebro nojento!

Quando Nuccio sai, o homem se prostra em uma cadeira de balanço.

Olha a sua lojinha de móveis "Casa dolce casa", a foto de Elvira, que já não está entre eles, e a da sua filha, que estuda na universidade, primeiro ano de arquitetura. Por ela faz qualquer esforço, pois é o único sonho que lhe restou. Mas nesse momento preferia não a ter dado a essa luz cruenta.

Nuccio ajeita a pistola dentro dos jeans e se afasta como se nada fosse. Aprende rápido e tem esse excesso de criatividade em relação às ordens, que lhe permitirá fazer carreira logo. A história da filha foi iniciativa sua, sabe quais métodos usar com gente assim. Além do mais, já faz um tempo que está de olho nela: dar-lhe um presentinho não seria má ideia.

Como um lobo, devorou uma presa pequena demais para sentir-se saciado, mas o sangue acendeu nele uma fome maior e o instinto de nova caça. Fareja no ar o odor das vítimas e começa a seguir seus rastros. Para isto é que é feito: sair à caça, perseguir a presa, vasculhar suas vísceras.

26

— Em que essa sua cabeça-oca está pensando, Poeta?
Quando entro no quarto, Manfredi está deitado na minha cama, folheando um livro. Não respondo.
— Dê graças a Deus que tenho um abdômen de Tiger Mask, do contrário não te deixaria vivo. Faria de você um poeta póstumo.
— Desculpe.
— E então? O que está acontecendo? Decidiu bancar o poeta maldito? De Petrarca passou para Rimbaud sem me avisar?
— Nada.
— Já está na hora de você falar, antes que eu morda a batata da sua perna ou ponha fogo nos seus livros.
— Já esteve em Brancaccio alguma vez?
— Tenho amor à vida.
— E eu, às bolas.
— Definitivamente, você é um poeta maldito.
Silêncio. Meu irmão sabe que meus silêncios são indicações para fazer perguntas. Nunca vou falar espontaneamente, mas você indaga, faz perguntas que exijam as respostas mais curtas possíveis, que eu respondo.
— Foi lá que arrebentaram seu lábio?
— Foi.
— E o que você foi fazer lá?

— O professor de religião me pediu para lhe dar uma mão.

— Quem, o padre Puglisi? Me lembro dele na escola: durante o intervalo, passeava nos corredores e respondia às perguntas da criançada. Não gostava da sala dos professores: dizia que era cheia de professores. Ainda está no Vittorio Emanuele?

— Está.

— O poeta idealista não recuou e acabou levando um soco na cara. Coisa de homem.

Pego um livro e o folheio para frente e para trás, sem objetivo, como se as palavras lidas ao acaso pudessem me sugerir alguma coisa.

— Mas quem foi?

— Um menino.

— Um menino?

— É. Também roubaram minha bicicleta.

— E como é que um menino conseguiu abrir seu lábio?

— Terminou?

— Vocês, poetas, sempre conseguem surpreender.

— Não estou brincando.

— Nem eu. Ainda bem que agora você vai para a Inglaterra, assim volta um pouco à realidade, faz alguma coisa útil para você e fica longe de encrenca. Da próxima vez, arrebentam a sua cabeça, não o lábio. Você não sabe nada desse mundo e quer bancar o salvador. Fique na sua, essa cidade de heróis só sabe mandá-los pelos ares.

— Não quero bancar o herói coisa nenhuma. Já não tenho certeza de nada. Parece até que estou seguindo um roteiro escrito. Tudo como você: a viagem, o inglês, a universidade, a carreira... O segundo filho ajuizado que segue o rastro do primeiro e obtém os mesmos sucessos. Não sou como você!

— Isso é pouco, mas é certo. Na família, a perfeição só é alcançada uma vez. Você é material de descarte. Para você restaram ar e sonhos.

— Mas é você que está sonhando. Com o seu mundo todo perfeito, sua namorada perfeita, seu futuro perfeito. Acha que conhece a realidade. Mas, na realidade, onde está o que você vê?

— Onde está?

— Está na estufa em que moramos. Crescemos como plantas de estufa e, quando colocamos a cabeça para fora, o melhor que pode acontecer é que arrebentem nosso lábio.

— Agora eu tenho que me sentir culpado em relação àqueles que escolhem ser delinquentes?

— Escolhem? Tem certeza?

— Sim, tenho.

— Então pegue a sua bela moto e vá com a sua bela namorada tomar um aperitivo lá.

— Esquentou demais esse seu cérebro? Um dia ainda vou fazer uma pesquisa científica sobre o cérebro dos poetas. Quero entender que parte da caixa craniana de vocês é cheia de sonhos e qual porcentual de realidade ficou intacto lá dentro.

— Não, meu cérebro está bem frio. É o coração que está quente demais.

— Está bem, quando esfriar, conversamos de novo. Não se esqueça de pedir desculpas à mamãe. Só estou tentando fazer você raciocinar. A realidade não é a que você imagina mudar, é a que já existe. Da próxima vez, pode acontecer coisa pior.

— Pense na Costanza e deixe que me arranjo.

— Então se vire. Você merece mesmo estar com crianças que arrebentam o seu lábio. Tem a mesma idade mental delas.

Sai batendo a porta.

A força da raiva dura exatamente 22 minutos. Depois, a solidão autoinfligida me preenche de amargura: não tenho físico para bancar o idealista.

27

— O que foi? — pergunta Mãe Natureza.
— Esse moleque quer nos dizer uma coisa — respondeu Turco.
— E quem é você?
— Sou o Riccardo.
— E você sabe quem eu sou?
— Claro que sei. Senão, acha que viria aqui?
— E o que você quer?
— Queria dizer que esse *parrinu* anda dizendo umas coisas feias. Coisas desonrosas.
— E como você sabe?
— Vou lá. Jogo futebol. Vou ao centro. Ouço, observo.
— E o que você ouviu?
— Outro dia mandou a gente recitar o pai-nosso do *picciotto*.
— E o que é?
— Uma espécie de oração para rir. Antes nos ensinou o pai-nosso verdadeiro, aquele que se diz na igreja. Depois nos deu uma folha com o pai-nosso do *picciotto* e nos disse que é o contrário do pai-nosso verdadeiro.
— E como é?
Riccardo tira do bolso um folheto amarrotado e o estende a Mãe Natureza.
— Leia você.
O menino desdobra o folheto e lê, amedrontado:

> Padrinho meu e da nossa família,
> sois homem de honra e de valor,
> o vosso nome deve ser respeitado,
> e todos nós vos devemos obediência.
> Quem não quiser morrer deve fazer
> o que dizeis porque é lei.
> Sois pai e nos dais o pão,
> pão e trabalho, e não vos negastes
> a tirar um pouco de quem tem,
> porque sabeis que os picciotti têm de comer.
> Quem erra, nós sabemos, tem de pagar.
> Não perdoais, do contrário sois infame,
> e é infame quem fala e age como espião.
> Esta é a lei desta companhia!
> Por favor, padrinho,
> livrai-me dos tiras e da delegacia,
> livrai a mim e a todos os vossos amigos.
> Assim sempre foi e sempre será.

Riccardo faz uma pausa, depois acrescenta:
— Mas eu não penso assim.
— Como não? Mas é justamente assim que deve pensar. Não quer se tornar um bom *picciotto*?
— Claro que quero! Por isso estou aqui.
— Fez bem. E faz bem em me contar o que acontece no centro desse padre. Aliás, vamos fazer um pacto. Você vem até aqui e me conta o que esse padre anda fazendo. Combinado?
— Combinado.
— Palavra de honra?
— Palavra de honra.
— Ótimo. Você é um ótimo *picciotto*. Vai fazer carreira comigo.
Mãe Natureza lhe estende uma nota de dez mil liras.

— Compre uma pizza para você. E se se comportar bem, vai receber ainda mais.

Riccardo aperta a nota na mão e parece mais alto e empertigado. Mãe Natureza embaralha seus cabelos e lhe dá um tapinha na face. O menino se afasta, girando o prêmio entre os dedos. Esperto como é, já se tornou olheiro de Mãe Natureza. Tem o jogo duplo na alma.

— Esse padre vai ter de rezar um pai-nosso verdadeiro, depois vamos ver qual funciona melhor — comentou, irônico, Mãe Natureza.

28

— Como é a universidade? — pergunta Lucia.

— Cansativa. Perto dela, o ensino médio é bico. Mas, por outro lado, é legal estudar só o que você gosta. — Serena infla as bochechas e bufa, depois se ilumina em um sorriso maroto.

— E com todos os móveis que você já viu passar pela loja da sua família, vai ser uma excelente arquiteta de interiores.

— É verdade. A mamãe ficou tão orgulhosa quando comecei a universidade. Ela não pôde estudar e se esquecia da vida com aquelas revistas de decoração de que gostava tanto.

— Sente saudade?

— Sempre. E, em alguns momentos, mais. Quando começo alguma coisa nova, queria que estivesse comigo. Me sinto sozinha. Você tem sorte de ter tantos irmãos!

— Para dizer a verdade, às vezes tenho vontade de expulsar todos de casa. Não consigo respirar lá dentro.

— Já decidiu o que vai fazer? Quer se inscrever na universidade?

— Por enquanto vou tirar o diploma de magistério, embora o sonho dos sonhos seja me tornar diretora artística. Mas é melhor não exagerar com os sonhos...

Passeiam em silêncio, da praia para casa. A pele bronzeada e lustrada pelo sol as deixa ainda mais bonitas à luz indômita do verão. As duas amigas se despedem com um sorriso. Lucia avança pelas ruas em que o asfalto é mal remendado, as calçadas são esburacadas, e os tijolos sem reboco conferem às casas o aspecto definitivamente provisório que as caracteriza. Aquele mar tão grande a poucos passos da angústia de uma casa pequena e cheia sempre torna sua passagem mais dolorosa. Mar em excesso chega a doer. Não na pele, mas no coração. Futuro em excesso vem de lá, do horizonte, e fica respirando na sua nuca, enquanto você tenta limitá-lo àquelas ruas e às possibilidades correspondentes. Como é possível amar o mar se ele coloca no seu peito tantos desejos? Como é possível amar aquela luz se depois, ao dobrar a esquina, você precisa renunciar a ela?

— Olha só, que gostosa! — exclama Nuccio ao ver passar Lucia, que tenta seguir reto, abaixando o olhar. Em um instante, o medo varre seus sonhos tolos de garota de 16 anos e traz de volta à realidade a carne e as pernas, que se enrijecem.

Ele não desiste e a segue, farejando seu rastro.

— Um dia desses você e eu ainda vamos fazer um belo passeio, hein, Lucia?

Ela acelera o passo.

— O que foi? Não gosta de mim? Você deveria experimentar. Você tem uma boca de quem gosta de... — Nuccio está colado nela, suas palavras mordem seus ombros como os tentáculos de uma medusa. — A gente daria um belo casal, você e eu. E você ficaria bem na fita. Eu te protegeria, ninguém ia se aproximar de você.

Lucia para. Recolhe no peito a coragem que não tem e olha em seus olhos, com os lábios trêmulos.

— Me deixe em paz, está ouvindo? Me deixe em paz.

— Senão, o que você vai fazer? — responde Nuccio, segurando seu braço com a mão suada.

A garota se solta e sai correndo.

Nuccio desata a rir. O medo que incute o excita quase mais do que trepar com as mulheres.

— É melhor você baixar essa bola. Sempre acabo conseguindo o que quero.

Ela já não o pode ouvir. Tem os ouvidos ensurdecidos pelo medo e os olhos que ardem por causa das lágrimas. O inferno não é feito de promessas não cumpridas, mas de promessas negadas. Seu corpo de mulher a aterroriza, sua beleza a condena à violência. Deve pegar todas aquelas esperanças, colocá-las na palma da mão e soprá-las.

Quando chega em casa, abraça sua mãe e chora em seu colo.

— Por que Lucia está chorando? — pergunta sua irmãzinha.

Gemma acaricia sua cabeça para acalmá-la, mas não pergunta o que foi. Não nesse momento, embora sinta a dor da filha na carne. À luz doce da casa, até as rosas no vaso são amargas nessa noite. Vias de fuga interditadas, apesar de todo aquele porto.

29

— Te dou o dinheiro.

Maria o fita com seus olhos cansados, enquanto dom Pino põe na mesa um envelope com cinquenta mil liras.

— O que vou fazer? Dom Pino, eles vão me matar.

— Você tem de arranjar um trabalho, mas, enquanto isso, pare de se vender.

— Mas que trabalho? Não sei fazer nada.

— Vamos arrumar alguma coisa.

— É impossível, *parri'*. Me tiram até a casa se não fizer o que devo.

— E quer condenar também o Francesco a essa vida?

Maria abre a boca, e o som que estava para sair se transforma em um choro dilacerado. Os olhos se enchem de rímel; o rosto, de cabelos; o peito, de soluços.

— Me ajude, por favor, me ajude, não aguento mais! Se não me jogo da janela é só por causa do Franceschino.

Dom Pino a abraça e arruma os cabelos dela atrás das orelhas, como se faz com uma menina, enquanto ela continua a se lavar com o pranto e a enxugar as lágrimas com os cabelos.

— Vai dar tudo certo. Você vai ver, Maria. Não tenha medo.

— Desculpe, mas não tenho coragem.

— Pense um pouco no assunto. Leve o Francesco para a praia. E pense com calma.

A camisa preta de dom Pino está maculada de lágrimas.

— Que tal fazer faxina na casa de alguma senhora de idade? Talvez fazer as compras para ela?

— Mas todos me conhecem...

— Não aqui. Vamos procurar em outro lugar.

— Por que faz isso, *parri'*?

— O quê?

— Ajudar alguém como eu. O que ganha com isso?

— O seu sorriso.

Por um instante, Maria o esboça, e é com esse sorriso que olhou para Francesco pela primeira vez, com ele olhou pela primeira vez para um rapaz de quem gostava, com ele gostaria de despertar um dia, de manhã, após uma noite de amor concedido.

Ao fechar a porta atrás de si, dom Pino dá de cara com Nuccio, que está indo cobrar dinheiro de Maria.

— O senhor também, *parri'*? Que beleza! Tem bom gosto! — Esquadrinha-o, sarcástico, com os dentes amarelados de tanto cigarro.

— Deixe essa moça em paz.

— Mas como? O senhor pode, e eu não, *parri'*? Que raio de justiça é essa?

— O que está dizendo? Do que está falando?

— *Parri'*, não tem mal nenhum se o senhor gosta de trepar. Somos homens.

— Não, você é um animal. Eu sou um homem.

— Vamos com calma nas palavras, que você já está avançando o sinal.

— É você que fala demais. Maria é uma mãe que precisa de trabalho. Precisa deixá-la em paz.

— *Parri'*, saia da minha frente que meu sangue já está subindo e essa história vai terminar mal.

— Não, não saio. Vá embora e não volte mais.

E ficou na frente da porta, imóvel, com os olhos tremendo de determinação e medo ao mesmo tempo.

— Se não sair, eu te mato.

Dom Pino se aproxima lentamente, com uma mão esticada e a palma voltada para cima, como quem pede caridade. Apoia a mão no braço de Nuccio.

— Por favor, vá embora.

Diz isso com um sorriso, cuja brandura faz Nuccio se lembrar dos olhos de sua mãe, e algo dentro dele, não sabe dizer o quê, ou alguém dentro dele, não sabe dizer quem, faz com que se detenha.

— *Parri'*, isso não acaba aqui. Vá cuidar da sua vida. Entendeu?

Dom Pino o vê afastar-se. Sente a camisa ensopada de suor.

A porta se abre, e Maria sai.

— O que aconteceu?

— Nada, nada, fiquei tonto. Precisei me sentar um pouco.

— Quer um copo d'água?

— Não, não. Já passou.

— Você se cansa demais, *parri'*. E com esse calor, então.

— Você precisa sair daqui, Maria.

— Você é mesmo um cabeça-dura...

30

A mala aberta. Nada é mais temível após o dragão do *Hobbit*. Tem as fauces bem abertas e devora tudo; se pelo menos eu soubesse o que colocar nelas... Permaneço estável por 22 minutos, foi o que eu disse. Não sei do que vou precisar na Inglaterra por 45 dias.

Começo a jogar coisas dentro da mala com base em um critério puramente poético: os livros que quero ler em língua original; os óculos de sol do Manfredi, que comprou um par novo, embora eu não saiba direito de que sol vão me proteger na Inglaterra; um ou dois pares de jeans e umas trinta camisetas; um canivete multiuso, que carrego comigo em todas as viagens desde que me deram de presente, aos 9 anos, sem nunca o ter usado; alguns gibis, caso eu fique doente. Esta é minha mala poética.

Seja como for, depois minha mãe vai dar uma olhada e refazer tudo desde o começo.

Preciso recobrar o fôlego; futuro em excesso me exaure. Começo a folhear meu atlas, a capa já está até gasta. É um atlas feito só de ilhas. No primeiro ano do ensino fundamental, eu não fazia outra coisa a não ser desenhar mapas do tesouro em ilhas inventadas, então meus pais me deram de presente um atlas com todas as ilhas do mundo.

Nessas páginas escavei tesouros, fui capturado por criaturas quiméricas, conheci pensamentos de homens muito diferentes de mim, alguns com quatro orelhas, outros com a cabeça na altura do peito ou braços longos até o chão. Nesse atlas aprendi que o mapa é mais importante do que o tesouro. Gostava de ficar procurando, procurando e procurando. E, quando encontrava um cofre, dentro dele havia apenas outro mapa, que remetia a uma ilha algumas páginas adiante. Assim, a viagem se reiniciava. Eu tinha um navio capaz de sulcar todos os mares. Nos atlas são uniformes: muda apenas o azul da profundidade, mas são sempre calmos, e o meu navio, que se chamava *Magellano*, deslizava naquele azul e atracava em baías semicirculares, em forma de abraço, em fiordes pontiagudos como ouriços-do-mar, em praias muito compridas e desertas. Acho que a minha vocação para os sonhos começou aí.

Eu rebatizava as ilhas com nomes inventados por mim. Esta é a Ilha do Paraíso, minha preferida. Chamei-a assim pelo desejo de dar forma a um paraíso muito pessoal. De fato, os tesouros da ilha continham uma apoteose do que eu gostava e uma promessa do que faltava. À primeira categoria pertenciam, por exemplo, reservas infinitas de massinha de modelar, lego e soldadinhos. À segunda, uma piscina, um lobo, um chapéu que deixa a pessoa invisível. O tesouro era a própria ilha, capaz de gerar a cada aventura os elementos do meu desejo. Fazia certo tempo que eu não olhava para ela, que estava ali, bem paradinha, no azul do papel.

O que colocar nela agora?

Das coisas que gosto, queria uma apoteose de livros.

Do que não tenho queria o amor, a coragem e todas aquelas estrelas-do-mar lançadas de volta à água.

A Inglaterra será a ilha em que vou encontrar tudo.

Parto amanhã.

Acabou o tempo das ilhas imaginárias.

31

Estamos jantando. Costanza, namorada de Manfredi, está presente.

Minha mãe cozinhou para quinze pessoas, embora sejamos cinco, mas se sabe que o amor ali multiplica por três e se manifesta no excesso de calorias.

Meu irmão e eu fizemos as pazes. Não creio que algum dia tenhamos passado mais de 24 horas brigados: depois de pouco tempo, sentimo-nos ridículos, não importa de quem seja a culpa.

— Tudo pronto? — pergunta Costanza. Parece habitada pelos animais mais elegantes do planeta. Tem um cisne no pescoço, um galgo no busto, um gato persa nos olhos e milhares de espécies de borboletas entre os cabelos.

— Sim.

— Você vai adorar. Não pode deixar de ir à Harrods e à Fortnum & Mason. Lá você encontra todos os tipos de chá, biscoitos, essências, especiarias, perfumes... um paraíso.

— A Costanza tem razão, e me traga aquele Royal Blend Tea, que só tem lá. É meio caro, mas vale cada centavo — entusiasma-se minha mãe.

— Eu queria um belo vinil dos Beatles, mas original — diz Manfredi. — E não vá se esquecer de tirar uma foto na faixa de pedestres da Abbey Road.

Meu irmão é aficionado pelos Beatles. Houve um período em que se parecia tanto com Lennon que o chamavam de John.

Meu pai contempla com satisfação sua família reunida, homenageando a arte culinária de sua esposa. Também queria ter tido uma filha mulher, mas talvez tenha sido melhor assim. Para ela. Não sei como teria sobrevivido comigo e com Manfredi.

— E você, pai, o que quer?

— O que você quiser, Federico. Uma surpresa. Quero que você fique bem e aprenda inglês como Deus manda.

— Deus manda saber inglês? Ele também? É mesmo verdade que não existe mais religião. Todos só querem saber desse inglês.
— Brinco, bonachão.

— Sabe quanto nos vai custar essa temporada, Federico? Faça por merecer.

— Pode deixar. Até decidi economizar.

Todos voltam os olhos para mim.

— Decidi não ir mais.

— Está com medo, Poeta? Eu sabia. Também aconteceu comigo. Na noite anterior, não queria ir — sorri Manfredi.

— Não estou com medo. Tenho outras coisas para fazer. Justamente porque não tenho medo, vou ficar.

— Mas o que você está dizendo? — pergunta minha mãe.

— Vou ficar para dar uma mão a dom Pino Puglisi em Brancaccio. Que sentido tem ir para a Inglaterra se nem conheço a outra metade da minha cidade? Não posso ir aprender uma língua nova se não sei falar a minha. O que vou fazer lá?

— Federico, está fora de cogitação. O dinheiro já foi investido. Quando você voltar, ajude seu professor o quanto quiser. As duas coisas não me parecem incompatíveis.

— Mas são. Vocês não estão mesmo entendendo. Não é uma questão de organização. Vou ganhar o dinheiro trabalhando e devolvê-lo a vocês.

— Essa conversa termina aqui. Amanhã você viaja. Ponto-final.

Meu pai nunca eleva a voz, quando o faz, é sinal de que a conversa terminou mesmo. Não há margens para tratativas ulteriores, então eu também tenho de engrossar.

Levanto-me da mesa. Fecho-me no quarto e não saio até ser tarde demais para pegar o avião.

Entre ter razão e ter coragem, escolhi a segunda. Custe o que custar.

32

À noite, o mar deseja o abraço do porto e o impregna de si mesmo como em um rito amoroso, em que as mãos parecem multiplicar-se. O odor dos arbustos de jasmim mistura-se à escuridão, e é mais intenso se a chama do dia que acabou de se apagar tiver sido maior. Ao longo de uma rua solitária, duas silhuetas desbotadas.

Dario fala com uma moça, cujos lábios são uma verdadeira promessa de carne. Dario tem uma dezena de anos e o rosto de um menino que se tornará um belo rapaz. Seus braços e suas pernas são magros, mas proporcionais a um corpo imaturo demais até para um ser efébico. A brandura do olhar é dom de uma tristeza amarga. Os cabelos crespos se aglomeram em sua testa como a espuma nos escolhos.

— O que vai fazer com essa grana?
— Vou comprar um montão de roupas e de coisas de que gosto. E vou comprar comida para os meus pais. E você?
— Vou comprar uma pistola.
— Para quê?
— Para matar quem me colocou aqui e dar o fora.
— Para onde?
— Para onde o vento me levar, com as asas que estou construindo.

Por um instante, o silêncio se torna cúmplice dos rumores distantes da cidade. Televisões ligadas balbuciam luzes e vozes pelas janelas abertas. A essa altura, o mar deveria se levantar, cobrir todo o porto e lavá-lo de todo detrito humano. Mas o mar não sabe de nada do que acontece nas costas que alisa.

Um carro entra na rua, tritura os cacos de garrafas espalhados no asfalto e se aproxima lentamente. Um homem de cerca de 50 anos, barba desfeita e cabelos suados olha Dario e acena para ele, mandando-o entrar.

Ele sorri para a moça, imitando uma pistola com o polegar e o indicador. Entra no carro, que se perde na escuridão, entre arbustos e objetos abandonados: geladeiras, carcaças de automóveis, sofás.

Dario enfia o dinheiro no bolso e vai embora a pé, caminhando como um sonâmbulo.

Logo comprará uma pistola, e suas asas ficarão prontas.

Na escuridão, deita na praia e adormece, imaginando a história que Lucia lhe contou. A história do rapaz que, para fugir de um monstro, recebe do pai asas construídas com penas e cera, e sai voando. Ele sairá voando como rapaz, mas não vai se aproximar muito do sol. Esse último esforço de imaginação também vence a esperança que o mantém acordado e o precipita no sono.

E sonha que uma mulher saída do mar o carrega nos braços e o leva para o fundo. O mar se aproxima dele com a ressaca noturna, como se quisesse satisfazê-lo e escondê-lo dentro de si, poupando-o da luz amarga de mais um dia.

33

— Se você não sair agora deste quarto, garanto que não vai sair mais.

Assim disse meu pai esta manhã. Fiquei trancado até o avião levantar voo sem mim, somente então abri, certo de ter triunfado. Descobri que venci uma batalha, mas não a guerra, quando meu pai entrou no quarto sem dizer nada, pegou a chave e me trancou por fora. Nunca pensei que pudesse me tornar prisioneiro na minha própria casa, no meu próprio quarto. O pequeno quarto-porto tornou-se um quarto-prisão. Segundo meu pai, isso vai me dar tempo para me macerar no sentimento de culpa. Na realidade, os sentidos comprometidos são outros, uma vez que estou preso ali dentro, sem poder comer nem ir ao banheiro. Espero que me passem pelo menos algum alimento e um balde. Isso não é negado nem aos prisioneiros políticos.

Por sorte existe Manfredi. Quando meus pais saem, abre a porta e posso recuperar as funções vitais básicas.

— Poeta, você está se tornando épico! Agora se sente um pouco e vamos conversar. Quero entender melhor. Seus colhões cresceram todos de uma vez só?

— Acho que já fui bem claro.

— É bom não criar inimizade também comigo, seu único possível aliado. Ouça: decidiram que em Brancaccio você não põe mais os pés. Disso você não escaparia.

— E o que vão fazer? Me manter preso em casa? Tenho 17 anos. Chamo a polícia.

— Faça isso, e eu chamo o manicômio. Agora tente se acalmar. Lembre-se de que o racional aqui sou eu. Me conte exatamente o que está acontecendo.

— Quando você vê certas coisas, não consegue mais ignorá-las. Não estou a fim de ir passear em outro lugar e fingir que nada está acontecendo.

— Não acha que está exagerando? É como se eu visse um documentário sobre as crianças na África e saísse para resolver o problema.

— Justamente. Ficamos tão estúpidos que vemos as coisas e não as sentimos. Sei que o pouco que posso fazer devo fazer. Não posso ignorar o que vi.

— E o que você viu?

— Um homem que precisa de ajuda, que arrisca a própria pele nesse lugar todos os dias, e desses pedaços de pele depende a vida, e não estou exagerando, de crianças e adolescentes. Não nasci para pensar só no meu futuro.

— E no que deveria pensar? No dos outros? Você está me parecendo um tanto exaltado.

— Não. Só quero tentar colocar à disposição aquilo que tenho. Além do mais, vi...

— O quê?

— Vi Lucia.

— E quem é ela?

— Uma garota.

— Até aqui eu tinha entendido. Como todos os poetas, você acha que basta ver só uma vez uma garota que te agrada para se apaixonar. Mas quando é que você vai deixar de ter 17 anos?

— Não preciso da sua aprovação. São os meus 17 anos. Não os seus.

Manfredi permanece em silêncio.
— E como é?
— Os meus 17 anos?
— Não. Ela.
— Bonita. Forte. Real.
— Real?
— É, real. É um ano mais nova do que eu, mas não vive fora do mundo como eu. Nasceu e cresceu dentro da realidade.
— E você, não?
— Sim, mas não na realidade inteira, que é feita de luzes e sombras.
— Tem certeza de que está fazendo a coisa certa?
— Queria ter certeza. Mas se eu não me jogar, nunca vai acontecer nada. É como um dia de tempestade no mar, em que já não há praia.
— Versos de?
— Meus. Ou você fica na terra, ou fica no mar. Só há espaço para entrar ou sair, já não há o limiar entre os dois, mar ou terra.
— Às vezes você consegue encantar até a mim. Vou tentar falar com o papai e a mamãe.
— Enquanto isso, me faça um favor.
— Qual?
— Me dê cobertura. Quero ir hoje a Brancaccio.
— Não, agora espere até eu falar com eles. Não pode queimar a negociação antes de começar.
— Cortés queimou os navios na praia quando chegou ao Novo Mundo. Só podia avançar, não havia espaço para remorso. É melhor se arrepender do que sentir remorso.
— Fê, você não é Cortés.
— Nem Cortés era Cortés antes de ter queimado aqueles navios.
Manfredi sorri.

— Tenho uma coisa para fazer. Vou e volto. Você faz de conta que estou no quarto e não quero ver ninguém. Vou deixar a música ligada.

— Vá logo. Ah, e tem uma coisa que preciso te devolver.

Olho para ele, com ar de interrogação. Ele me dá um soco no estômago, e me curvo para me proteger, mas já é tarde demais.

— Assim estamos quites, dom Quixote. E olha lá, hein! Cuidado com as crianças que usam a malha de aço perfurante do Kotetsu Jeeg. Aliás, faz tempo que não assistimos ao Tiger Mask. Seria bom você estudar algumas técnicas para não ser nocauteado... pelas crianças.

Curvado, sem conseguir respirar, tento articular algumas sílabas, mas nada sai.

— Achou que eu ia deixar barato? Lembre-se de que há hierarquias a serem respeitadas.

Aos poucos, vou recuperando o fôlego.

— Volte para aquele lugar de onde saiu sem a minha permissão.

— Você continua sendo meu poeta preferido, mesmo que maldito.

— Então o amaldiçoo. Caia fora!

— Seja rápido.

Os homens resolvem assim as contendas: é uma coisa que as mulheres nunca vão entender. Sem meu irmão, eu seria apenas uma hipótese de homem.

34

Os sapatos. Sim, os sapatos. Com os livros você vai aonde quer, sem sair do lugar, mas com os sapatos vai a lugares distantes, levando seu corpo e o que ele contém. Hoje sei como são importantes os meus sapatos. Graças a eles poderei percorrer esse labirinto que é a vida. Não dá para evitar o labirinto, mas é preciso prestar muita atenção ao fio. E sei que agora a ponta do fio está na mão de Lucia. Quero vê-la, mesmo que só por um instante. Pedir-lhe desculpa. Dizer-lhe que fiquei. Quero aprender as instruções de uso da noite. No final das contas, a vida sempre permanece presa de algum lado. Debaixo dos sapatos. E dentro das palavras.

Consigo encontrar a casa. Bato à porta, e é justamente ela quem vem abrir. Está segurando *Noites brancas*, e mantém o dedo na metade do livro. Seus olhos ainda estão misturados a sonhos e palavras, custam a focar o mundo ao qual pertenço.

— Voltei. Está gostando? — pergunto, apontando para o livro.

— Estou... você é incoerente como o protagonista.

— Devia ter ido para a Inglaterra, mas não fui. Queria ver você de novo.

— Por quê?

— Porque sou um chato.

— Quantos anos você tem?

— Dezessete.

— Não parece.

Abaixo o olhar e tento reunir os poucos recursos que me restam. Vejo meus sapatos, que percorreram aquela rua, com a ilusão de que teria sido simples. Quantas outras ruas terão de percorrer antes de demonstrar a idade que carregam.

— Quis dizer que você tem rosto de menino.

Lucia sorri.

Nem tudo está perdido, eu também sorrio.

— Volto logo. Agora preciso ir.

Lucia me fita e continua a sorrir, sem dizer nada, e eu já não sei para onde olhar. Concentro-me nos meus sapatos e os vejo voltar para a direção de onde vieram. A julgar pelo calor que estou sentindo, devo estar com o rosto em chamas.

Na rua, encontro o garoto que me venceu nas embaixadinhas. Imito o gesto da bola no pé e o cumprimento.

— Como você se chama?

— Que te interessa?

— Preciso saber quem fez mais embaixadinhas do que eu.

— Riccardo.

— Oi, Riccardo. Até mais.

— E você, como se chama?

— Federico.

— E quantos anos você tem?

— Dezessete.

— E você?

— Onze.

— E já é bom assim? Poderia ser jogador de futebol.

— Meu pai me disse que vai me levar para fazer o teste em Palermo.

— É isso aí.

— E você, o que veio fazer aqui?

— Nada, tenho amigos.
— Quem?
— Sou amigo do dom Pino.
— É legal, o dom Pino. É amigo de todo o mundo.
— É, sim. Você é amigo dele?
— Claro! Ele me prometeu explicar o caminho para o paraíso.
— Até isso ele sabe?
— Sabe.
— Vou pedir para ele explicar para mim também.
— Mas primeiro é minha vez.
— Tudo bem. Tchau, Riccardo. Até mais.
— Tchau. Mas onde você mora?
— Em outro lugar.
— Em Palermo?
— Claro, em Palermo.

Despedimo-nos. Caminho satisfeito da minha tocata sem fuga. Estou começando a desmanchar as caixas e a me libertar da ideologia mais confortável que existe, porque só usa pantufas, e não sapatos: o lugar-comunismo. Quando me viro, Riccardo está parado, fitando-me. Despeço-me de novo.

Quando chego em casa, já está na hora do jantar. Meu irmão abre para mim a porta de serviço, sem que eu precise tocar a campainha: tínhamos combinado um toque de telefone em casa. Entro no meu quarto, e Manfredi me põe a par das negociações. O trabalho diplomático do meu embaixador junto ao País da Incapacidade de Entender um Adolescente obteve resultados aceitáveis. Posso ir a Brancaccio, mas só até viajarmos para a praia. Irei com eles, e não se discute. O dinheiro do curso será reembolsado, apesar do cancelamento na última hora. O da viagem está perdido. Vou ter de fazer algum bico para devolver.

— No fundo, no fundo, o papai está orgulhoso de você. Nunca vai dar o braço a torcer, mas o convenci de que você não enlouqueceu de vez. Já a mamãe está muito assustada, achando que você vai acabar mal, como todos os revolucionários burgueses.

— E quem são esses burgueses? Alguma vez você conseguiu saber quem são?

— Acho que são aqueles que têm uma casa para passar as férias e outra para morar.

— E isso é ruim?

— Não me parece.

A voz da minha mãe chama para o jantar. Peço desculpas, e a vida recomeça como antes. Pelo menos assim dou a entender a eles.

35

— Não era para você ter viajado?
— Estou aqui para a coleta de estrelas-do-mar.
— O que aconteceu?
— Giuseppe.
— O Malaspina?
— É. Afinal, que sentido tem eu aprender a língua, os usos e costumes de outra cidade se nem sei o que acontece na minha?
— E os seus pais?
— Se me pegam, me mandam para o hospital. Fiz com que perdessem o dinheiro da passagem. Mas o curso vai ser reembolsado. Seja como for, em casa acham que enlouqueci.
— Em um dia chuvoso, as pessoas ficam melancólicas, mas um sujeito apaixonado que vai encontrar a namorada canta. Parece louco, mas, na realidade, é o único normal. Então vai me dar uma mão?
— Claro! Senão, por que teria ficado? Não faça com que me arrependa...
— Vamos apostar que não vai mais querer ir embora?
— Vamos.
Dom Pino sorri e me abraça.
— Obrigado.
Também o abraço e me sinto em casa. Uma casa com cômodos ainda a serem descobertos e decorados, mas com paredes sólidas e boa exposição à luz.

— Então venha comigo que te explico enquanto caminhamos.

As sombras parecem fugidas, exiladas pela ferocidade do sol nas casas, onde as pessoas as escondem e conservam.

— Aqui a gente precisa andar pelas ruas e se mostrar. Caminhar de cabeça erguida, sem ter medo de ninguém.

— Por quê?

— Para deixar claro que há alternativas à cizânia.

— Ao quê?

— Lembra-se dos proprietários de terra de que te falei alguns dias atrás? Aqueles que venderam a terra e enriqueceram? Como muitas vezes aconteceu na Sicília, das suas fileiras vieram os mafiosos. Continuam a proteger quem tinha casa em seu território: substituíram o trabalho da terra pelo poder sobre a terra. Na ignorância e na pobreza, a cizânia mafiosa cresce mais facilmente. Vejo Brancaccio como um enorme campo onde crescem trigo e cizânia.

— Não entendi o que é essa tal de cizânia. É de comer?

— Você não anda prestando atenção às minhas aulas. É uma gramínea bastante parecida com o trigo. Só que, no momento de espigar, o trigo dá os grãos, a cizânia o imita, mas os seus são inutilizáveis: dão uma farinha venenosa. Aqui existe trigo, mas muitas vezes é sufocado pelas ervas daninhas.

— E por que os políticos não fazem nada?

— Os políticos? Não é a política que salva os homens. E depois, muitas vezes é conivente com esse estado de coisas. O que conta são as escolhas dos indivíduos. Você é a política, rapaz; as escolhas que faz todos os dias caminham por estas ruas. Você se lembra do menino que te bateu? O que teria feito com ele?

— Matado.

— Eu sei. Mas se não aprender a amar você também vai permanecer um menino. Amar os que são como ele é a única política que muda Brancaccio. Julgar é fácil demais. Culpar o sistema político? Também. É preciso deixar o trigo e a cizânia crescerem juntos. Crescem e crescerão sempre juntos. A cizânia é muito rápida, tem raízes superficiais e se mimetiza perfeitamente em meio ao trigo; você não consegue arrancá-la sem danificá-lo. Não há bons e maus, mas há o trigo e a cizânia em todo o mundo. A diferença se vê no momento certo. Com o trigo se faz o pão; com as ervas daninhas, um incêndio. É preciso reduzir aos poucos a zona de influência da cizânia.

— Não sei como fazer isso.

— E quem é que sabe? "Quando o amor quer, encontra um meio."* Mas amar é uma coisa humana. Aprendemos tudo. Nos ensinam tudo. Já o amor, que é a coisa mais importante e mais difícil, ninguém nos ensina. No entanto, se você não o aprender, permanece um analfabeto da vida.

Os velhos conversam, sentados diante da porta de casa, enquanto as cartas do baralho, encurvadas pelo uso, jazem inertes em cima da mesa. Alguém cumprimenta dom Pino, que retribui com um aceno e um sorriso. Um pouco adiante, crianças lançam pedras em garrafas de vidro, dispostas em uma mureta: quando explodem ao sol, parecem uma saraivada de luz. Um jovem com os cabelos marmorizados pelo gel gasta os pneus da sua moto andando sem rumo. Uma mulher ara a rua com sacolas de compras que a pregam ao chão com seu peso. Uma garota de chinelos varre a calçada na frente da sua casa e grita raiva e frustração em um dialeto compreensível só para quem está do lado de dentro. Meus horizontes visuais se ampliam, e os músculos vão se soltando lentamente da tensão do explorador que penetra na floresta tropical.

— Não vai ser uma guerra contra os mafiosos a mudar Brancaccio, mas a resistência paciente e constante à ignorância e à miséria. Quero preparar jogos estivos para as crianças, levá-las

---

* Provérbio siciliano. (*N. da T.*)

à praia e para ver as estrelas. E depois, competições esportivas em homenagem a Borsellino, no primeiro domingo útil depois do aniversário do seu martírio. Você vai me ajudar.

— É uma boa ideia. Mas como o senhor faz para nunca desanimar?

— Tenho Jesus sempre comigo e tento agir como um jardineiro. Tento tratar todos como trigo. Somente se você trata o trigo como trigo é que ele se torna pão. Esmola não basta, é preciso amor. No rosto das crianças se reconhecem as marcas de muitas derrotas, as cicatrizes de muitas humilhações. Minha tarefa é estar nestas ruas e amar todos.

Dom Pino fala do amor como de uma coisa concreta. Um pouco como faz Petrarca quando o escreve com letra maiúscula e o compara com uma presença invisível, mas iminente e determinante.

— Se eu também tivesse nascido no prédio da *via* Hazon, não teria tido escolha. — Continua. — Se você nasce no inferno, precisa ver pelo menos um fragmento do que não é inferno para conceber que existe outra coisa. Por isso, é preciso começar pelas crianças, é preciso pegá-las antes que as ruas as devorem, antes que se forme uma crosta ao redor do seu coração. É por isso que são necessários um jardim de infância e uma escola de ensino médio. Não é preciso força, mas cabeça e coração. E braços. Você não imagina quanta coisa dá para fazer com essas três coisas.

Do outro lado da passagem de nível que atravessei, nada pode ser dado como óbvio. Para onde olhei até agora?

— Também tem as meninas. Ainda adolescentes, em busca de segurança, fogem com algum cara que as engravida: é a escapadinha. Se tudo dá certo, acabam casando, mas na maioria dos casos são abandonadas aos quinze anos, com um filho para criar, sozinhas como cadelas com seus filhotes.

Vejo a mandíbula de dom Pino se contrair em uma careta de raiva. Não conheço essa expressão e não sei de onde surgiu.

— Não quero que Lucia tenha esse fim.

Eu disse assim. Ou alguém dentro de mim, com quem ainda não tenho muita familiaridade.

— Não vai ter.

— Parece uma garota diferente...

— Não é diferente. É como as outras, mas foi educada de maneira diferente. Isso faz a diferença entre quem se torna homem e quem entra para o bando.

Brancaccio, até o nome parece a forma pejorativa de uma palavra que, por si só, já é predatória: *branco*.* Quem poderia imaginar que, no início do segundo milênio, aquilo era um éden árabe-normando de frutas cítricas e água. Ainda se veem alguns sinais dessa água que tudo fecundava: o Castello della Sorgente, ou Favara, e a famosa câmara do siroco** de Costanza, onde dizem que a linda mãe de Federico II recuperava a pele queimada pelo sol mediterrâneo. Quando Palermo inteira era uma cidade verde, apesar do calor, graças a um sistema de canais subterrâneos, inventados pelos árabes no final do primeiro milênio, que jorravam em poços e grutas. Quem fazia o milagre eram os mestres da água, capazes de evocá-la das riquíssimas camadas subterrâneas. E tudo parecia poder germinar naquele terreno. Muitos visitantes ignaros dessa arte se iludiram, achando que os jardins de Palermo tivessem origem divina.

Dom Pino caminha no deserto de asfalto e, como esses mestres, evoca a água e a faz brotar de profundezas ocultas, escavando,

---

* Em italiano, *branco* significa o agrupamento de animais da mesma espécie, bando. (*N. da T.*)
** Entre os séculos XVI e XVIII, as famílias nobres mandavam escavar grutas nas rochas para escaparem ao calor trazido pelo vento siroco. (*N. da T.*)

escavando, escavando. A água oculta na rocha de todo coração humano, até mesmo no mais árido.

A máfia leva a cidade a renunciar às próprias camadas, seca-a e convence-a de que não tem água. E, aos poucos, começa-se a acreditar que, de fato, a água não existe e é concedida com misericordiosa generosidade. Só que simplesmente não é vista. E no lugar dos jardins e das hortas crescem ervas daninhas, como a cizânia. São necessários mestres da água, mas proliferam senhores do siroco.

— Sabe onde nasci?

— Em Brancaccio, não?

— Nos Estados Unidos.

— Como assim?

— É verdade.

— Mas o senhor não fala inglês.

— Tem razão. Mas estou falando de outros Estados Unidos. É assim que se chamava a região mais pobre de Brancaccio, o gueto no gueto, delimitado não por uma, mas por duas passagens de nível. Ali se estabeleceram os que trabalhavam para as ferrovias e provinham de várias partes da Sicília e da Itália, tanto que pareciam até estrangeiros. Entre eles também estava meu avô, que era ferroviário. E é ali que mora Lucia.

— Quando o senhor nasceu, dom Pino? No século XIX?

— Seu malcriado... Nasci em 1937, no dia 15 de setembro, desde menino ouvindo o barulho dos trens e dos ferros das agulhas. Observava os trens e sonhava em ir sabe-se lá para onde. No entanto, o trem da vida me trouxe de volta para cá como pároco, em outubro de 1990.

— Não se sente sozinho?

— Não estou sozinho... a máfia é forte, mas Deus é onipotente.

— Então, por que não faz nada?

Dom Pino permanece em silêncio. Sorri para mim. Acena com a mão, chamando-me para perto, como se quisesse confiar-me um segredo.

— Uma coisa ele já fez.
— O quê?
— Você e eu.
— Com todo o respeito, não me parece grande coisa... Podia se esforçar mais.
— Como diz o meu amigo Hamil, que conhece bem o deserto: quem semeia tâmaras não come tâmaras.
— E o que quer dizer?
— Que devem passar pelo menos duas gerações até que as tamareiras deem frutos. Se eu começar agora, daqui a cinquenta anos alguém irá comê-las e proteger-se à sombra.
— É bonito, mas qual a satisfação para quem semeia?
— Quando você se tornar pai, vai entender.
— Não, quero entender agora.
— Você se tornou muito combativo, estou ficando preocupado... Um pai se compraz com as alegrias dos filhos. Sua alegria se multiplica, é muito maior do que a sua pessoal, porque se nutre das alegrias de todos.
— Acontece isso com o senhor?
— Todos os dias.

36

O sol está engastado atrás do mar, e as últimas estrelas se prendem como hera ao crepúsculo. Bonito seria se o sol surgisse em uma cidade nova, mudada, cheia de jardins e homens que trabalham e amam. De homens cujo trabalho é uma ponte entre os sonhos e a realidade, e não um exílio de si mesmos. Na escuridão, um homem habita a cidade de Deus.

> *No inferno encontrei o paraíso.*
> *É muito menor e mais breve do que o inferno.*
> *Assemelha-se ao canto de um jardim ou a um minuto. Mas é tudo.*
> *E é a realização de cada coisa.*
> *Da semente na rosa.*
> *Do homem no homem.*
> *Da mulher na mulher.*
> *De Deus nas coisas.*
> *E triunfa, silencioso, mesmo que mostre apenas um semblante incompleto, de uma beleza quase estrangeira. Em exílio.*
> *O paraíso se amplia, e nada nem ninguém consegue agarrá-lo e enjaulá-lo. Intrépido como a verdade, indômito como a beleza.*
> *Piedade de mim por todas as vezes em que não desacelerei o florescimento.*
> *Piedade de mim, meu Deus, piedade de mim, se também construí esse inferno com minha acídia. Não basta evitar o mal, é preciso fazer o bem.*

Hoje, muito pouco de mim evoca a luz. Mas toda semente oculta na cegueira da terra treme. Talvez não evoque a luz, mas a invoque.
Assim te invoco. Como uma semente.
Pequeno demais para uma terra tão desolada e obscura
como a minha.
Ajuda-me, meu Deus, a não permanecer só.
Ajuda-me a confiar em ti.

E essa cidade, nele, torna-se real. Liberta seus sonhos mais duradouros, como o antigo mestre sabia encontrar a água, também no calcário.

Ao mesmo tempo, o mar se quebra na costa sólida como um dogma e obriga o porto ininterrupto a confiar no que é constante. Não se pode deixar de ter esperança onde tudo é porto.

37

— Me conte a história de Turiddo?
— De novo?

Dom Pino gosta de contar histórias. É o melhor modo de ensinar, como sempre diz aos seus alunos: falar vem de *fabulare*, contar histórias. Ensina ininterruptamente, e há quinze anos também na escola, embora nos últimos tempos tenha tido de diminuir o número de horas para se ocupar do bairro. Nesses quinze anos, conheceu milhares de jovens nas aulas da escola. Dezoito horas em dezoito classes diferentes de um liceu público lotado. Todos os anos, em cada classe teve entre vinte e trinta estudantes. São quase dez mil os estudantes aos quais sorriu em quinze anos. E sabe o que pode fazer pelo menos um sorriso por semana na vida de um jovem. Nunca deixará o ensino. Talvez no fim da vida chegue a cem mil alunos. Dá para mudar uma nação com cem mil jovens. Mas também dez mil podem bastar para uma revolução. Todo professor é o potencial bélico mais perigoso de um Estado, fusão capaz de ativar reações atômicas insuspeitas.

Antigamente, era sua mãe quem lhe contava histórias, quando não tinham televisão nem rádio. Eram histórias da tradição popular, que em Palermo penetram nas ruelas e nelas permanecem engastadas como uma âncora. Um povo que não perde suas narrativas tem alguma esperança de salvação.

— E então?

Com os dedos em forma de bico invertido, Francesco faz o típico gesto que na Sicília se usa para pedir alguma coisa, levando duas ou três vezes a mão ao peito, como a bater contra ele com os dedos unidos em ponta.

— Era uma vez um menino chamado Turiddo...

— Não, não. É para contar com aquele pedaço primeiro, da sua mãe que era costureira e tinha as mãos muito rápidas...

— Que cabeça-dura que você é!

— Como você.

— Um dia, minha mãe, que era costureira e tinha as mãos muito rápidas quando fazia roupas, me disse que Deus é como uma mãe, por sua misericórdia, e como um pai, por sua força. E eu, que sabia o que era força, mas não misericórdia, pedi a ela que me explicasse. Era uma mulher simples, sem muitos estudos, mas sabia contar histórias para explicar as coisas complicadas. E me contou a história de Turiddo.

Os olhos de Francesco se dilatam, na expectativa de que, mais uma vez, uma fábula lhe desvende os segredos do mundo. Não há distração que resista quando a história é boa. Desaparecem os pensamentos inúteis e até mesmo as dores mais escondidas. Tudo se esvai. Entra em cena Turiddo.

— Era uma vez uma mãe que havia perdido o marido e os filhos por causa da peste. Restou-lhe apenas um, chamado Turiddo, seu preferido. E, para criá-lo direito, a pobre mulher tinha de trabalhar duro dia e noite. Lavava roupa para os ricos, assim podia comprar figos-da-índia para o menino e alimentá-lo bem. Ele gostava muito de figo-da-índia, principalmente dos vermelhos, como seus cabelos. Assim, podia crescer bem. E, de fato, tornou-se um rapaz robusto e cheio de sonhos. Mas começou a andar com uns amigos de alma cor da noite, que passavam o tempo jogando cartas. Às vezes ganhava, mas era o que mais perdia. A mãe sempre esperava por ele, até amanhecer, sentada na cozinha. E o recebia com um prato de figos-da-índia vermelhos e frescos. Ele os comia sem dizer nada, mas dentro de si jurava que mudaria de vida.

"Um dia, Turiddo perdeu o último dinheiro que lhe havia restado e empenhou o que ganharia no futuro. Tinha que pagar sua dívida, do contrário, seus companheiros de jogo o matariam de paulada, o enforcariam ou afogariam como um burro velho. Então, fugiu à noite e sentou-se em uma mureta, com a cabeça entre as mãos e dor entre as costelas. Os cães latiam, e a lua quase desapareceu de medo. Em seguida, alguma coisa se mexeu. Era o manto gigantesco de um homem com um chapelão mais escuro do que a treva e tão grande que cobria até seu rosto. Turiddo se assustou.

"— Quem é você?

"— Posso ajudá-lo — respondeu o outro.

"— Como?

"— Venha amanhã à meia-noite à Bifurcação do Enforcado com o coração da sua mãe, que lhe darei o dinheiro de que precisa.

"— Mas quem é você?

"Não houve resposta, e o manto foi engolido pela noite.

"Turiddo ficou ainda mais desesperado. Não podia fazer mal à sua mãe, que havia sofrido tanto para que ele se tornasse um bom rapaz. Mas o latido dos cães o fez pensar que teria uma morte atroz se não pagasse sua dívida. Assim, na noite seguinte, enquanto a mãe dormia, ele rasgou seu peito com uma facada e arrancou seu coração. Envolveu-o em um trapo e correu para a Bifurcação do Enforcado. A noite estava mais escura do que a escuridão. As estrelas tinham desaparecido. Turiddo lançou-se em uma corrida desenfreada e aflita, de tão grandes que eram o medo e a raiva pelo que tinha feito. Mas sobretudo porque o coração da mãe, apertado debaixo do seu braço, não parava de bater e se parecia muito com aqueles figos-da-índia com que ela sempre o recebia. Queria se livrar dele o quanto antes, e a hora marcada já estava para soar. A estrada era acidentada, e Turiddo, no ímpeto da corrida, acabou tropeçando. O coração, que ainda batia, todo ensopado de sangue, saiu do pano e rolou pelo caminho. Turiddo ouviu sair dele uma voz sutil. Achou que tivesse enlouquecido, mas quando se inclinou para pegá-lo, ouviu nitidamente a voz aflita e lacerante na noite muda:

"— Meu filho, meu sangue. Você se machucou?

"Aquele coração perguntava ao filho, ao sangue do seu sangue, se ele tinha se ferido."

Francesco está boquiaberto, espanto e silêncio são a verdade de uma história. Depois de terminada, se o ouvinte volta aos pensamentos de antes ou se logo toma a palavra, é porque a história é ruim, ou é ruim o narrador. Mas se quem ouviu ou leu permanecer em silêncio, talvez com a boca semiaberta, então se pode ter certeza de que a história é boa e terminará libertando alguém da prisão do desespero ou do tédio, que são a mentira da vida. Por isso, somente as crianças sabem ouvir uma história, mesmo que ela seja sempre a mesma, pois nunca se cansam de ouvir a verdade.

— Turiddo pagou a dívida. E, quando voltou para casa, encontrou um prato de figos-da-índia frescos sobre a mesa e chorou todas as suas lágrimas... Minha mãe me disse que Deus é como essa mãe. Para ele, um filho sempre será um filho.

— Por que você gosta tanto dessa história, dom Pino?

— Porque me faz lembrar da minha mãe. Foi ela que me ensinou a perdoar.

— Mas e Turiddo, que fim levou?

— Não sei. Minha mãe não me contou. Sei lá, talvez tenha se arrependido.

— Ou foi parar no inferno...

— Com uma mãe assim?
— Se alguém tem uma mãe boa não vai parar no inferno?
— Não.
— Mesmo que ele seja ruim?
— Mesmo que ele seja ruim.
— Você já foi ao inferno?
— Algumas vezes.
— E como é?
— Qual a pior coisa que você já fez, Francesco?
— Não sei.
— Pense bem. Aquela que, depois, você sentiu uma dor terrível e não sabia como escapar?

Francesco hesitou. Atormenta as próprias mãos, fecha os olhos e os cobre com elas.

— Quando chutei o cachorro.
— E por que foi ruim?
— Porque ele não tinha feito nada.
— Pronto, isso é o inferno. A solidão que você sentiu depois de ter chutado o cachorro. O inferno acontece sempre que você decide não amar ou quando não pode amar.
— Então vou para o inferno?
— Não. Se pedir perdão.
— Para quem?
— Para Jesus, e depois para o cachorro.
— E como se faz?
— Confessando a ele a solidão que você sentiu depois de ter feito o inferno. É como se lhe contasse uma história; ele sempre gosta das nossas histórias, mesmo das mais tristes.
— E como vai fazer para me ouvir?
— Se contar a mim, pode deixar que dou um jeito.
— Então vou te contar.

Francesco fala do cão, depois da vez em que cuspiu em seu amigo Antonio, de quando deu socos em sua mãe, roubou uma bicicleta, pôs fogo em dois lagartos e na cauda de um gato, atirou pedras nos garotos do outro time e arrebentou a cabeça de um menino; de quando...

Dom Pino ouve com os olhos fechados, e anui. Quando Francesco termina, abre-os e lhe sorri.

— Só isso?

Com a sofreguidão de quem percorreu todo o seu mal, Francesco se tranquiliza.

— Só isso.

— Eu te absolvo dos teus pecados, em nome do Pai, do Filho e do Espírito Santo.

Guia sua mão para fazer o sinal da cruz. E depois lhe dá um abraço.

— O que você fez?

— Eu, nada. Deus é que apagou o inferno. Essas coisas nunca existiram, estão apagadas.

— Então posso ir para o paraíso?

— Pode. Só que não se vai ao paraíso, Francesco.

— Não?

— No paraíso ou no inferno a gente está ou não está. Não vai a eles.

— O que quer dizer?

— Que estão dentro de nós, depende do espaço que deixamos para um ou outro.

— Como assim?

— Se você chuta um cachorro, deixa espaço para o inferno. Se lhe faz um carinho, deixa espaço para o paraíso. Se mata alguém, está no inferno. Se o salva, está no paraíso. É você quem escolhe.

— Agora fiquei feliz. Muito feliz.

— Pois então está no paraíso.

38

O Caçador sabe que o que se deve fazer se faz. Agora, mais do que nunca, agora que Mãe Natureza o escolheu. O que se deve fazer no momento é matar um homem. Assim lhe disseram, e disseram a ele porque suas virtudes são rapidez, determinação e garantia de precisão.

Até os 20 anos fora um trabalhador incansável. Dava duro como um burro de carga. E o fazia porque amava sua mulher e seu primeiro filho. Depois as coisas saíram como o mundo: erradas. Perdera o trabalho e precisava de dinheiro. Conhecia as pessoas certas e começou a roubar.

O percurso para as coisas grandes fora como os degraus de uma escada.

Então veio o dinheiro, muito dinheiro. E fácil. Sem ter de dar duro.

Quando abriu a loja de artigos esportivos e ela não deslanchou, eles lhe deram dois milhões por mês para se manter. Em seguida, sua devoção e sua obediência lhe renderam cinco. E pensar que, como pedreiro, se matava de cansaço para mal conseguir ganhar um milhão inteiro.

Agora basta matar alguém de vez em quando. Nada paga como a determinação. E ninguém tem tanta quanto ele. Sobre a determinação não se pagam impostos ao Estado, talvez à alma, mas esse prurido passa logo, sobretudo se você tem uma família para sustentar.

Se é para matar alguém, seu braço é uma espada já desembainhada, silenciosa e afiada. Por isso, Mãe Natureza o escolheu para si, quis que ele fizesse parte do seu exército, do seu grupo de fogo.

Observa-o sair de casa. Um homem com cerca de 40 anos.

É início de tarde, e a rua está deserta; um silêncio festivo e extenuado veste as ruas.

O Caçador se solta da parede como uma pedra que ganhou vida. A coronha da pistola comprime o abdômen distendido após o almoço dominical.

O homem entra em uma rua lateral ainda mais deserta. Das televisões ligadas deslizam para a rua restos de palavras que logo evaporam.

Caminha tranquilo, com a fumaça de um cigarro lhe fazendo companhia, quando o Caçador se coloca ao seu lado e dispara contra sua cabeça. A pistola com silenciador presenteia o homem com um soluço, no fundo, um soluço misericordioso, pois nem teve tempo de sofrer. Ao sair do buraco aberto na cabeça, a alma se mistura aos fragmentos de vozes televisivas e também evapora. Um pedaço de ferro em um pedaço de carne. Depois, dispara mais dois tiros no coração do traidor.

O Caçador continua a caminhar. Ninguém viu nem ouviu nada. A roupa continua a secar, imaculada e pendurada entre o céu e a terra. O vento a acaricia, e tudo parece simples e puro. O sangue, por sua vez, se alastra.

Dá uma volta no quarteirão. Livra-se da pistola, escondendo-a no depósito de sempre.

Volta para casa, faz um carinho na cabeça de um dos filhos e brinca com ele.

Uma hora depois, volta para a rua e se aproxima do grupo de pessoas em torno do cadáver.

A polícia já está colhendo as evidências.

O Caçador se informa sobre o acontecido, com piedade circunspecta.

Uma menina está ajoelhada perto do corpo do homem. Tem uma boneca seminua ao seu lado.

A mãe quer afastá-la do sangue que mancha seus joelhos.

— O papai vai voltar quando todos forem embora? O sangue vai sumir e ele vai abrir os olhos?

A mãe vira a cabeça e soluça, enquanto a menina segura a mão do pai, a essa altura confinado no espaço das lembranças, sendo que a última delas permanecerá uma fronteira insuperável. O rosto deformado pelo tiro. O coração espalhado na caixa torácica.

O Caçador não tem olhos, observa a cena como se assistisse a um filme pela enésima vez quando não há nada de bom na TV.

O que se deve fazer se faz.

39

Hoje é um daqueles dias em que o vento adoça as ruas, soprando da terra. Cobre o sussurro dos aparelhos de TV, que se estanca quando o calor é imóvel e recoloca tudo em cauto movimento. Estou no ônibus que me leva para Brancaccio e vejo passar casas e homens. Tenho a alma cheia de palavras que gostaria de escrever.

Lembro-me da aula de italiano do início do triênio, sobre os primeiros documentos em língua italiana vulgar. Um era uma adivinhação que comparava a escrita a uma semente preta, espalhada nos sulcos da página branca, fértil como um campo em tempo de semeadura. "Sem as palavras, as coisas praticamente não existem", dissera-nos o professor. "Sobretudo aquelas que estão guardadas debaixo do estrato que as contém. A página é a terra que, revolvida, arada e nutrida, gera palavras completas e exatas, palavras que, ao nomearem as coisas, fazem com que passem a existir em nós, pois ainda não podem se mostrar. As palavras dão à luz as coisas ou dão luz às coisas."

Em seguida — após um excurso sobre o que nos pareceu mais um lamento da recém-nascida língua italiana do que um testemunho literário, o tão famoso "Sao ke kelle terre..." —, falamos de um terceiro documento, em que um mestre-de-obras profere invectivas contra três pobres operários e os fustiga com palavras violentas: "Fili de le pute, traite", puxem, seus filhos da puta. E nosso professor nos dissera que a palavra também é capaz de ferir. Porém, permite-nos sentir o cansaço, a dor, a frustração daqueles três que, sob o fardo do que transportam, sentem o peso de sua existência.

Achei divertido o fato de que, na origem da nossa literatura, haja a imagem da escrita como semente e palavrões. No fundo, para que servem as palavras, senão para dizer bem ou mal? Bendizer e maldizer. Somente para isso servem as palavras. E, mais uma vez, trata-se de escolher o que fazer com elas.

Quando chego, dom Pino está arrumando flores frescas em um vaso perto do altar.

— Preciso ir benzer um morto. Venha comigo.
— Começamos bem... Quem é?
— Não sei. Levou um tiro.

Bendizer a morte.

Talvez seja possível.

40

O Caçador corta em pedaços a carne de um cabrito.

— O cabrito de leite tem a carne mais tenra do que o cordeiro. É uma carne finíssima. O sabor e o odor são menos intensos, por isso é preciso cozinhá-lo bem com o vinho e os temperos certos. Desmancha na boca.

— De leite significa que é filhote?

— Sim, mas principalmente que só se alimenta de leite, e não de capim. Está vendo a cor da carne?

A faca corta as fibras rosadas com meticulosa perícia. A pele está amontoada em um canto, parecendo um vestido descartado. O cabrito parece ainda mais nu e indecente. Com o olho perdido no vazio e a língua espremida entre os dentes, inerte.

O Caçador tira as vísceras, que escorregam por entres suas mãos, como se estivessem vivas. Secciona com a firmeza de um cirurgião. Os músculos do animal cedem, compactos, sob a lâmina afiada. A gordura é branca e firme, e a carne treme como se os cortes ainda ferissem.

— Você tem um trabalho a fazer.

— Diga — replica Nuccio enquanto observa a ponta da faca cortar os tendões que ligam a carne aos ossos.

Em seguida, o Caçador afunda as mãos na caixa torácica do animal e apalpa. Quando as retira, estão apertando um coração pequeno, do qual escorre sangue.

— Isto aqui, picado com fígado, pulmões, rins e timos, mais sal, cebola picada e folha de louro é uma coisa do paraíso.

Reúne todos os miúdos em um recipiente, no qual flutuam imersos no sangue. Agora, do cabrito resta apenas a carne macia.

— Temos de tocar fogo em umas portas.

— Qual a dificuldade? Isso é brincadeira de criança.

— Cuidado, Nuccio, você é muito confiante, muito seguro de si. Não vá fazer cagada.

— Comigo você pode ficar tranquilo.

— Uma época houve um imperador romano que se divertia matando seus escravos no gramado na frente do palácio, simplesmente porque gostava de ver o sangue fresco brilhar na relva verde.

— Quem te contou essa história?

— Não me lembro, li em algum lugar, ou então estava no livro de história do meu filho, e ele me contou.

— E por que está me dizendo isso?

— Porque não fazemos essas coisas. Esse imperador acabou morto por sua própria guarda. Cortaram sua cabeça enquanto tentava escapar por uma latrina. Arrastaram seu corpo nu por toda a cidade e, no final, o lançaram no rio.

— Mereceu.

— Pois é. Mereceu.

Com um golpe seco, o Caçador corta o pescoço do cabrito, e a cabeça salta na mesa, viva, por um instante, como que consciente dessa última ofensa.

41

O caixão está no centro da sala. Aberto. Ao redor, vestidos pretos, preenchidos por mulheres. Os homens entram, inclinam a cabeça e, após alguns segundos de silêncio, vão embora. Murmuram-se lamentos, maldições e orações. O rapaz está em pé, preso a um canto. Todos olham para ele, inquisidores. Depois voltam a seus sussurros cheios de hipóteses.

Dom Pino se senta ao lado da menina com a boneca. E pela boneca a reconhece. Está limpa e perfumada, os olhos selvagens estão cheios de lágrimas, e o nariz está escorrendo.

Dom Pino reza em silêncio.

— O que está fazendo — pergunta ela.
— Estou rezando.
— Para quê?
— Para falar com ele.
— Mas ele está todo furado. Minha mãe disse que não respira mais. Não volta mais.
— Não é verdade. Está no céu.
— Quero ele aqui. Não no céu. Melhor: quero ele na praia, porque todos os sábados íamos à praia, e ele me ensinava a nadar aos poucos, porque tenho muito medo da maré alta. Mas, com ele, não. Só que agora meu pai já não pode vir.
— Ele está vivo e não quer que você se sinta sozinha. Não te deixou.

— Deixou, sim. Porque já não pode me dar a mão para atravessar a rua quando vamos à praia.

— Eu te levo à praia para você aprender a nadar.

— Mas você sabe nadar com a maré alta? Parece meio baixinho...

— Baixinho? Sou um peixe! — mente dom Pino, que talvez tenha tanto medo da maré alta e do mar agitado quanto a menina.

— Se está mesmo vivo, então vou deixar com ele a boneca que me deu de presente. Será que posso colocá-la aqui na caixa? — pergunta a menina indicando o caixão e descobrindo a boca sem alguns dentes.

— Não, não. Ele a deu de presente a você e vai ficar feliz se brincar com ela. Quer que você brinque com ela. Assim, quando a vestir, conversar com ela e fizer carinho nela, vai se lembrar dele.

— Tem certeza?

— Absoluta. Olhe.

Dom Pino procura algo no bolso e tira um rosário.

— O que é isso? Um colar?

— É, era da minha mãe e carrego sempre comigo, converso com ela.

— E ela responde?

— Claro.

— E o que diz?

— Para eu não ter medo, que está sempre comigo.

— Então vou ficar com a boneca. Assim, o papai vai poder falar comigo.

— Isso, acho que é a melhor coisa a se fazer.

— Como você se chama?

— Dom Pino.

— Dompino? Que nome é esse? É estranho...

— É, é mesmo um pouco estranho — responde com uma careta.

A menina sorri.

— Dompino, sabia que minha boneca fica sempre de olho aberto?

A menina lhe mostra os olhos azuis e escancarados da boneca.

— Assim ela te protege. Como se chama?

— Boneca.

— É um nome bonito.

A ladainha de um rosário preenche o luto de palavras cadenciadas como as ondas da ressaca. Torre da cidade, orai por nós. Porta do céu, orai por nós. Estrela da manhã, orai por nós. Refúgio dos aflitos, orai por nós. Rainha da paz, orai por nós. Amém. Amém. Que assim seja.

A menina adormece no braço de dom Pino, que afaga sua cabeça. A morte vista de perto é como é a morte. Não é o contrário da vida, mas sua ausência. A vida tem sempre vida dentro de si, mesmo quando parece morte, como o casulo da crisálida. Mas a morte nada tem dentro de si, não é fruto de uma dolorosa metamorfose. E os homens deram à negação da morte o nome de Deus, para que houvesse alguém maior do que a morte.

42

A luz é emudecida nas escadas do prédio, e o néon brilha sem convicção. Três homens são a sombra armada da noite, a noite de 29 de junho, e carregam o fogo com que conquistam as cidades nos poemas épicos. Depois, dividem-se para entrar ao mesmo tempo em três prédios do mesmo condomínio. 'U Turco. O Caçador. Nuccio. Guerreiros de uma guerra sem inimigos, declarada a três pais de família, cuja única arma é a cabeça-dura. Pais de família decididos a obter o que falta a Brancaccio: saneamento básico, uma escola média, um parque. São os fundadores do comitê intercondominial, no qual envolveram uma a uma as pessoas dispostas a se empenhar para vencer as resistências de políticos e mafiosos, para obter não um privilégio, mas o que é devido à nua dignidade humana, sem se dobrarem ao poder alternativo dos mafiosos. São aqueles que decidiram romper a lógica oprimidos-opressores que regula as relações de força do bairro. Foram até o Presidente da República com suas cartas. Receberam atenção e, finalmente, as obras para o saneamento. São a demonstração de que, quando um palermitano coloca uma coisa na cabeça, morre por ela. E continuam a fazer com que falem deles, a fazer barulho.

Os cabeças-duras merecem ser queimados. A gasolina enxagua as paredes de um tanque, e esse é o único barulho que acompanha os passos incendiários de Nuccio. Sua religião tem um só mandamento: a aprovação de Mãe Natureza. Há dinheiro, mulheres e respeito. E isso é o que deve ser feito, como lhe ensinou o Caçador. Está diante de uma das três portas a serem incendiadas. Quinto andar. Sobre a campainha lê-se "Martinez". "Di Guida", quinto andar. "Romano", oitavo andar. A sincronia tornará o fogo de artifício ainda mais espetacular.

Espalha a gasolina no capacho, enquanto o silêncio permeia o sono de quem trabalha durante o dia. O fogo solta-se da madeira e se enfurece pelas paredes a serem conquistadas. As portas se desfazem. Assim aprendem a colaborar com aquele padre. Queimar ao redor de dom Pino. Os políticos locais se queixaram: vocês não conseguem vigiar nem mesmo as pessoas comuns, os padres, os empregados... que nem tiras são!

Por isso, as portas viraram fumaça. Por isso, um mês antes, virou fumaça o furgão da empresa que estava restaurando a igreja. É melhor o cheiro da madeira queimada, da tinta da carroceria, do tecido da tapeçaria, da borracha dos pneus do que o odor acre e adocicado da carne.

Assim, o homem suga a alma do homem, como nessa cidade se sugam as lesmas, depois de fervidas em uma panela, com sal espalhado nas bordas para que não fujam as que tentam escapar do fogo, quando nem mesmo suas casas já são seguras.

Assim se compra o silêncio: com o fogo, que subjuga o coração e o dobra, obriga os olhos a se voltarem para baixo, e o cérebro, ao absurdo. Nessa noite, as crianças choram e ninguém pode dar uma razão suficiente. E um pai deve prezar mais sua família do que a verdade.

Mas esses três, Martinez, Di Guida e Romano, são diferentes, ou seja, são normais. E enquanto as pessoas os acusam de passar uma imagem ruim do bairro com o comitê intercondominial, as cartas e as solicitações, eles denunciam o ato doloso. Apesar dos telefonemas anônimos das noites sucessivas, em que uma voz de mulher grita "socorro, socorro!" e depois se ouve o barulho de copos tilintando e uma terrível voz rouca, eles denunciam, falam, escrevem.

Apesar do fogo e dos latidos do bando, com a palavra resgatam séculos de silêncio cúmplice.

Heróis de uma épica comum.

43

O que lhes vou apresentar
é uma história de herói e donzelas,
mil aventuras tiveram de enfrentar
às vezes terríveis, às vezes belas,
e eu, o menestrel, quero contar
dentre todas as mais belas.
Agora abram os ouvidos e me deem as mãos,
meninos e homens, mulheres e anciãos.

Totò usa um chapéu em forma de meia e agita uma espada de madeira para cadenciar o ritmo do que diz. Seu papel é o do contador de histórias, o menestrel. Aprendeu com perfeição os versos iniciais da obra que Lucia quer que as crianças recitem.

O sonho de Lucia é o teatro. E com dom Pino decidiram encenar uma história extraída da *opera dei pupi*, ópera de bonecos, as marionetes dos paladinos de Carlos Magno. Os bonecos serão as crianças: no fundo, *pupo*, "boneco" em dialeto, quer dizer justamente isso.

Lucia tem um talento instintivo para dirigir. Intui a parte mais adequada aos vários atores, inventa tramas, escreve falas, cria figurinos... Como uma semente de beleza que ela esconde no inverno do coração daquelas crianças, para que dê frutos no degelo. Envolveu as mães, as avós e até alguns pais: cada um ajudará como puder.

O espetáculo se intitula *Orlandino à conquista da cidade*, e conta, segundo a tradição das narrativas, a infância do corajoso Orlando. Nascido nos bosques, longe do pai, morto em batalha, e sozinho com a mãe, desde pequeno manifesta astúcia e força extraordinárias. Como não tem como instruir-se pelos livros, aprende tudo explorando o bosque, acompanhado do fiel amigo Virticchiu, que um dia se tornará seu escudeiro. Orlandino não sabe que é fruto de um amor proibido. Sua mãe é irmã de Carlos Magno: ao se apaixonar por um homem pobre, teve de fugir de Paris e esconder-se. Um dia, Orlandino encontra no bosque uma caravana de viajantes que se dirige à cidade para um torneio de aspirantes a cavaleiros de todo tipo, nobres e pobres, vagabundos e mercenários, aventureiros e deserdados. São todos muito jovens, como ele, que se faz valer. Carlos quer levá-lo consigo à corte e, ao tomar informações sobre ele, descobre a verdade: é seu sobrinho. Ganelão, nobre conselheiro de Carlos, temendo perder as graças de seu senhor, decide eliminar o jovem herdeiro. Mas o astuto sobrinho de Carlos, com o auxílio do mago Pipino, junto aos amigos que fez no torneio, tenta desmascarar as maquinações de Ganelão, que, na realidade, quer eliminar o próprio Carlos Magno e tomar-lhe o trono.

Lucia adaptou a história e o texto, e toda semana há ensaios nas salas do centro Padre Nostro. Tem que administrar cerca de quinze meninos e meninas. O papel de Orlandino coube a Francesco. Virticchiu é Calogero, irmão mais novo de Nuccio. Há ainda as mulheres da corte, entre as quais a menina com a boneca, que foi inserida no grupo pouco antes. Ganelão é Riccardo, e sob a barba de mentira do mago Pipino se esconderá dom Pino em pessoa, só que ele ainda não sabe. Lucia interpreta a mãe de Orlandino. Falta um Carlos Magno.

As armaduras e os escudos de papelão, as saias verde-esmeralda e os corpetes de tecido azul, os elmos de lata, com penachos de mentira e diademas de plástico brilham na imaginação das crianças de Brancaccio como armas de aço temperado e brocados feitos a mão.

— Imagine a cara do dom Pino quando descobrir que vai ter de colocar esta barba e este chapéu de mago Merlin? — Francesco se dependura no braço de Lucia, ocupada em costurar uma decoração em uma roupa de cena.

— Vai se divertir, você vai ver. Vai ser um aniversário inesquecível.

Decidiram fazer a estreia no dia 15 de setembro, de surpresa.

— Mas você acha que vai conseguir recitar a fala de cor?

— Fique tranquilo, já cuidei de tudo. Vai ser uma surpresa. — E faz sinal com o dedo para se calar. — O único problema vai ser ele chegar na hora...

As crianças se dispõem em círculo, a um metro de distância umas das outras. Totò começa a declamar, altivo e agitando a espada.

> Nada podiam as espadas de Ganelão
> contra a astúcia do corajoso Orlandino,
> sem o cérebro, o braço é vão,
> derrotar não pode o corajoso menino,
> que com seus amigos tem um plano
> e a ajuda do velho mago Pipino.
> Assim, prestem bastante atenção:
> de quem é a vitória, de quem a refeição?

— É rendição, Totò, rendição! O que a refeição tem a ver com a história?

— Essa palavra é difícil... não a conheço. E, depois, estou com fome...

— Você também tem razão. Mas já te expliquei: a rendição é o contrário da vitória, significa entregar-se.

— Eu sei, eu sei, mas sempre esqueço...

As crianças se dispõem em volta de Ganelão, vestido todo de preto e enfeitado com penas de corvo. Vê-se encurralado e não sabe quem golpear, pois assim que tenta um movimento, o círculo se fecha ao seu redor como um polvo, e alguns o golpeiam nas costas, passam-lhe uma rasteira, empurram-no, dão-lhe uma pancada na cabeça.

— Renda-se, sou o sobrinho de Carlos Magno, e um dia esta será minha corte.

— Malditas crianças, o que vocês acham que podem fazer a um homem armado de espada? Vou cortá-los como fatias de melão.

— O cavaleiro parece nervoso. Precisa de uma camomila. — Ridiculariza-o Virticchiu.

— Não, precisa de um pouco de ar. A armadura o está sufocando. — Rebate Orlandino.

E puxa suas calças por trás, obrigando-o a caminhar a passos bem curtos e ridículos, como se fosse uma barata, enquanto suas cuecas vermelhas ficam aos olhos de todos.

As crianças riem, e Orlandino aproveita para dar um belo golpe na cabeça de Ganelão.

— O bom vinho está nas pipas pequenas — diz um.

— E a gota fura a rocha. — Reforça outro.

— Não há nada grande que não tenha sido muito pequeno.

O traidor desaba no chão, e todos vão para cima dele.

— Esta cidade é nossa!

— Hurra, hurra, hurra!

As crianças festejam com uma ciranda ao redor do derrotado Ganelão e entoam em coro um canto de libertação.

Para encorajá-los, Lucia representa os movimentos de cena.

No final, levantam as mãos e lançam um grito, um grito de alegria, seguido por um silêncio de alguns segundos, necessário para que o espectador se reposicione no tempo e no espaço.

A magia da narrativa, como um rio que vem de longe e deságua no mar, capturou a mente e o coração das crianças, merecedoras de uma grande história. Quando não há uma história maior do que nós, transmitida de pai para filho, ficamos à mercê dos roteiros fáceis de quem tem poder. Somente quem pertence a uma história pode inventar a sua, como as flores nos ramos das amendoeiras, que são as primeiras a contar a primavera.

Em um canto, também dou risada e aplaudo. Sempre consigo encontrar um canto onde me enfiar para ver e não ser visto. Sou alguém que fica bem nos cantos

Lucia se volta.

— O que está fazendo aqui?

— Fiquei sabendo que estão precisando de um Carlos Magno. Ela sorri. As crianças aplaudem.

— Vai ter de vir aqui toda hora, há muita coisa a fazer

— É mesmo?

— É, sim. Sou a diretora e, se quiser participar, vai ter de seguir as regras, como eles.

Fico em silêncio, inclinando a cabeça em sinal de concordância obediente, embora o rei seja eu.

44

Durante a missa dominical, dom Pino está mais sério do que de costume. As crianças, sentadas na primeira fileira, percebem e ficam nervosas. Entre elas está Francesco. Dario. Totò. Salvatore. Riccardo. Lucia com os irmãos. Mais atrás está Gemma com o marido e o senhor Mario na cadeira de rodas. Estão os pais de família das portas queimadas. Está Mimmo, o policial. Estão as freiras que ajudam dom Pino. Também estão eles: os lobos da alcateia. Marcando território. Defendendo-o de incursões pouco agradáveis.

— Sabem qual é o trecho do Evangelho de que mais gosto, crianças?

Um coro de "não" fende o ar suado.

— O das beatitudes, que explica como se faz a felicidade. Em particular, este ingrediente: beatos aqueles que têm fome e sede de justiça, porque serão saciados.

"Nele não se fala de ser satisfeito pela justiça dos homens. Aliás, muitas vezes a nossa justiça é injusta. Tampouco é possível ser feliz quando se sente fome e sede de alguma coisa que não se pode realizar. A felicidade está em ser saciado, e certamente não em morrer de sede ou de fome. A justiça de que se fala é a promessa que Deus fez aos homens, ou seja, de que sua força prevalecerá, de que o amor terá sempre a última palavra, mesmo quando a violência parecer sufocá-lo. É uma justiça estranha: avança no mundo, silenciosa, oculta, mas irrefreável, como um foragido que nunca se deixa apanhar. Ficaremos saciados porque ele faz aquilo que não alcançamos. Mas a nós se pede para abrir a porta da nossa vida, para deixar essa justiça entrar nas ruas por onde caminhamos e tornarmo-nos essa promessa de Deus que se realiza: somos nós a sua justiça. Saciaremos a fome e a sede dos outros se respondermos às perguntas de Deus.

"Duas são as perguntas que Deus faz ao homem. A primeira é destinada a Adão, quando ele se esconde após ter cometido o pecado: 'Onde estás?'. Deus nos pergunta onde nos escondemos. Nós nos envergonhamos do mal que cometemos e nos escondemos. Já não nos deixamos encontrar pela misericórdia de Deus, pois achamos que Ele quer nos punir, que podemos não merecer mais seu amor, enquanto é justamente isso que Ele nos quer dar de graça." Dom Pino se interrompe e indica o crucifixo de madeira, depois recomeça:

— A segunda pergunta é a que Deus faz a Caim, que matou seu irmão Abel: "Onde está teu irmão Abel?". E ouve a resposta: "Sou porventura eu o guarda do meu irmão?". Sim, é. Cada um de nós é o guarda de quem tem ao lado: por parentesco, por amizade, por trabalho, por vizinhança. Cada um de nós é confiado aos outros, e os outros são confiados a nós, porque Deus move tudo para nos levar a amar mais e ser mais amados. Hoje, são estas as duas perguntas que ouvimos Deus nos fazer: "Onde estás? Onde está teu irmão?".

"E nós, como respondemos aqui e agora? Em um bairro onde não há uma escola de ensino médio, um parque público, um local para as crianças brincarem? É normal que vocês insistam em pedi-los. Deus confia ao homem o cumprimento da própria vontade: não concede milagres onde o homem pode fazê-los com seu trabalho cotidiano. Mas há quem não queira que o homem viva dignamente a sua condição. E não consigo entender por quê. E peço que essas pessoas venham aqui. Vamos conversar. Cara a cara. Vamos discutir. Vocês são filhos desta igreja. Estou esperando por vocês. Nos vemos na praça. Nasci e cresci neste bairro e estou cansado de ver as crianças e os jovens pelas ruas. Podemos fazer alguma coisa nova.

Olha-os com seriedade.

As narinas de Nuccio tremem, sua boca se contorce ao redor dos dentes encavalados. As crianças estão inquietas porque não entendem o que dom Pino está falando: parece bravo, fala difícil.

Em seguida, o sacerdote oferece o pão e o vinho e, com eles, toda fibra da própria vida. Observa suas crianças e lhe vêm à mente as palavras do *Apocalipse* de João: "Eis que renovo todas as coisas." O mal grita mais forte, mas uma primavera silenciosa abre caminho nesses rebentos, e ele deve cuidar deles. Basta uma gota do sangue de Deus para salvar o mundo inteiro, imaginem um bairro de Palermo. Mas a onipotência fraca de Deus sem o homem nada pode fazer. A liberdade do homem é a barreira em que Deus quis confinar sua onipotência.

Distribui o pão repartido para todos.

E volta a sorrir de onde sorri. De longe, com uma luz que não vem dos caminhos dos homens, mas está em um espaço que ninguém pode tocar, o espaço de quem se sente em casa em meio à tempestade, de quem está alguns metros sob a superfície agitada, onde o azul é tranquilo e imóvel. Sua fome e sua sede são saciadas, justamente porque as experimentou. A alegria de quem chega ao destino a qualquer momento da navegação. Para ele, Deus é *tudoporto*, e o homem, uma *erva daninha* em busca de ancoragem.

45

— Isto é para você.
— O que é?
— Um livro.
— Estou vendo.
— É o *Cancioneiro*, de Petrarca. Meu poeta preferido. Já tinha trazido para você em outra ocasião, mas um soco me impediu de dá-lo.

Lucia pega o livro, abre-o, cheira-o.
Depois o folheia.

— Nunca li um livro de poesia. Um livro feito só de poesia.
— É igual aos outros livros, é como se os capítulos fossem mais curtos.
— Por que o trouxe para mim?
— Porque você gosta de ler e tenho uma porção de livros. Ou talvez para pedir desculpas.
— Por que justamente este? Na escola, Petrarca me pareceu um pouco chato.
— Porque fala do amor pela mulher à qual ele dedica essas poesias. — Contorço as mãos e sinto o rosto arder.
— E como termina? Não lembro.
— Não muito bem.
— Por quê?

— Ela morre.
— E ele?
— Ele continua a amá-la, a recordá-la, e escreve.
— E de qual você gosta mais?
Procuro as páginas mais marcadas. Ofereço-lhe o livro.
— Leia — diz-me Lucia.
— Ah, não, leia você...
— Leia. É a sua.
Faço uma pausa para limpar a garganta e, em seguida, começo lentamente, um pouco envergonhado:

Paz não encontro, mas não faço guerra;
Temo, espero; sou gelo e mormaço;
Pelos ares voo, preso à terra;
Nada possuo, mas o mundo abraço.
Tal é minha prisão, que não me liberta nem me encerra,
Não me detém nem desata o laço;
Não me mata o Amor, nem me desaferra,
Não me quer vivo, mas não me cede o passo.
Sem olhos vejo, sem língua grito;
Desejo a morte e por socorro insto;
Por mim tenho ódio, por outrem, amor.
Chorando, rio, e apascento-me de dor;
Morte e vida pouco me valem:
Por ti, mulher, estou neste estado.

— Os primeiros versos são muito bonitos. Até porque são fáceis de entender. Diz que não tem paz, mas que não sabe como fazer para combater, e é cheio de contradições. Mas depois não entendo mais nada.
— Se quiser, te explico.
— Quero, sim. Quem é que o mantém aprisionado?

— Laura, a mulher por quem está apaixonado. É como se o mantivesse prisioneiro, embora não o detenha, porque não o liberta nem o prende, não o ata nem desata. E o mesmo faz o Amor. Viu que está escrito com letra maiúscula? Para ele, é uma presença misteriosa, uma espécie de sombra que o oprime, como quando você está em um quarto e sente no escuro a presença de alguém. Tem certeza de que está ali, mas ele não diz nada e você tem medo de perguntar — falo sem ter coragem de levantar os olhos.

— É estranho, porque ele diz coisas que não podem estar juntas. Prender e libertar, manter encerrado e abrir. Como é possível?

— As poesias são assim. Nelas acontecem coisas que, do contrário, não se consegue explicar. E ele consegue. É alguém que encontrou as palavras para dizer como se sente repartido, dividido, dois estados ao mesmo tempo por causa do amor.

Lucia sorri com a minha gesticulação, como se eu estivesse segurando as palavras na mão, semelhantes aos pinos de um malabarista.

— É verdade; depois ele diz que grita, mas não tem língua? E que vê, mas não tem olhos?

— É, sim. Isso se chama oximoro. São palavras que estão juntas, mas se contradizem.

— Oximoro?

— É.

— Gostei. Não conhecia essa palavra. Parece o nome de uma fruta. Mas o que quer dizer "insto"?

— Peço.

— "Apascento-me".

— Alimento-me.

— "Chorando, rio" é um oximoro?

— É, o mais bonito deste poema.

— Com você já aconteceu alguma vez?

— Um oximoro?

— Sim, quer dizer, não, rir chorando?
— Não. E a você?
— Já.
— Quando?
— Assunto meu. Você gosta muito das palavras...
— Para mim, são como as âncoras. Servem para deixar as coisas firmes. — Olho em seus olhos.
— Petrarca parece interessante. Nossa professora o fez parecer chato... Olhe, estou com problemas no texto do *Orlandino*. Não é fácil organizá-lo.
— Me pareceu ótimo.
— Não seja puxa-saco. Algumas partes não ficaram boas. Mas isto aqui talvez me ajude. Obrigada — diz Lucia ao pegar o livro.
— Só que as palavras não bastam para fazer um bom espetáculo. É preciso tempo e suor. Segurar essa criançada não é fácil. Por isso te disse que você precisa vir a todos os ensaios. Preciso de ajuda.
— Deixei de ir para a Inglaterra para vir aqui.
Lucia permanece em silêncio, depois pergunta:
— Mas por que para você as coisas têm que ficar paradas?
— Porque, do contrário, fico enjoado.
Sorri como eu nunca a vira fazer até então. Um desses sorrisos em que baixa a guarda, e é como se dissesse a quem olha: se você quiser me ferir, fique sabendo que este é o ponto que deve atingir.
Oximoros. Contradições.
Realmente, não entendo a vida: para possuí-la, você precisa perdê-la para alguém.

46

Nas cidades de mar, toda noite há um momento em que o mar ignora o céu e tem uma cor toda sua. É o azul que usou o autor do mais belo *Triunfo da morte* já pintado. Foi realizado no século XV, em Palermo, por um pintor sem outro nome além do título desse quadro.

Quem o observa encontra a morte porque quem o pintou molhou o pincel diretamente na paleta da Dama de Preto. No centro do quadro está a Morte, cavalgando, rasgando a cena na diagonal, sobre um corcel fremente, que parece a radiografia de si mesmo. Parece ouvir seu relincho enquanto lança flechas contra homens poderosos e ricos, que ignoram sua tenebrosa presença, e ela, por sua vez, ignora os homens impotentes, que a invocam de seu desespero, para que os alivie do peso da vida. A justiça injusta da Morte.

Olhe bem essa cena antes que a umidade termine de consumi-la, como todas as coisas belas, e se possa repetir sem álibis que nem mesmo a beleza é imortal em Palermo. A flecha que a Morte acaba de lançar penetra o pescoço de um jovem louro, elegantemente vestido com um traje de brocado azul. Enquanto, no canto oposto, um par de cães, imortais pelo tempo que a pintura conservar sua pele, ladra amedrontado, o jovem tem os olhos abertos e esbugalhados, agarra-se à vida segurando a mão de um amigo que nada pode fazer a não ser apertá-la, para evitar que o outro sinta a completa solidão, de cujo amargo cálice provaremos. Esse afresco, tirado de sua parede, encontra-se atualmente no edifício que também conserva *A Virgem da Anunciação*, de Antonello da Messina. Em um único lugar são guardadas as duas cores mais perfeitas e nunca misturadas para representar os dois principais chamados do homem: aquele para a morte e aquele para a vida, o azul do *Triunfo da Morte* e o azul de *A Virgem da Anunciação*. E como a cor é o estandarte que o homem finca no território da luz que Deus arrancou das trevas, o azul serve para arrancar de Deus o privilégio de possuir o segredo da vida e da morte.

Nessa hora da noite, em que, por um instante, as coisas calam, e a vida e a morte se mostram para serem superadas, dois amigos passeiam, à margem desse azul.

— Por que você disse aquelas coisas, dom Pino?

— O que você teria feito?

— Teria evitado.

— Colocaram fogo na porta das pessoas, e nós colocamos o fogo da verdade.

— Mas que verdade? Desde quando se diz a verdade nesta cidade? Não viu que fim levaram Falcone e Borsellino? De que adianta?

— Se continuarmos a guardar a verdade no sótão, cedo ou tarde também vamos esquecer que um dia houve alguma. O problema desta cidade é que as palavras significam uma coisa e o seu contrário.

— Melhor com duplo sentido, mas vivos.

— Mas você não entende? É justamente pela vida, a vida do bairro, a vida das crianças, a vida das mulheres, a vida dos homens, a vida! Um padre tem de fazer isso! O máximo que podem fazer é me matar, e daí?

— Não diga isso nem de brincadeira.

— Mimmo sempre diz que de alguma coisa a gente tem de morrer. Você tem mulher e filhos, Hamil. Não me interessa se vão me matar. E depois, imagine, não vão matar um padre. Eles sabem que a gente fala, fala, fala e não faz nada.

Segunda parte

ANSEIO

Além de ti, ó mar, tenho um paraíso em que
vesti o deleite, não a desventura.

IBN HAMDÎS, *IL CANZONIERE II*, VV. 20-21

E as crianças na macieira
Não percebidas porque não buscadas
Mas ouvidas, semiouvidas, na quietude
Entre duas ondas do mar.
Depressa agora, aqui, agora, sempre"

THOMAS STEARNS ELIOT,
FOUR QUARTETS, LITTLE GIDDING, VV. 35-39

1

A agressão da luz só se desfaz com o anoitecer, no mar. Esta é a hora de resistir e permanecer, mas como se faz para permanecer e resistir quem vive à margem? Mesmo em sua abundância, a água salgada não serve para apagar o calor de quem tem sede, e todo homem expõe uma imortalidade ferida.

O rapaz anseia tudo e nada. Dom Pino anseia justiça. Lucia anseia a beleza intacta de alguns sonhos. Francesco anseia brincar com um pai. Maria anseia receber um pouco de carinho de algum homem. Manfredi anseia sua brilhante carreira. Os pais, um filho realizado. O Caçador anseia uma vida feliz para seus filhos. Nuccio anseia o consenso de seus chefes. Dario anseia um pouco de pureza. Totò anseia uma baqueta de regente de orquestra. Riccardo anseia um trocado fácil.

São todas criaturas da vida. Todas criaturas mescladas de amor e dor. Nelas se agita o Deus de todo anseio.

O coração aprende a querer o que está além-mar para quem nasceu aqui. Lança-se em êxtases contínuos, sai de si. Esse desejo infinito, que obriga o coração a se fragmentar, se necessário for, é chamado pela maioria de vazio e resolvido com o amor. Mas, em Palermo, tem um nome bem específico: *anseio*, por excesso de mar para olhar, de viagens para começar.

Para quem chega, Palermo é tudo porto. Mas para quem nela nasceu: tudo partida, tudo desejo, tudo fuga. Em busca do que há depois, nunca satisfeitos no tempo do nunca.

Do Tudoporto originam-se infinitas viagens reais e imaginárias. É a dívida a ser paga à cidade, mas é também seu doce encanto: o chamado para algo que está sempre além do horizonte.

A mmari a nnome ri Ddiu. Assim um pescador inicia seu dia, lançando as redes: "Ao mar em nome de Deus." O Mediterrâneo é o dom mais fecundo da deriva dos continentes. Não há espaço mais sagrado e impregnado de memória do que esse mar. Reúne o suor dos pescadores hoje, e outrora as lágrimas dos heróis.

"Ao mar" e "amar" têm quase o mesmo som, e tudo o que é ambíguo aqui é verdadeiro: o coração anseia a vida, e a vida nunca o satisfaz.

Curiosamente desprovido de livros, o rapaz lê as páginas do mar, e o horizonte se assemelha à última linha. Olhos e coração vão para o largo: o infinito não está apenas nos livros e nas bibliotecas. Está em todo bairro. Está em toda vida que busca seu significado.

Mais tarde, deixa o porto para trás e lentamente volta para o ventre da cidade, atrás do porto. No bairro da Kalsa: *al-Khàlisa*, a eleita, onde morava o sultão com sua corte, porque as águas doces do rio Oreto subiam rumo ao centro. Superado o que resta do rio, abrem-se aquelas que no tempo do "era uma vez" eram as fecundas terras de Brancaccio. Ali perto há o mercado, o edifício e o museu mais bonito de Palermo, o jardim botânico e a igreja La Magione, onde um dia seus pais se casaram. Percorre a *via* Romano Giuseppe. *Via* Santa Teresa. *Via* dello Spasimo.* Sim, há uma rua perto do mar com o nome do sentimento que sente quem deixa o mar para trás. Há cidades em que as ruas fazem

---

* *Spasimo*: aqui traduzido por "anseio". (*N. da T.*)

com que o peregrino seja feito da mesma substância, quer ele queira, quer não.

E há uma igreja nessa rua, não dedicada a um santo ou a uma santa, mas a esse sentimento. Essa igreja traz, sim, o nome de Maria, mas ninguém sabe, todos a chamam de: Lo Spasimo. Tem um teto que não existe e dá para o céu, como um porto dá para o mar. E, por um instante, parece que Deus pode descer de novo na terra por esse teto que não existe, como um marinheiro que volta para sua amada.

Tudo porto para quem chega. Tudo anseio para quem fica. Cidade construída sobre o paradoxo, cidade em que se está sempre chegando e esperando.

O rapaz se senta sob o céu retalhado pelos muros da igreja e fita o azul queimado pela luz.

Do sol, ele sabe. Mas onde surge o amor, sempre muda.

Justamente o anseio salva todas essas vidas? Ou as condena?

2

— Me empresta o violão?
— Não.
— Vou pegar do mesmo jeito.
— Então ponho fogo nos seus livros.
— Ah, vai, Manfredi...
— O que quer fazer com ele?
— Tem um menino que quer ser regente de orquestra. É o seu sonho.
— E o que tenho a ver com isso?
— Tudo. Quando alguém quer, sempre tem a ver.
— O que você vai fazer com o violão?
— Seria bom se ele aprendesse a tocar um instrumento, assim vê se gosta mesmo da coisa.
— E tem que ser com o meu violão?
— Você tem outra solução? Aliás, já que toco muito mal, por que você não dá umas aulas para ele lá em Brancaccio?
— E você acha que não tenho mais nada para fazer?
— Não estou dizendo para você se mudar para lá. Só estou te pedindo algumas horas na sua cidade, a poucos quilômetros de distância.
— Nem pensar. Te empresto o violão, mas está sob sua responsabilidade. Se quebrá-lo, quebro você.

— Pode ficar tranquilo. Deixa comigo.
— É justamente isso que não me deixa tranquilo. Sua capacidade de perder as coisas é proverbial.
— O importante é não perder a alma.
— Quem disse isso?
— Não lembro.
— Só estava faltando o poeta-water. Cuidado para não perdê-lo dentro da alma.

3

— Que bicicleta é esta?

— É para você me ensinar. Poxa, sou o único que não sabe andar! — responde Francesco, peremptório.

Cara a cara estão um menino de 6 anos e um homem de quase 56.

— Tem razão. Vamos lá, vamos ver o que você sabe fazer.
— Medo eu não tenho.
— Se não tem, por que está me dizendo?
— Porque tenho um pouco, mas não pode contar a ninguém.
— Mas, espere aí: que mal tem em sentir medo?
— Se você tem medo, ninguém te respeita.
— Não há mal nenhum em sentir medo, Francesco.
— Você sente medo?
— Sinto.
— Do quê?
— Da maré alta.
— E do que mais?
— Da dor.
— E do que mais?
— De morrer.
— E quem quer te matar?

— Ninguém, ninguém. É só modo de dizer. E você? Do que tem medo?

— De que a mamãe me deixe sozinho.

— Não, sua mãe nunca vai te deixar.

— Quem é que sabe? De vez em quando me diz umas coisas feias.

— Para mim, só diz coisas bonitas de você, e quando te diz coisas feias, não é o que pensa de verdade. É só porque você a deixa nervosa.

Dom Pino pega a bicicleta, uma velha Graziella,* e olha para ela.

— Onde a pegou?

Francesco não responde.

— Você a roubou?

— Estava abandonada.

— Ah, sim, e talvez a corrente também estivesse.

— Sei lá.

— Então vamos fazer assim: eu te ensino a andar, mas depois você vai deixá-la onde a pegou.

— Senão?

— Senão vai ter de se virar sozinho.

— Está bem. Puxa, dom Pino, o senhor é esperto.

— Não sou esperto, Francesco. Esperto é o que se diz de quem engana os outros.

— Na vida, se a gente não for esperto, acaba mal. O mais esperto vence.

— E quem disse isso?

— Não sei. É o que se diz.

— Vamos, suba na bicicleta.

Francesco se acomoda no selim alto demais. Nem consegue tocar o pé no chão.

---

* Modelo de bicicleta dobrável. (*N. da T.*)

Dom Pino o segura por trás e, como todos os pais, o faz girar em círculos, soltando-o apenas por breves instantes.

Francesco aprende rápido e, como todas as crianças, cai e rala os joelhos e os cotovelos. As feridas da primeira volta de bicicleta serão lembradas para sempre.

No final, vai sozinho, até desaparecer.

Dom Pino fica olhando a rua vazia.

— São filhos. Cedo ou tarde precisam ir embora.

4

— Como a gente vira regente de orquestra? — perguntou-me Totò há alguns dias.

— Antes de mais nada, você precisa saber música — respondi.

Pelo menos acho que seja assim; na realidade, nunca entendi direito qual a importância de um homem com uma baqueta na mão. Afinal, não é uma fada.

Em todo caso, hoje começamos com a primeira aula. O violão de Manfredi atravessou a cidade, e eis que agora ressoa em um mundo antes inimaginável.

Começamos com alguns exercícios para soltar os dedos.

A ponta dos dedos de Totò apertam as cordas, até ficarem marcadas.

— Não achei que machucasse.

— No início é assim, mas depois se torna natural.

Como acontece a quem é iniciante, das cordas sai apenas um som sufocado, mas Totò não se importa. Está fascinado com as notas e sua diversidade.

A mão direita logo encontra uma posição sobre a caixa, parece que não lhe falta senso de ritmo.

— Você tem talento.

— Não, não trouxe.

— O que você entendeu?

— O talento?
— Sim.
— E o que é?
— Quer dizer que você é bom, tem dom para a coisa.
— Jura?
— Juro.
— E qual é o seu talento?
— Me meter em encrenca.
— Tipo?
— Tipo deixar meus pais bravos.
— Sabe que também sou muito bom nisso? E o que mais?
— Gosto das palavras.
— E o que faz com elas?
— O que você faz com as notas?
— Música.
— E com as palavras se muda as coisas.
— Tipo?
— Por exemplo, você não conhecia a palavra "talento", e agora que a aprendeu, sabe que o tem. Antes, não.
— Nossa, é verdade. Então você também precisa me ensinar algumas palavras, assim tenho mais coisas.
— Tudo bem.
— Tipo?
— Tipo o quê?
— Tipo me ensine outra.
— Deixa eu pensar...
— Uma que tenha a ver com a música.
— Polifonia.
— Tem a ver com aquela doença que deixa a pessoa paralítica?
— Não, isso é outra coisa, é poliomielite. Polifonia é quando há vozes ou sons diferentes, cada um com suas características, cantando ao mesmo tempo e criando uma harmonia complexa.

— Não entendi nada. Dá para explicar de um jeito mais fácil?
— Espera, vou tentar. Então. Olha estas cordas: MI LÁ RÉ SOL SI MI. Se eu tocar uma de cada vez, cada uma vai ter um som diferente; se tocar todas juntas, vão criar uma harmonia. Ouviu?
— Ouvi.
— A polifonia é um tipo de harmonia entre instrumentos e vozes diferentes.
— Entendi. Nossa, você é bom para explicar as coisas! Agora quero fazer essa harmonia. O regente de orquestra faz isso, não? Tantos instrumentos, e ele coloca todos juntos, movendo a baqueta.
— Você tem uma baqueta?
— Não, por enquanto, não.
— Precisamos arranjar uma.
— Puxa, seria demais! Mas agora você me ensina.
— O quê?
— Essa tal de polifonia.
— Vou tentar.
— Você é bom com as palavras, pode ensinar uma porção de coisas. É melhor do que a professora.
— Exagerado.
Olho para a sala cheia de crianças contentes, que desenham, brincam, recitam, dançam... São elas a polifonia da vida.
Chega dom Pino.
— Vamos fazer um bom lanche?
A resposta vem em coro. Todos o seguem até o salão onde está posta uma mesa com Coca-Cola, pão e Nutella. O restante até pode ser de outras marcas, mas essas duas coisas precisam ser assim, sob pena de haver uma revolução.
Tento cruzar o olhar de Lucia, mas ela está muito ocupada com as crianças. Está falando com Dario, a quem explica alguma coisa movendo as mãos, como se planassem as asas de uma gaivota. Fito-a, encantado. E de uma região pouco explorada da minha

geografia interna surgem outras palavras que memorizei: *O Amor me encontrou totalmente desarmado, / e aberto o caminho dos olhos ao coração.*

Quando a sala já está quase vazia, pego minhas coisas para voltar para casa.

O violão desapareceu.

Tenho um sobressalto. O violão de Manfredi.

Procuramos por toda parte, mas não está em canto nenhum. As profecias sempre se confirmam, sobretudo quando são negativas.

Reviramos todo o centro, mas nada do violão. Em seguida, entro no salão dos ensaios teatrais. No escuro, ouço o beliscar de cordas. Aproximo-me e vejo Totò sentado em um canto, tocando e ouvindo o som, com o ouvido quase colado no instrumento. Estou furioso, até porque vou chegar atrasado à pizza de despedida de Gianni, que vai viajar. Continuam a me repetir que enlouqueci de vez por ter trocado Oxford por Brancaccio.

Mas quando Totò levanta o olhar para mim, como se despertasse de um sonho, tem os olhos brilhantes de alegria. Sorri, desarmado e desarmante.

— Nunca tive uma coisa tão bonita.

Sento-me ao seu lado.

— Continua. Eu te empresto, mas tem de tratá-lo bem. — Ouço-me dizer, enquanto o outro eu sabe que estou cometendo o enésimo erro. *Vejo o melhor e sigo o pior.*

Totò sorri com olhos ainda mais brilhantes.

— É o meu talento. — E beija o violão do meu irmão.

Abraça-me.

Sei que sou um homem morto. Diz uma parte de mim.

Sei que sou um homem vivo. Diz a outra.

5

A noite está pontilhada de luzes baixas e, nos locais abertos, os repelentes elétricos de mosquitos emitem fosforescências marcianas. O odor de incenso repelente e de fritura se misturam, a pele descoberta das meninas e o bálsamo em seus cabelos despertam a caça nas ruas ainda marcadas pelo instinto da espécie para sobreviver.

— Apenas uma hora de atraso. Onde é que você estava? — pergunta-me Gianni.

— Estava ocupado.

— No verão? Quem vê pensa...

— Agora conte o que aconteceu com você. Por que não viajou?

— Aí tem coisa. Loura de olhos azuis? Você já...? — O gesto é eloquente.

Peço uma pizza e uma cerveja. Depois conto tudo aos meus amigos, que me ouvem entre incrédulos e compassivos.

— Por que vocês também não vêm?

— Aonde?

— Dar uma mão lá em Brancaccio.

— Estamos de férias, Federico, ainda não caiu a sua ficha...

— Meu cérebro não saiu de férias; ao contrário, talvez tenha voltado de umas férias muito longas. Estamos organizando a festa pelo primeiro aniversário da morte de Borsellino. Haverá competições esportivas: corrida, bicicleta, cabo de guerra. Haverá uma competição de bolos para as mães e, depois, a maior comilança. Um dia que vai ficar marcado! Estamos precisando de ajuda para fazer tudo da maneira mais profissional possível; se cada um der um pouco do próprio tempo...

Concordam. Claro. Claro. Vamos nos organizar. Vou encontrar um tempo livre. Antes de viajar. Claro, é preciso ter coragem. Infelizmente, preciso ir com os meus pais para a praia, senão iria amanhã mesmo. Talvez quando voltar. Já fiz voluntariado uma vez. Vou sem dúvida, mas justo nesse fim de semana não posso. Dom Pino é mesmo o melhor. Minha avó também não anda muito bem de saúde.

A ladainha segue adiante com frases feitas e lugares-comuns.

— Por que vocês não dizem "não" logo de uma vez, em vez de ficarem contando mentiras?

— Não é porque você decidiu bancar o herói que tem de se sentir superior.

— Mas herói do quê? Só estou pedindo algumas horas do tempo de vocês, em um período em que não têm nada para fazer.

— Por acaso dom Pino fez lavagem cerebral em você? Sempre digo que é melhor ficar longe dos padres.

— Vocês não sabem do que estão falando, são mesmo um acúmulo de lugares-comuns.

— Desculpe se não somos heróis — comenta Gianni com sarcasmo; logo ele, que sempre me defendeu. Em um instante, percebo o quanto nos distanciamos.

— O que é que os heróis têm a ver com isso? Como sempre, você não entendeu nada. Os heróis são apenas homens com colhões. Aqueles que você já não sabe onde deixou.

— É perigoso demais. Deixa para lá, Federico. É melhor ficar longe dessa gente. Estou lhe dizendo como amigo. — Conclui Gianni, abreviando a conversa.

— E o que você sabe?

— Essas coisas a gente sabe. Você está falando de Brancaccio, Fê. Repito: Brancaccio.

— E eu te digo: vá tomar no cu. E repito: vá tomar no cu.

— Calma, pô! Que bicho te mordeu?

— Vocês já me encheram o saco.

Levanto-me e vou embora.

Deixem-me caminhar sem destino, enquanto lambo as feridas dessa cidade com os meus olhos. Nessa noite, as ruas salpicadas de luzes se aninham em um labirinto complexo demais para as minhas pernas.

Uma scooter para ao meu lado. É Gianni.

— Isso é jeito de se despedir? Vamos, suba.

Não preciso pensar duas vezes. Subo na garupa da sua scooter tunado e vamos a um dos nossos lugares preferidos, onde fumamos o primeiro cigarro. Para mim, também o último, pois a tosse foi minha companheira asfixiante por dois dias. Perto da almadrava Vergine Maria. Abandonada há anos, tem uma torre com um terraço que dá para o mar: parece ter saído diretamente dos contos de fadas.

À nossa frente há apenas a escuridão negra do mar, que se ergue como uma imensa fera, exaurida pelo calor do dia, e que arfa com lentidão.

— Me explica essa história porque não entendi.

— Estou apaixonado.

— Por quem?

— Por uma garota de Brancaccio. Se chama Lucia.

— E você tinha de ir procurá-la justo ali? Com todas as que estão em Palermo? E a Agnese, que está correndo há meses atrás de você?

— Não é uma brincadeira.

— Mas vocês estão juntos?

— Não. Nos falamos três vezes. E uma delas foi uma briga.
— Ah, vai, você está na média dos amores platônicos. Acorde, Fê!
— Mas não é só isso.
— E o que é, então?
— Tudo.
— Tudo o quê?
— Todo o restante. A vida ali me parece muito real se comparada àquela de sempre. Eu não podia continuar a viver na irrealidade. Ir para a Inglaterra seria como continuar a nadar em uma piscina minúscula depois de ter experimentado o mar.
— E o que você encontra de real ali?
— As crianças. O que você pode fazer por elas, embora seja muito pouco. E dom Pino. Tem tanta energia que não sei de onde a tira.
— Ele não está te convertendo, está?
— A quê?
— Sei lá. Talvez você também esteja rezando?
— Não. Estou falando de viver, de sentir-se vivo. Como se até agora eu tivesse vivido no mundo mágico das crianças, para as quais as coisas acontecem conforme desejado. Só que ali é diferente: as coisas acontecem apenas se você encontrar a coragem para fazê-las.
— Mas essa Lucia, como é? Fala italiano?
— Você é mesmo um cretino.
Alguns sopros de vento acariciam a copa das palmeiras e fazem as estrelas tremerem um pouco.
— Tem uns olhos verdes lindos e cabelos pretos como o mar desta noite. Gosta de ler. Não é como as outras.
— Não me parece que na nossa área faltem cabelos pretos, olhos verdes e livros.
— Sim, mas ela é verdadeira.
— Espero, Federico; não seria a primeira vez que você se apaixona por garotas que só existem na sua imaginação.

— Quero dizer que ela tem coragem. Não foge, não recua. Pega a vida como é, mas sem ficar esmagada.
— Como você sabe? Mal a conhece...
— Venha comigo, Gianni, e você vai ver.
— Vou viajar, Fê.
— E você, como está com a Giulia?
— Bem.
— E como é estar "bem"?
— Com altos e baixos.
— Você bem que podia ficar mais um pouco na cidade. Venha comigo. Traga a Giulia.
— Para fazer o quê?
— Dar uma mão no futebol. A Giulia poderia ajudar a Lucia.
— Não sei. Não é nada fácil mudar a programação no último segundo.
— Nisso tenho alguma experiência, mas depois que você faz pela primeira vez, cria certa dependência.
— Seus pais não enlouqueceram, não?
— Não quiseram ter um segundo filho? Foi o que arranjaram.
— Que azar.

Com o ombro, dou um empurrão amigável em Gianni, e ficamos em silêncio, olhando o mar: poderíamos passar horas assim, sem nos entediarmos. E agora o mar parece asfaltado pela escuridão da noite. Talvez mais difícil do que atravessá-lo seja ficar e resistir em terra, sem renunciar à imensidão que ele fincou no seu coração.

6

Convidei Lucia para ir à minha casa trabalhar no roteiro de *Orlandino*. Não via a hora de lhe mostrar meu quarto, e agora tudo me parece inadequado, a começar por mim mesmo.

Lucia está vestida de si mesma. A simplicidade plena é uma característica sua. Graças à ela, aprendi a diferença entre uma garota que se mostra e outra que se manifesta. A primeira interpõe entre si e os outros uma demonstração de quem quer ser e, antes de lidar com ela, você precisa superar algumas camadas de insegurança dissimulada; a segunda não é protegida por nenhuma demonstração, limita-se a ser a obra de si mesma. Nada tem a acrescentar. Lucia não usa maquiagem. Lucia tem a pele descrita nos cancioneiros árabes medievais, a arte das especiarias e o exotismo inconsciente desta terra. Talvez eu a esteja idealizando, é tudo culpa de Petrarca. Ainda tenho medo de dizer, mas acho que *o nome que no coração me escreveu Amor* é o seu. Lucia de luz calma, de sombras frescas. De água limpa em dias de sede. E você está no meu quarto, no meu porto. Agora que está olhando todas as minhas coisas, entendo o quanto são pobres e quão pouco tenho para te oferecer. Mas você pode aproar aqui, neste pequeno porto tranquilo.

— São todos seus?
— São.

Experimenta um a um. Os meus livros. Sublinhados, cheios de orelhas, amarrotados. Luto com os livros.

— Por que você sublinha as frases?

— Para me lembrar delas.

— Quer que tudo caiba na sua cabeça?

— É errado?

— Não, mas acho que a vida é maior do que aquilo que pode entrar na nossa cabeça. Às vezes parece que você quer decompor as coisas em vários pedacinhos para ter todas sob controle.

— Não acho tão ruim assim.

— Mas é impossível. Não dá para controlar tudo.

— Talvez seja só um pouco de medo.

— Do quê?

— Não sei.

— Lá vem você com os seus "não sei". Sempre se chega a eles. Me dá vontade de rir.

— Melhor do que chorar.

Lucia sorri.

— Quais são as suas cinco palavras preferidas, Lucia?

Não parece surpresa com a pergunta. Pensa. Pega um dos meus livros, abre-o e, com um lápis, escreve alguma coisa. Depois, vira-se de repente e mistura o livro aos outros.

— Vai ter de procurar. Então, vamos trabalhar? Estou com um problema no final, e algumas rimas não batem. Vou te mostrar.

Tento memorizar a área dos livros envolvidos na caça ao tesouro, depois me concentro no roteiro escrito à mão por Lucia.

Entra minha mãe com uma jarra de chá gelado.

— Quem é esta moça bonita?

— Lucia.

Lucia se levanta e aperta sua mão com um sorriso.

— Sua casa é muito bonita, senhora. Cheia de quartos, de coisas, de luz.

— Obrigada — responde minha mãe, não totalmente segura de ter entendido. — Você é colega do Federico? Não me lembro de tê-la visto.

— Não, sou uma amiga. Nos conhecemos em Brancaccio.

— Ah, você é de Brancaccio. Federico nunca nos diz o que vai fazer lá. Só sabemos que, para ajudar, desistiu da sua viagem para a Inglaterra. Mas o que vocês andam fazendo de tão interessante?

— Pergunte a seu filho. — Rebateu Lucia secamente.

— Ah... tudo bem. Já vou indo. Bom trabalho, crianças. Desculpem se interrompi.

Ficamos em silêncio.

— Por que vocês se sentem superiores?

— O quê?

— Ouviu o que ela disse? A "sua viagem para a Inglaterra", "desistiu"... Como se fôssemos doentes precisando de ajuda.

— Não acho que teve a intenção de dizer isso. Só queria...

— Só queria enfatizar que você veio nos dar esmola. A gente já se virava antes, sabia?

— Você está exagerando. Me disse para não julgar, mas agora é você quem está julgando.

— Não estou exagerando. Somos muito diferentes, Federico. Não basta ter muitos quartos ou muito dinheiro para ser melhor do que os outros. Se um dia eu for para a Inglaterra, vai ser com o meu dinheiro, e só Deus sabe o quanto isso vai me custar. Vocês têm sempre a papinha pronta. Depois querem ensinar aos outros como se vive. Assim é fácil demais...

— Não quero ensinar nada a ninguém. Mal sei o que devo fazer. Fui a Brancaccio porque dom Pino me pediu. Precisava de uma mão.

— Eu sei, e você fez bem em ter aceitado, mas não quero mais ouvir falar em desistências e viagens para a Inglaterra.

A Lucia dos meus sonhos está se transformando em um pedaço de áspera realidade. E eu, em vez de odiá-la pelo que acabou de me dizer, estou pronto a mudar, a melhorar, a me transformar.

— Não preciso de nada, Federico.

Coloco o dedo em seus lábios, para que se cale, depois em sua face.

Ela se interrompe, surpresa, e por um instante acomoda o rosto na palma da minha mão. Pela primeira vez, experimento um carinho. E nenhum carinho descrito nos livros valia a metade desse contato.

Pontual e oportuno como uma medusa tomando banho, Manfredi aparece no vão da porta. Eu sabia que ele ia fazer isso.

— Desculpe, Federico, estou precisando do meu violão. Ah, desculpem, estou incomodando vocês. Não sabia que você estava ocupado.

— Ela é...

— Lucia, imagino.

Lucia sorri por causa da entrada impetuosa e do sorriso contagiante de Manfredi.

— Meu irmão não faz outra coisa a não ser falar de você, e aposto que, quando não está falando, está pensando.

— Pare. — Tento afastá-lo, enquanto o sangue se concentra primeiro no meu rosto, depois no de Lucia.

— E então, o violão?

— Bom, o violão...

— Sim, o violão. Aquela coisa oval, com braço e cordas. Lembra? Eu tinha um e te emprestei. Agora queria de volta para tocar um pouco.

— Sei, mas no momento não está disponível.

— O que quer dizer?

— Que o emprestei ao menino de que te falei.

— Emprestou? O meu violão? Mas você enlouqueceu?

— Enlouqueceu, sim. Foi o que eu disse a ele, mas seu irmão tem um coração enorme e, quando viu a felicidade do menino, não teve coragem de tirar o violão dele.

Manfredi ficou sem graça diante da altivez descontraída de Lucia.

— No fundo, é só uma coisa oval com braço e cordas, não é? — Acrescentou, sorrindo.

— É, só que, no caso, é meu.

— Uma razão a mais para você ficar orgulhoso! Imagine que lindo se o Totò encontrar o próprio talento graças ao seu violão. Não acha?

— De fato.

Não consigo entender se o que está acontecendo é real ou se entrei no melhor dos filmes possíveis: Lucia acabou de conquistar Manfredi, como sugere a ligeira covinha que surgiu na bochecha direita do meu irmão. Se agradar a ele, está feita.

— O que você faz, estuda?

— Estou me especializando em neurologia.

— O que você estuda exatamente?

— Quero me tornar neurocirurgião. Estudo e trato das patologias cerebrais. Do cérebro.

— Também o mal de Parkinson?

— Claro.

— Meu avô tem. Já não sai da cadeira de rodas e está sempre com a saliva escorrendo no babador. Ultimamente nem dá mais para entender o que diz. Não sei o que faria para vê-lo um pouco melhor.

— Que tratamento ele faz?

— Não sei. Só sei que toma uma porção de comprimidos.

— Agora estão experimentando tratamentos novos para permitir um controle melhor da paralisia progressiva.

— Você podia dar uma olhada nele, talvez tenha alguma ideia.

— Sou só um estudante de especialização, não um doutor.

— Mas um dia vai ser. Não me parece tão diferente assim.

— Em certo sentido... E você, o que faz?

— Estou fazendo magistério para me tornar professora no ensino fundamental. Mas também gostaria de fazer outras coisas.

— O quê?

— Teatro.

— Atriz?

— Não, diretora. Aliás, você está convidado para o espetáculo que estamos preparando com seu irmão em Brancaccio, junto com as crianças.

Em apenas cinco linhas, Lucia explicou o que não consegui contar em semanas.

— Ele também? Não me disse nada.

— Faz o papel de Carlos Magno. É perfeito — Lucia pronunciou as últimas palavras com solenidade, depois virou os olhos para cima.

Meu irmão desata a rir.

— Mas ele ainda tem medo do escuro — exagera meu irmão.

— Todo rei tem uma fraqueza — responde Lucia.

Sorriem um para o outro, enquanto os observo em silêncio.

— Enfim, vou ter de ir pessoalmente até lá para pegar meu violão.

— Acho que sim — diz Lucia.

— Que seja. Vou deixar vocês agora. Com você, acerto as contas mais tarde.

Enquanto sai, aproveitando-se do fato de que Lucia está de costas para ele, olha para mim arregalando os olhos e fazendo sinais eloquentes de aprovação, como se eu tivesse marcado um gol na Copa do Mundo.

— Onde tínhamos parado? — pergunta Lucia.

— Aqui — ponho a mão na sua bochecha e deixo que ela coloque a mão sobre a minha.

7

A moça grita dentro da mão de Nuccio, que aperta sua garganta. Empurra o corpo dela para dentro da escuridão, e a escuridão a engole.

Antigamente, os bandidos armavam emboscadas para os comerciantes, paravam as carroças nas estradas empoeiradas e exigiam o pagamento do *pizzo*. Sabiam que estavam lidando com pobres pais de família, trabalhadores, e se limitavam a pegar um pouco da mercadoria.

O *pizzo* era a parte mais escondida e preciosa da carroça, um robusto listel de madeira entalhada, disposto embaixo do baú para proteger a área mais frágil. Sem o *pizzo*, muitas vezes decorado com uma imagem sacra para defender da desventura e dos bandidos, o eixo se rompia facilmente, e o peso acabava quebrando a carroça e a coluna do comerciante. E, sem carroça, o trabalho se perdia.

— Se não nos der o dinheiro, vai ter de nos pagar o *pizzo*.

Não matavam. Eram homens de princípio. Mas também tinham que sobreviver. Uma contribuição, e nada mais. Do contrário, quebravam o *pizzo*, e você podia esquecer a sua carroça.

O comerciante pagava e seguia viagem. No fundo, era uma taxa e dava garantias: eram sempre os mesmos bandidos, e não havia espaço para outros dispostos a tirar sua vida.

O dono da loja não pagou. E Nuccio veio cobrar o que lhe é devido.

Os gritos sufocados são os de uma moça, cuja alma está sendo quebrada por Nuccio.

Depois, vai embora, caminhando reto e empertigado, com a justiça nas mãos e o orgulho de ter feito o que deve ser feito, mesmo que ninguém lhe tenha pedido.

Não sente nada. O inferno é surdo e mudo.

8

Os dias se seguem em um calendário de luz e escuridão.
Os preparativos para a festa de 25 de julho já são frenéticos.
Lucia está decorando cartazes com a ajuda de Dario, que tem mãos hábeis e precisas. De vez em quando, ele para e fita o nada, com o pincel na mão, como se não se lembrasse da letra correta a acrescentar.

— Vamos, Dario, temos pouco tempo — desperta-o Lucia.
Ele olha sério para ela.
— O que está olhando?
— Pode me dar um abraço?
Lucia se aproxima, e ele se joga em seus braços, afundando o rosto em seu peito. Soluça sem se conter e a aperta mais, até machucá-la.
— O que foi, Dario? O que aconteceu?
Ele se solta lentamente, mas não consegue erguer os olhos do chão. Depois, todo envergonhado, sai correndo.

— Pai, me põe em cima dos seus ombros? — pede o menino.
— Por quê?
— Assim consigo ver. Daqui não dá para ver nada! Sou muito baixinho.
— Muito bem. O que você não alcança, alcança o papai.

Ergue-o e o acomoda sobre os ombros. O menino se segura em sua testa. De repente se escancara a imensidão azul, primeiro escondida pelas barracas que, nos meses de verão, transformam a praia de Mondello em um fortim colorido e inexpugnável.

— Nossa, que lindo! Dá para ver todo o mar.
— Gostou?
— Gostei, pai. É lindo. Quero ver tudo assim.
— É só me pedir que dou um jeito.
— Me compra um sorvete?
— Só se você se comportar bem.
— Eu sempre me comporto bem.
— Ah, de vez em quando faz umas birras.
— É que eu sou criança, e de vez em quando as crianças fazem birra. Você não fazia?
— De vez em quando. É verdade.
— Então, me compra um sorvete?
— Mas você está me saindo bem espertinho, hein? Vamos. Com ou sem chantilly?
— Com chantilly! Senão não é sorvete!

O menino balança sobre os ombros do pai, como se estivesse trotando.

O Caçador responde ao movimento do filho e segura suas pernas, com as mãos fortes de pai.

Depois de ter confiado o trabalho a outro menino, Lucia sai em busca de Dario. Encontra-o sentando no chão, isolado, olhando para o vazio.

— O que foi?

Ele não responde, abana a cabeça, quase sem perceber.

Lucia toca seu rosto e o levanta.

— O que você tem?

— Me machucam, Lucia. Sempre me machucam.
— Quem?
— Os adultos.
— Mas quem?

Dario abaixa os olhos e, pela enésima vez, é tomado pelo silêncio.

9

25 de julho é um domingo em que o sol ruge, mas do mar sopra um vento inesperado e, por isso, ainda mais fresco. É o dia da festa que dom Pino e seus amigos organizaram para homenagear Borsellino, um ano após seu homicídio: Brancaccio pela vida. Um dia de festa, com competições ciclísticas e de corrida, muitos jogos e muita comida. O governo da região, que havia prometido um financiamento, não desembolsou nem uma lira: tudo foi pago com as ofertas voluntárias das pessoas do bairro. Não se aceitou nenhuma ajuda dos políticos locais, que só se apresentam em ocasiões oficiais para arrebanhar votos, sem mover uma palha sequer por Brancaccio.

No final da tarde, Roberto, professor, colega e amigo de dom Pino, lê o discurso que prepararam juntos:

— São sete da manhã de um dia de julho como este, 19 de julho do ano passado. Embora seja domingo, Paolo Borsellino acordou cedo como sempre. No quarto em que está trabalhando à luz ainda fresca da manhã, sua filha Lucia está sentada na poltrona. Ele não percebe sua presença, de tão concentrado que está naquela carta, a última página escrita pelo juiz. É a resposta a uma professora que o convidou para participar de um encontro com os jovens. Por uma série de extravios, o juiz não conseguiu comparecer nem escrever; assim, a docente lhe enviou outra carta, lamentando seu silêncio. Desolado, Borsellino pede desculpas por ter faltado ao encontro e responde a algumas perguntas feitas pela professora.

"Naqueles meses, o trabalho não lhe consente passar nenhum tempo com seus filhos: quando sai de casa, estão dormindo, e, quando volta, já é tão tarde que estão na cama. Nesse domingo, impôs a si mesmo ficar com a família; eis por que já está trabalhando ao amanhecer. Lucia conta que seu pai é interrompido por um telefonema e somente então se dá conta de sua presença na poltrona no canto do escritório. Pergunta a ela se naquele dia teria vontade de ir à praia: a preparação para uma prova na faculdade a havia impedido até então de tomar sol. "Talvez eu ainda consiga ver você um pouco bronzeada." Propõe-lhe dar um mergulho no mar, depois irem juntos visitar a avó e voltarem para casa: ele, para trabalhar; ela, para estudar. Lucia recusa porque é o aniversário de uma amiga que a convidou para almoçar e com a qual vai dar uma última repassada na matéria antes da prova. Do quarto dessa amiga, enquanto estudam, Lucia ouvirá a explosão da bomba, embaixo da casa da avó. A bomba que mata seu pai e a teria matado também.

"Era um domingo em que havia imposto a si mesmo não trabalhar e levar a esposa para a praia. Em seguida, saiu com um amigo para um passeio de barco, sem avisar a escolta, que o aguardava à beira-mar com apreensão. Do mar teria observado pela última vez sua cidade, seu imenso porto. Aquele mesmo mar do qual hoje sopra este ar fresco e puro.

"Hoje cabe a nós recordar esse homem que dizia à sua esposa:

"— Como seria bonita a Itália se cada um realizasse um pequeno sonho e o oferecesse aos outros —, e esquecer a palavra escrita na última linha de sua última carta à professora: 'consenso'. — A força da máfia está no consenso —, escrevia Borsellino. Hoje estamos aqui para recordar um homem que tentou apagar essa palavra e pagou com a própria vida.

"Eis por que o comitê intercondominial, com o apoio do centro Padre Nostro, solicitou oficialmente que a *via* Brancaccio seja renomeada *via* Falcone e Borsellino. Porque, como sempre diz o 3P, é das pequenas coisas que começa toda grande mudança."

O público é numeroso. Uma jornalista faz anotações. O artigo lhe custará o cargo no jornal em que trabalha. E não será a última a cometer semelhante erro: dizer a verdade.

Quando o professor termina de ler, o silêncio preenche por alguns segundos a praça, os terraços, as janelas e o céu. Depois, um aplauso leva embora esse silêncio, afugentando com ele o medo.

Observo os rostos suados das crianças. Francesco com uma medalha no peito, recém-conquistada na competição de corrida. Totò com um boné de Pato Donald na cabeça, para se proteger do sol. Dario com os olhos perdidos no céu. Uma polifonia de rostos e sorrisos. Entre eles, um familiar demais para ser verdade.

Manfredi. Por um instante, nossos olhares se cruzam: está orgulhoso de mim. Têm o que contar um ao outro, por toda a vida, os irmãos que partilham lutas e derrotas, risadas e choros. Nenhum organismo é capaz de conservar lembranças como uma dupla de irmãos que se amam. Manfredi assente, olhando para mim, e agora tenho certeza de ter feito a coisa certa.

— Meu irmão veio — sussurro a Lucia e surpreendo uma risca úmida brilhar em sua bochecha esquerda, antes que o sol e o vento a levem embora.

— O que você disse?
— Nada, nada.

Ela se apoia imperceptivelmente em mim, e esse momento se torna uma lembrança perfeita. Não sou surpreendido pela sensação de incompletude que experimento quando estou diante de algo belo. O contato é leve, mas basta para que ela e eu saibamos, mesmo sem dizer, que se tratou de um contato desejado.

Em seguida, a multidão mistura cumprimentos e palavras. Fazia tempo que não se via tanta alegria nessa praça, que mal consegue contê-la. Por um instante se percebe que a normalidade é um luxo por essas bandas. O luxo de quem deixa a esperança complicar o coração e as mãos.

Até mesmo as câmeras de TV, que desta vez foram a Brancaccio não para mostrar casos de polícia, percebem isso. Entrevistam dom Pino, e suas palavras ecoam nas salas dos que dormem e naquelas dos que nunca pegam no sono, e não se sabe quem é mais perigoso.

— Trabalhamos há três anos sem resultados. Nas salas de espera de todos os prefeitos, de todos os assessores, do governador, até na sede da polícia e na Unidade Sanitária Local: pedindo pelo menos uma escola de ensino médio, um posto de saúde e um pouco de verde onde as crianças possam brincar e correr. Todas solicitações defendidas igualmente pelo conselho do bairro e pelo comitê intercondominial. Resultados? Até agora, nenhum. Há uma esperança quanto ao posto de saúde: o assessor extraordinário prometeu que vai instruir o processo. Os locais para isso já existem. Não cessaremos de pedir, pois ao que bater, se lhe abrirá. Aqui também.

É o início de um terremoto, e as câmeras o testemunham fazendo rolar no éter aquelas palavras-pedra. As antenas as interceptam e as transformam em sinais que atravessam os cabos e chegam inexoráveis aos aparelhos dentro das casas, como bombas que só estavam esperando ser detonadas.

Todos pensam que nunca se viu nada parecido em Brancaccio. Nunca se viu um alvo tão claro.

Manfredi aperta a mão do senhor Mario.

— Veja como ele está. Talvez sejam todos os remédios que tem tomado — comenta Lucia. — Veja só quantos medicamentos...

Observo a cena como se estivesse assistindo a um filme. Meu irmão está na casa de Lucia. É como se vasos comunicantes trocassem o respectivo conteúdo para encontrar um equilíbrio antes impensável; no entanto, parece que os homens são feitos mais para esse equilíbrio do que para se destruírem mutuamente. Difícil entender por que a evolução nos levou para tão longe uns dos outros. No fundo, dois cavalos que comem da mesma manjedoura, após uma competição em que um venceu o outro, não perdem tempo notando sua diferença. Comem da mesma maneira. Somos seres contraevolutivos, com o mesmo cérebro e a mesma mão criamos a *Divina Comédia* e *Mein Kampf.*

— Os remédios estão certos, mas seria preciso associá-los a outros fármacos, para permitir que Mario tivesse mais mobilidade e sensibilidade. Vou arranjá-los no hospital e trazer para você.

— Não é preciso. Recebemos o reembolso. Basta nos dizer quais são os medicamentos para que o médico de família possa prescrevê-los.

— Como quiserem. Mas antes vou me aconselhar com meu chefe, talvez façamos um período de experiência.

— Como você achar melhor.

Para todos os efeitos, Manfredi parece um doutor. Estou orgulhoso do meu irmão. No rosto de Lucia e de Gemma percebo a alegria de quem pode aliviar o sofrimento alheio. Como é elementar a vida quando a simplificamos com amor.

10

A menina está sentada à sombra, assediada pela canícula. Três arcos delimitam o terraço de um local abandonado, de frente para o mar. A boneca silencia ao seu lado, olha para frente com os olhos azuis sempre abertos.

O mar se distende exageradamente, e seu fim mesclado com o céu é apenas uma ilusão de óptica. É contido de alguns lados por uma terra. E a menina ainda não sabe se é a terra dentro do mar o ou o mar dentro da terra. Sabe apenas que gostaria de ir para o outro lado. Talvez seu pai a esteja esperando ali, mas ela não sabe nadar. E não tem ninguém para ensiná-la.

Cacos de vidro, preservativos e seringas cobrem o pavimento incrustado de sal.

A menina é um anseio de amor e de fuga.

As pombas de espuma branca simulam um mar acolhedor.

A boneca sentada ao seu lado tem os olhos bem abertos para o horizonte, e a menina lhe fala sobre o mar:

— Se existe uma coisa tão bonita como o mar, então a vida também deve ser bonita em algum lugar.

Em seguida, aperta-a contra o peito, e dos seus olhos escorrem os sinais do abandono.

A certa altura, as lágrimas terminam, o mar infecundo permanece ali, a fome e a sede a obrigam a voltar para casa.

11

Seus cabelos pretos retêm a luz como o mar noturno, sarapintado pelo clarão da lua, enquanto lê em voz alta e explica as histórias às crianças.

Uma pergunta leva a outra. Lucia parece nunca se cansar, e seu talento narrativo é algo que eu nunca teria imaginado encontrar por estes lados.

Move as mãos, e é como se animasse um espetáculo de bonecos. As palavras criam vida, e os olhos se fazem ora mais profundos, ora mais agudos, ora acesos, ora amedrontados, dependendo dos sentimentos dos personagens imaginários.

Seu modo de rir e de fazer as pausas põe as mãos dentro da minha alma. Remexe-a e escancara suas áreas vazias. Sua presença me dá posse de mim mesmo. Quanto mais a observo, mais desejo ter alguém para perder, alguém por quem chorar, com toda a dor que comporta colocar alguém no coração do próprio coração.

12

Mãe Natureza se move sem ser visto, como Deus. O encontro se dá em um porão, ao abrigo de olhos indiscretos. Seu braço operante no território é 'u Turco, codinome devido não tanto à pele escura, mas à fumaça de cigarro que o acompanha por toda parte. Sua prestação de contas é detalhada e não deixa espaço para interpretações.

— Eu li, li tudo no jornal. Agora em Brancaccio se fazem festas para os dedos-duros! Jornalistas, câmeras de TV e outros dedos-duros. E dá-lhe dedo-duro. Por acaso estamos em Nova York? Coisa de louco!

— Louco ele é, bem que falei para você ficar de olho.

— Está nos fazendo de otários.

— Só faltava um padre comunista, que dispara mais besteiras do que os jornais. Mas quem ele pensa que é? O papa?

— É festa que ele quer? Então vamos fazer uma especial para ele, com uma porção de velinhas.

— Pode deixar que cuido do bolo.

— Sim, mas não já. Essa festa acabou de acontecer. Daqui a um mês, dois, quando chegar a hora certa.

— Enquanto isso, vamos ver o que faz e quando é o melhor momento. — 'U Turco faz um gesto com o polegar e o indicador, como se esmiuçasse alguma coisa.

— Não precisa correr. Não há pressa. Primeiro vamos fazê-lo entender qual vai ser seu fim; talvez a ovelha perdida se arrependa.

— Sim, é melhor que a carne esteja macia para o banquete, senão não dá para comer.

— Falando em comer, vá buscar para mim um bom pão e uns sanduíches e pegue uns para você também.

— Obedecer é sempre um prazer — responde 'u Turco com um sorriso.

Mãe Natureza nunca aceitaria perder o controle do território. É sinal de fraqueza, e não se pode ser fraco nesses tempos corleonenses. Ardem as palavras de Luchino: "Vocês estão se deixando humilhar no seu mandamento por um padre. São ridículos; tinham de ter pensado antes".

E quem é que tinha percebido antes? Ele fazia as coisas que fazem os padres, as comunhões, as confissões, os casamentos, a catequese das crianças.

Mãe Natureza e seus irmãos precisam confirmar a investidura desse mandamento de uma vez por todas. Os outros explodiram um pedaço de estrada e uma rua inteira na cidade, e eles não são capazes de acabar com um padre de um metro e sessenta. Nesse metro e sessenta há um rival muito perigoso, capaz de obter exatamente o que deve ser apenas deles. Deve ser eliminado justamente porque é como eles e os substitui. É o momento de demonstrar sua força.

'U Turco a demonstraria a Mãe Natureza.
O Caçador a demonstraria a 'u Turco.
Nuccio a demonstraria ao Caçador.
Nos séculos dos séculos.

13

— Não pode vir aqui, sacou? — diz-me um rapaz mais velho do que eu.

São dois e me empurram contra um muro. A rua está tristemente deserta, apenas os aparelhos de televisão, nunca exaustos, preenchem o silêncio. O mar está muito distante e calado. A saliva seca na garganta.

— O que fiz de mal?

— O que fez? Está do lado daquele *parrinu* pentelho. E as garotas daqui não são para o teu bico, não deve nem olhar para elas.

— Mas do que você está falando?

— Nuccio, o cara está se fazendo de sonso.

Um soco me atinge na cara antes que eu consiga me proteger. Por um instante, um clarão brilha em meus olhos, depois fica escuro.

A adrenalina explode nas pernas, que se põem a correr sozinhas, surpreendendo os agressores. Minha boca está repleta de um sabor amargo, e os pulmões ardem, mas corro como um condenado. A ruela que me parecera pequena agora é infinita. Sou mais rápido do que eles, se saio dali, consigo me salvar. Mas surgem outros dois e bloqueiam a via de fuga. Não consigo frear, termino nos braços deles. Não há tempo para palavras, de nada servem as palavras.

Curvo-me e tento controlar o aperto que me estrangula, mas um chute atinge meu joelho e me lança ao chão, não sei se com a perna inteira. Dou chutes com a outra perna, e uma dor de lâmina corta minhas costas, enquanto golpeio o nada. Alguém me segura pelos cabelos e bate minha cabeça contra o asfalto, sangue nos olhos. Um chute no estômago, a saliva se transforma em um líquido denso e amargo.

— E agradeça por eu não te matar. Não apareça por aqui nunca mais — diz a voz de antes, tornada opaca pelo sangue que cobre meu rosto.

Permaneço no chão, buscando ar nos pulmões esvaziados pelo medo. Quando vejo as sombras dos quatro se afastarem, abro os braços para entender se ainda estão presos ao corpo. E sinto o corpo espalhado por toda parte enquanto fito o céu, com a garganta de couro por causa do ardor.

Agora sei o que é violência.

Tento me levantar, mas meus joelhos estão moles. E o olho se fecha sozinho. Com uma mão que quase não me pertence, toco os cabelos: estão úmidos de sangue.

Ergo-me para sentar contra o muro. Queria chorar, mas a raiva e a dor não deixam espaço para a autocomiseração.

Nesse momento, só queria sentir no rosto o mar e seu vento.

Queria estar na Inglaterra ou em qualquer outro lugar, não aqui, no inferno.

Passam os minutos, talvez as horas. A rua já está quase escura, não fosse pela luz amarelada das lâmpadas penduradas em um fio entre as casas. Se tento me mover, a dor sacode meu peito.

Quem me encontra é Lucia, e é a última coisa que vejo. Ouço o grito de palavras confusas, depois, as trevas.

14

Acordo em um quarto de hospital.

A cabeça arde como se um verme estivesse pastando dentro dela; o olho pulsa e está vendado.

— Como está se sentindo? — pergunta Lucia. Acho que nunca a vi tão preocupada.

— Radiante. Não dá para ver?

— Felizmente não tem nada quebrado. Deram pontos no seu supercílio. Só vai ter de repousar um pouco.

Aos poucos, vou descobrindo as partes do corpo através da dor. O joelho também está enfaixado.

— Quem me trouxe aqui?

— A ambulância. Quer água?

— Disseram para eu ficar longe de você.

— Quem?

— Sei lá. Os que me deram porrada. Um se chamava Nuccio. Você precisa sair de lá, Lucia. Precisa sair. É um inferno. Precisa se inscrever na universidade. A gente podia ir para outra cidade. Não vou deixar você ficar lá dentro, com aqueles animais. São animais.

Lucia se aproxima com um copo d'água.

— Tem razão, é muito perigoso. Mas nem tudo é inferno. O inferno, como diz dom Pino, é quando já não se pode amar, quando já não se pode dar algo de si e receber algo dos outros. Isso ainda é possível.

— São ilusões. Não vale a pena.

— Realmente, não quero que você venha mais. Não deve vir nunca mais.

— Saia de lá você também.

— Então ainda não entendeu? Aquele é o meu bairro. Ali está minha família. Não é fugindo nem indo cuidar da minha vida que posso ser feliz. Você não entende. Não entende mesmo.

— Não, desculpe se não entendo e quase fui morto, mas realmente não entendo.

— Por isso mesmo, não venha mais. Não podemos mais nos ver. Nunca mais.

Põe a garrafa d'água em cima do criado-mudo e vai embora sem dizer mais nada.

— Espere, Lucia, espere!

A porta permanece inerte, e à dor se acrescenta a amargura do pior abandono. Tento me levantar para correr atrás dela, mas nesse momento entram meus pais.

— O que aconteceu? — pergunta meu pai.

— Como você está, Federico? — grita minha mãe.

Fecho os olhos, apoio a cabeça no travesseiro e me submeto ao interrogatório sentimental-racional dos meus pais. Meu pai cuida da parte racional; minha mãe, da sentimental. Juntos compõem um ser completo. A conclusão não dita do meu pai é que mereço o que me aconteceu, mas está orgulhoso de ter um filho com atributos. A conclusão já conhecida da minha mãe é que essa brincadeira de bancar o herói chegou ao fim, nunca mais vou pôr os pés naquele bairro; ela mesma vai falar com dom Pino, e milhares de outras coisas das quais não me lembro, porque, a certa altura, caí no sono.

Quem me acorda é meu irmão, não sei quanto tempo depois, fazendo cócegas na sola do meu pé. Sempre me torturou com cócegas. Sua técnica preferida era bloquear minhas pernas sentando-se em cima dos meus joelhos; depois, com uma mão, segurava meus braços em cima da cabeça e, com a outra, fazia cócegas nas minhas axilas. Eu quase sufocava de tanto rir. Dispunha-me a qualquer coisa: pôr e tirar a mesa um mês inteiro, encher a máquina de lavar louça, dobrar seu pijama e outras amenidades semelhantes. Quando me soltava, eu estava exausto como uma baleia encalhada.

Fita-me e começa a rir.

— Você está lindo mesmo. Agora é um verdadeiro poeta da Beat Generation.

Sorrio, e do olho parte uma pontada que se irradia até a ponta do pé.

— Pare, não me faça rir.

— Senão, o que vai fazer?

— Que você tenha uma crise de diarreia!

— Se eu fosse mulher, me casaria com você, Poeta. É o meu herói. Levou uma bela surra. Eu não teria tido essa coragem.

Sorrio com mais cautela.

— Se precisar de ajuda com alguma coisa enquanto estiver nesse estado, conte comigo, Kerouac de meia-tigela.

— Vá até o Totò e o ensine a tocar.

15

A solidão dos dias seguintes é tão espessa que parece quase possível cortar o nada. Sou um recluso, e a única coisa que me resta é seguir as evoluções coloridas do meu olho, do preto ao roxo, ao vermelho-púrpura com nuanças violáceas. Leio e assisto a todos os filmes na televisão, de *A supermáquina* a *Dias felizes*. Dom Pino passou para me ver, assim também foi visitar Giuseppe, no Malaspina. Pediu desculpas aos meus pais, afirmando que era culpa sua se as coisas tinham terminado assim. Concordou com a decisão de me manter longe de Brancaccio. Ficou perigoso demais.

— Como está o Giuseppe?

— Como pode. Pediu que lhe mandasse lembranças.

— Mas quase nem falei com ele.

— Ele se lembra de você. Tem bom coração, aquele menino. Por isso não o deixo. Aprendi a distinguir entre quem é simplesmente mal-educado e quem é educado para o mal.

— Também acho que entendi isso — respondo-lhe indicando meu olho.

Dom Pino sorri.

— Daqui a alguns dias vou levá-las a Mondello.

— Quem?

— As crianças. Se quiser, pode ir nos encontrar lá, assim dá um "oi" para elas.

— E os meus pais?
— Você não vai a Brancaccio... vai a Mondello.
Dom Pino sorri, piscando.

Nos primeiros dias de agosto, a luz triunfa sem obstáculos em fantasias quase alucinadas. O calor de julho enfraquece os joelhos, e o de agosto, os pensamentos.

Quantas clepsidras são necessárias para esvaziar uma praia? Quanto tempo é necessário para que um broto se transforme em maçã? Existe um tempo médio ou cada uma é um evento único? A que velocidade vai a luz quando, de manhã, inflama o mar? A distância que permite a combustão entre dois olhares é precisa ou casual? O preto dos cabelos de Lucia é ausência de luz ou sua plenitude ao inverso? Qual o peso de um segredo? Que relação intercorre entre a felicidade e a extensão de um sorriso? Como se calcula o volume do coração?

Meu cérebro se enche de perguntas inúteis, que permanecem sem resposta e continuam a me obcecar no branco da solidão. Sinto-me como Gregor, que, certa manhã, acorda transformado em barata, e todos os seus medos se tornam realidade. Pego o livro de Kafka e, na página 34, encontro cinco palavras escritas a lápis: ondas, breu, carinho, sonho, semente.

São as cinco palavras escritas por Lucia. Não fosse por essa surra, não as teria encontrado. Essas cinco palavras são os elementos da fórmula. Só preciso entender como juntá-los e poder dizer-lhe: "Amor, como você é linda".

16

— Vou embora, Lucia.
— O que está dizendo, Serena? Vai para onde?
— Vou embora daqui.
— Mas como? Primeiro você desaparece sem me dizer nada e agora vai embora. O que aconteceu?
— Estou grávida.
Lucia está para abraçá-la, mas se detém. O rosto de Serena não deixa dúvidas: alguma coisa não está bem. O sorriso que inadvertidamente apareceu no rosto de Lucia também se esvai, quase culpado pela pressa instintiva.
— Ninguém sabe.
Serena desata a chorar. Lucia a abraça, e a amiga soluça, sem conseguir parar.
Nuccio. Violência. Seu pai. Um bebê. Abortar. Fugir. Deixar tudo para trás. Rumo ao Norte. São frases desconexas as que saem como fragmentos de vigília em meio a um pesadelo do qual não se consegue sair.
— Falou com dom Pino?
— E de que adianta? Minha vida acabou.
Lucia já não tem forças. O inferno tomou tudo, até o ventre de sua amiga. A companheira de mil conversas e fofocas. A cúmplice de maquiagens e roupas, que experimentavam sem comprar. A irmã mais velha que vai à universidade. Dessa amiga resta apenas um corpo dissecado pela dor e um ventre fatalmente fecundo.

17

O furgão arranca, mas nesse habitáculo não há espaço para lamentações; seja como for, estão todos espremidos. As crianças estão loucas de alegria porque dom Pino as está levando à praia. Lucia o ajuda. Estão sentados em cadeiras dobráveis: o furgão não tem assentos, e dom Pino remediou com essas cadeiras, que ondeiam entre as risadas das crianças e o enjoo de Lucia.

— Nunca estive em Mondello — repete Francesco.
— Nunca?
— Nunca. Como é?
— A praia é linda. A água é transparente. A areia é branca e muito fina, parece farinha. E tem barracas de madeira onde você pode se trocar e uma porção de quiosques para tomar sorvete quando faz muito calor.
— E a gente vai tomar sorvete?
— Claro!
— Quando vamos chegar? — pergunta a menina com a Boneca, como o refrão de uma canção, batendo nas costas de dom Pino.
— Ainda vai levar um tempinho.
— Nossa, essa praia de Mondello é muito longe!
— Assim, quando você chegar, vai aproveitar ainda mais.
— E a Boneca, o que diz? Trouxe o maiô?
— Não, ela não sabe nadar. Vai ficar tomando sol.

— E você?
— Eu também.
— Não, você precisa aprender.
— É muito fácil, é só boiar — garante Francesco.
— Mas meu pai, que estava me ensinando, não está mais aqui.
— E onde ele está?
— Não existe mais.
— O meu também não. Quem me aprendeu foi minha mãe.
— Se diz "ensinou"! — Interrompe dom Pino.
— Minha mãe não tem tempo.
— Então dom Pino te ensina! Não é mesmo? — pergunta Francesco, frisando o verbo usado de modo correto.

Dom Pino permanece sério por um instante.
— Claro.

Então a menina encosta a Boneca em sua bochecha para um beijo, acompanhado de um estalo dos lábios.

O sol queima a pele e martela as roupas escuras de dom Pino, que na cabeça traz um chapeuzinho insuficiente para protegê-lo do sol que ruge.

As crianças parecem florescer continuamente do nada, como as ondas; correm e se lançam na água, enquanto Lucia e eu tentamos manter sob controle a energia fresquíssima que seus corpos não são suficientes para conter. Eu não esperava que ela também estivesse presente e, quando a vi, fiquei tentado a me esconder. Cumprimenta-me com um aceno de cabeça e não fala mais comigo.

Sinto um pouco de vergonha dessas crianças que se comportam como selvagens que nunca viram lantejoulas nem miçangas: temo encontrar alguém conhecido. Depois observo a naturalidade com que Lucia as ajuda e, desajeitadamente, tento imitá-la. Queria sua liberdade do julgamento alheio. Queria a liberdade de saber fazer a coisa certa mesmo fazendo-a sozinho. Depois me lembro do que me disse dom Pino: são só um pouco mal-educados, não são educados para o mal, e estamos ali justamente para mostrar-lhes a beleza com que se pode limpar o coração da crosta, fazendo jorrar sua felicidade. Porém, Lucia está taciturna, e seus olhos estão insolitamente apagados.

A menina com a Boneca está sentada perto da água e molha apenas os pés. O mesmo faz dom Pino, que enrolou as calças até os joelhos.

— Me ensina a nadar, Dompino?
— Tem certeza? Não vai ficar com medo?
— Se você estiver comigo, não. Depois, quero ir até ali atrás.
— Ali atrás onde?
— Ali, onde tem aquela linha.
— Que linha?
— Aquela onde o mar toca o céu.
— E por que você quer ir até ali?
— Porque ali atrás tem uma porção de coisas e também o papai. E acho que para lá vão todos os trens.
— Quem te disse isso?
— A Boneca.
— E como ela sabe?
— Já esteve lá.
— Quando?
— Faz muito tempo. É uma boneca viajante. Viu todas as coisas bonitas do mundo antes que o papai a trouxesse para mim. Ela quer que eu também veja as coisas que viu, diz para manter sempre os olhos abertos como ela, mas não sei nadar até ali.
— Nem eu.
— Nem você?
— Mas podemos ficar aqui perto.

— Não, quero ir aonde não dá pé, como fazia com o papai. Pelo menos ali você sabe chegar, Dompino?

— Sei — responde, após titubear por um instante.

Sem acrescentar mais nada, ela pega sua mão. Vão juntos para dentro da água, e não se entende quem conduz quem.

Achando graça, o rapaz e Lucia observam com um sorriso dom Pino entrar na água de camiseta e calças enroladas.

Avançam devagar, a menina segurando a mão de dom Pino e, com a outra, apertando a Boneca cada vez mais forte.

— Está fria!

— Não minta, está quentíssima.

— Tem razão, Dompino, foi uma desculpa porque estou com medo.

— Não se preocupe, estamos perto da praia.

— Não, quero aprender a boiar onde não dá pé.

— Tem certeza?

— Tenho, vamos.

Continuam, e, a certa altura, a menina tem de se agarrar com as duas mãos, pois já não alcança o fundo. Mas não sabe o que fazer com a Boneca. Então dom Pino a pega e a coloca debaixo do braço, enquanto usa as mãos para ajudar a menina a boiar. Ele também está com medo de não alcançar o fundo, mas por sorte ainda faltam vários metros.

— O papai me dizia para mexer as pernas como se estivesse andando de bicicleta.

— Estava certo.

— Assim, olha, sei fazer!

— Muito bem, mas vá mais devagar.

— Assim está bem?

— Está, muito bem. Agora faça outra coisa: mexa um braço como se fosse desenhar um círculo na água.

— Mas como, se preciso me segurar em você?

— Precisa soltar uma mão.
— Tem certeza?
— Tente.
— Tem certeza mesmo?
— Tenho.

Solta a mão por um instante, mas logo se agarra de novo.

— Não tenha medo.

A menina toma coragem, se solta e começa a desenhar um círculo.

— Mais devagar. E continue a mexer as pernas.
— Nossa, olha como estou boiando! Só com uma mão!
— Então agora podemos tentar sem as mãos.
— Como?
— Como você acabou de fazer.
— E o que devo fazer? Outro círculo?
— Sim, só que maior.

Ela tenta e logo afunda. Quando toca a areia com os pés, dá um salto e volta à superfície como uma mola comprimida. Agarra-se com as duas mãos. Cospe a água e mantém os olhos fechados. Afunda o rosto na barriga de dom Pino.

— Nossa, quase me afoguei! Ainda bem que está aqui, Dompino!
— Não vou te soltar. Fique tranquila. Vamos tentar de novo?
— Mas antes vou descansar um pouco.
— Está bem.

Apertando-se a ele, a menina o olha enquanto ele lhe sorri.

— Você é realmente uma menina maravilhosa.
— E você é bom como meu pai.

Na hora da despedida, as crianças me abraçam e repetem em coro o meu nome, que ressoa por toda a praia: eis que sou apontado como o único culpado de toda aquela algazarra. Enrubesço. Com o que se parece a vida, senão com uma brincadeira de crianças despreocupadas?

— Quando você volta? — pergunta Totò. — Aprendi uma porção de acordes e quero te mostrar. Seu irmão é melhor do que você.

— Conhece meu irmão?

— Disse que você andava ocupado e que ia te substituir por uns tempos.

Então ele foi! Não me disse nada, teria sido muito... Olho a felicidade nos olhos de Totò e acho que é semelhante à minha nesse momento.

— Vou precisar viajar com os meus pais. Quando eu voltar, você me mostra tudo, está bem? Mas não deixe de treinar!

— Todos os dias. Minha mãe está desesperada. Ontem quase jogou o violão pela janela.

— Não!

— Você caiu! Não é verdade. Além do mais, o Manfredi me disse que, se eu continuar assim, vai me dar o violão de presente.

Desarrumo seus cabelos ainda úmidos do mar.

Quando me aproximo de Lucia para cumprimentá-la, ela me bloqueia à distância com um aceno de mão e se despede com um sorriso contido. Depois, em seus olhos, não leio mais nada.

Não podemos nos deixar assim. Amanhã vou voltar a Brancaccio, antes de ser definitivamente condenado ao exílio pelos meus pais.

18

— Por que você não me disse nada?
— Estava passando ali perto, foi só um desvio. Quis cumprimentar dom Pino e, principalmente, ver se meu violão ainda estava inteiro...
— Mas depois você voltou e ainda não me disse nada.
— Seria te dar muita satisfação. Nunca faço nada porque foi você que me pediu. Depois, esse menino é mesmo simpático. Você estava preso em casa, o que eu ia fazer? Deixá-lo sem as aulas de violão?

A moto de Manfredi atravessa as ruas lavadas pela luz. Quando lhe confiei que queria voltar a Brancaccio, mas tinha medo, respondeu que iria comigo. Pelo menos apanharíamos os dois. Com meu irmão ao meu lado, sou capaz de enfrentar qualquer coisa.

Estacionamos a moto a um quilômetro de distância. Tudo bem quanto ao violão, mas não quer saber de perder a moto.

A passagem de nível nos introduz no outro mundo da nossa cidade.

As crianças estão terminando de ensaiar o espetáculo com Lucia; aguardamos em um canto.

— Carlos Magno voltou! — grita Totò, vindo ao meu encontro. Os outros desatam a rir.

— Aprendeu os acordes novos? — pergunta-lhe Manfredi.
— Claro!
— Então mostre.
Com um sorriso, o menino sai correndo para buscar o violão.
— O que você está fazendo aqui? — pergunta-me Lucia.
— Acho que você está com um dos meus livros, estou errado? Vim buscá-lo antes de me exilar com os meus pais.
— Mas depois não quero que volte mais. Vou buscá-lo.
— Vou com você.
— Assim vão te ver comigo. Você é mesmo um tonto.
— E daí? De todo modo, é a última vez que venho. Você mesma disse.

Meu irmão fica com Totò e os outros, entretendo-os com suas canções.

Caminhamos para a casa de Lucia.

— Você continua a me dizer que não devo voltar aqui, mas não quer deixar o seu bairro. A única solução é que eu venha escoltado pelo meu irmão ou compre um colete à prova de balas.
— Não tem graça, Federico. Você não quer entender. Dessa vez você escapou com algumas cicatrizes. Da próxima, não sei...

Leio em seus olhos o desejo de acrescentar algo, mas alguma coisa a refreia. Passa a mão entre os cabelos para jogá-los atrás das costas, e parecem uma onda simples de mar noturno.

Ficamos em silêncio até sua casa. Lucia pega o livro e o devolve.

— Fique com ele. Foi só uma desculpa para estar com você.
— Você é um cabeça-dura, tinha mesmo de vir a Brancaccio para alguém parti-la.
— Também vim a Brancaccio para ter o coração partido. Por você. E prefiro andar por aí com a cabeça e o coração partidos, mas vivo.
— Aqui, vivo você não fica.
— Exagerada!
— Já ouviu falar em Rita Atria?

— Não.

— Nem mesmo você sabe quem é. Vamos à escola e não nos ensinam nada. Enchem nossa cabeça com conceitos e se esquecem da vida.

— Mas quem é? Alguma amiga sua?

— É como se fosse. Pertencia a uma família mafiosa importante, em Partanna. Mataram seu pai quando ela tinha 11 anos. Alguns anos depois, mataram também seu irmão, que havia entrado para o grupo. Eram muito unidos, e ele havia contado para ela todas as histórias que conhecia. Então ela decidiu não guardar esses segredos: admirava muito Borsellino e quis encontrá-lo para contar-lhe tudo o que sabia. E sabe o que fizeram sua mãe e seus parentes? A repudiaram. E ela foi obrigada a deixar Palermo. Em seguida, mataram Borsellino e, uma semana depois, Rita se jogou do sétimo andar. Fazia semanas que estava em Roma, sozinha. Borsellino até tinha tentado colocá-la em contato com a mãe, para que se reconciliassem, mas foi inútil. Tinha 19 anos. Entende? No funeral, não apareceu nenhum parente; aliás, a mãe, que a havia expulsado de casa, foi algumas semanas depois ao túmulo e lhe deu umas marteladas, arrebentando a foto da filha.

— Nunca tinha ouvido falar nessa história.

— Esse é o ponto. O silêncio. Enquanto houver silêncio em torno das pessoas comuns, das pessoas que decidem falar, nada irá mudar nesta cidade. Os heróis estão muito no alto para poderem ser imitados. Falcone. Borsellino. Elevaram-nos tanto que são inalcançáveis. É preciso fazer como dom Pino: dar às pessoas a coragem da própria dignidade. Rita não aguentou porque a deixaram sozinha, mesmo depois de morta. Um dia quero fazer um espetáculo teatral dedicado a ela, porque todos já a esqueceram. Você fala em ir embora, ir para outra cidade para fazer universidade, para fugir. Mas de que adianta, então, ter nascido aqui e ser diferente da maioria?

Deixo que essas palavras decantem no fundo da minha cabeça.

— Por isso não te deixo sozinha.

— Não, Federico. Justamente porque te quero bem deve ficar longe de mim. Olha o que fizeram com a Serena...

— Quem é?

— Nada, nada. Deixa para lá.

— Ondas, breu, carinho, sonho, semente. Quero guardar essas cinco palavras.

Os olhos de Lucia ficam reluzentes, e ela esconde o olhar.

— Meu professor nos contou a história de um poeta russo que foi preso nos campos de trabalho, na Sibéria, porque era contrário ao regime de Stalin. A única coisa que levou consigo foram as roupas que tinha no corpo e a sua *Divina Comédia*, que tinha aprendido a ler sozinho. Sua mulher não o abandonou, embora tivesse sido condenado à morte e não fossem mais se ver. E sabe o que fez? Aprendeu de cor os poemas do marido para mantê-lo em vida, mesmo que, mais tarde, dele se perdessem os rastros e os ossos em alguma vala comum, em meio ao gelo e à lama. Mesmo que todos os seus livros tivessem sido queimados.

Os olhos de Lucia se voltam novamente para mim, deixam intuir uma guerra interna, por um instante dissolvida em um sorriso que escapa das malhas do medo e da amargura.

Observo-a em toda a sua força e fragilidade. Nunca esquecerei esse momento, um dos que acontecem pelo menos uma vez na vida de um homem: quando encontra no próprio caminho algo que em nada se parece com o que conhece. Uma alegria resplandecente irrompe através do cansaço de que a vida está impregnada, como um cisne branco em meio aos detritos de um charco abandonado.

— Não vou te deixar. Ou melhor, vou te deixar aqui, mas aqui vou ficar também.

19

Riccardo observa a cena de longe, com uma faca escondida no bolso. O pneu está no chão. O carro estertora por alguns metros, depois dom Pino é obrigado a parar. Volta para casa a pé. O primeiro que encontra é justamente Riccardo, que o cumprimenta com um sorriso radiante, que ele retribui, escondendo o cansaço. O dia está quente: o suor cola ao longo das suas costas e a língua gruda no palato.

Quando insere a chave na fechadura, sente-se como um náufrago exausto na praia, mas salvo. Abre a porta de casa, porém, mal tem tempo para fechá-la, e dois homens encapuzados entram e o jogam no chão. Um lhe acerta um murro na boca, e o outro lhe põe uma faca diante dos olhos. Ele treme de medo e não ousa se mexer.

— Será que dá para entender que esse barulho todo tem de acabar? As festas, as entrevistas, os sermões? Se não der, voltamos e explicamos melhor!

Dom Pino não diz palavra. Antes de saírem, dão-lhe outro soco e o deixam caído no chão.

Sente-se um verme, seu coração grita nas têmporas, e ele nem pode tampar os ouvidos para não o ouvir. O corpo está reduzido a um tremor primordial.

Antes dessa noite, não sabia realmente o que era a solidão: prostrado no chão, com a testa no pavimento e o sangue gotejando dos lábios abertos, espera que tudo passe rápido. Mas não vai passar, a partir desse momento já não poderá sorrir como antes, a dor não se apaga facilmente. Riccardo conta o dinheiro, nunca viu tanto de uma só vez. Para recebê-lo, bastou rasgar um pneu e correr para dar o sinal de que dom Pino estava para chegar em casa.

A luz dos televisores nas outras casas fala de momentos de paz e tranquilidade; já a casa de dom Pino está no escuro. As feridas da noite não devem ser iluminadas com muita pressa, o medo não o consente. Permanece ali, nas trevas, em busca de um pouco de companhia, e aos poucos os rumores da noite se atenuam até se calarem. Algumas horas depois, está no chão e, lutando com o torpor que o tomou, lentamente se levanta e se dirige à janela que dá para a noite escura de Palermo.

Meu Deus, por que me deixaste? Estou cansado, meu Pai. Não consigo te ver. Tenho medo. Quero viver, não quero morrer. Não quero ir embora como as gaivotas, que se afastam em mar aberto e se deixam cair, exaustas, sozinhas, em um último mergulho.
Sei que devo morrer, mas não estou pronto.
Por que me deixaste sozinho?
Por que, das infinitas possibilidades, escolheste apenas esta?
Sei que o mundo não pode ser melhor do que aquele que lhe permitimos ser, mas sou pequeno demais.
Estás pedindo muito de mim.

Dentro dele ressoa o que se chama de pi grego da vida: Êxodo 3, 14. Quando Deus, sob forma de chama impossível de ser alcançada e impossível de ser apagada, declara o próprio nome diante de um homem desarmado e com os pés descalços.

Sou aquele que sou.
Deus revela sua identidade somente ao homem nu e órfão de ternura, reduzido ao sopro da própria e trêmula existência.
Meu Pai.
Repete-o como um sopro.
Ergue-se e aproxima-se da janela, esbranquiçada por causa dos depósitos salobros do vento noturno. Tudo cala. Ninguém vigia com ele.
Um choro violento entra em seus olhos e em sua alma.
As palavras acabaram, já não lhe resta nada de seu, a única riqueza que pode dar são as lágrimas do seu pranto sobre si mesmo e todas as coisas.

20

Os dias que se seguem, vive-os a distância. Existem as coisas habituais e tranquilizadoras do verão. Os amigos, o mar, as conversas com o pai e a mãe, as saídas de bote com Manfredi, as cervejas geladas e as raspadinhas. Dias subtraídos do tempo do útil e dados ao tempo das divindades locais: Beleza e Abandono.

É uma noite de estrelas e de mar, a de São Lourenço, em 1993. Uma daquelas noites em que deveria haver luz, tantas são as galáxias do universo, que conhecem o tempo que havia antes do "era uma vez". E, em vez disso, vemos a escuridão, pois a luz não é suficientemente veloz para alcançar nossos olhos fracos, mas, na verdade, na realidade, tudo é luz na noite.

Não há vento desviando a trajetória das estrelas que se soltam do firmamento. Somente estrelas repletas de recordações comuns, que revivem como fósseis desenterrados.

O rapaz lembra-se da professora de ciências, obcecada com o fato de que a metade do programa de química é aprendido olhando-se as estrelas, visto que nosso sistema solar nasceu de uma explosão estelar. Os elementos se espalharam e agregaram, em condições únicas no nosso planeta.

Os fogos do céu precipitam-se, e nos fragmentos de cada estrela que cai os elementos da vida voltam a se misturar em formas renovadas e insuspeitas: Lucia, as crianças, dom Pino, a dor, a fuga, o medo, o sangue...

E todas essas cristalizações do ser não se podem privar de nossos olhos para não precipitar no nada.

A menina as observa, curiosa para descobrir o que há atrás do mar, no ponto em que terminam todas as estrelas. E conta à Boneca, que, paciente e silenciosa, ouve tudo.

Dom Pino agradece um céu aceso como um fogo de artifício nessa festa dos filhos dos homens, e seu desejo é ter a força do firmamento para continuar a amar.

Maria e Francesco esperam a vida feliz que irá chegar, embora ninguém a tenha prometido. E, nessa noite, Maria não quer que ninguém bata à sua porta; por isso, a campainha toca em vão, e as luzes estão apagadas.

Manfredi e Costanza projetam mil vidas felizes e nomes de filhos.

Lucia aposta com os irmãozinhos quem consegue ver mais, porque também em Brancaccio se veem cair as estrelas e surgir os desejos.

O Caçador as indica aos filhos e, se pudesse, gostaria de ir buscá-las.

Dario fugiu da rua onde seu corpo é vendido e quer açambarcar estrelas para convencer o destino de que há uma alternativa. E suas asas estão quase prontas.

Serena não tem força nem mesmo para olhar para fora, incapaz de decidir se vai falar com dom Pino. Não há um Deus naquele céu em que possa confiar.

Totò dorme há algum tempo, igualmente bem-aventurado.

Riccardo conta as estrelas como conta o dinheiro.

Nuccio também as olha, lembra-se de quando era menino e sua mãe as mostrava a ele. Mas sua mãe já morreu há muito tempo.

Nessa noite, parece que nada pode apagar o anseio de cada um na cidade de estrelas.

A cada vida, a sua espera, e a cada dia, o seu anseio.

Mas quem cuida dos infinitos destinos e desejos, quem verifica esses dias, para que nada se perca?

21

Os sapatos são sempre os mesmos. Ele os consertaria ao infinito, assim lhe ensinou seu pai: se o material for bom, não há sapato que não possa renascer. Com esses sapatos dom Pino continua a pisar o asfalto mole de Brancaccio, a rua é sua casa, e os sapatos sabem muito bem disso, já conheceram muita poeira.

O passo se fez mais cauteloso, mas não menos determinado. Ele é como seus sapatos, uma vez consertado, segue adiante, não para. A força jorra renovada das dificuldades, renasce do alto e baixa às ruas, todos os dias. A rua o leva a seu destino.

— Encontrei uma senhora de idade que precisa de uma cuidadora. Você poderia ir.

— Não, melhor não.

— Mas por quê, Maria?

— Aqui estou segura. Pelo menos tenho um teto e uma cama para Francesco, e dinheiro não me falta.

— E quanto tempo acha que isso vai durar?

— Não me interessa. Vivo o dia a dia.

— Não, você está morrendo dia a dia.

Dom Pino coloca a mão em sua face, fecha os olhos. Quando os reabre, estão brilhantes.

Em seguida, sai, sem dizer mais nada.

A rua ainda está ali, esperando por ele, certa. Cabe a ele desafiar a rede inerte com o fio que decodifica o labirinto. Lucia marcou com ele na casa de Serena, precisam lhe falar.

— O que faço, dom Pino? O que faço?

Dom Pino busca uma resposta não humana, porque humana não há. Fita a mão de Lucia, que aperta a da amiga, como se pudesse pegar um pouco da sua dor por osmose.

— Você poderia dá-lo. Conheço um lugar onde estaria seguro. Entendo que não queira ficar com ele, mas pode permitir que nasça.

— Mas como vou fazer para manter uma ferida na barriga? É uma crueldade!

— É a crueldade dos homens. Mas a criança não tem culpa, e você se infligiria outra dor depois dessa violência.

— Não consigo carregar o inferno dentro de mim. O enjoo, cada centímetro de pele que estica me fazem lembrar do mal, não de uma coisa bonita. É a minha vida, o meu futuro. E tenho de escolher uma condenação? Tenho de dar a vida a uma criança que terá os traços de quem me destruiu?

— Pense com calma. Seja qual for sua decisão, estarei aqui. Lembre-se de que se você colocar o amor onde não há, colherá o amor. Reparar é muito mais heroico do que construir, Serena.

Lucia abraça a amiga, que abana a cabeça apertada contra seu peito e, entre soluços, repete:

— Não tenho forças.

— Um passo de cada vez, Serena. Se tentar iluminar o vale inteiro com a pequena luz que tem nas mãos, sentirá ainda mais medo. Ilumine o próximo passo e tente dá-lo. Um de cada vez. Força você tem. Aliás, temos.

22

Agosto pertence ao tempo do mito. Coloca-se fora do calendário, subtrai-se às regras do útil.

O filho do Caçador emerge da água com um polvo na mão.

— Peguei, pai, peguei!

O Caçador se aproxima, satisfeito, e o arranca da mão, para evitar que o agarre. Pega-o pelos tentáculos e bate sua cabeça contra a rocha, com golpes secos e violentos.

— É preciso fazer isso logo, assim a carne fica bem macia.

O menino observa, sério.

Depois, o pai pega a cabeça do polvo, enfia os polegares na cavidade e a revira como uma meia. Limpa a matéria escura, presa às paredes e ainda trêmula.

— Revire-o e dê-lhe mais alguns golpes, segurando-o pelos tentáculos. Você vai sentir a carne relaxar cada vez mais.

O filho obedece.

— Sentiu como é macio?

— Senti.

Os tentáculos pendem, inertes. Um antepasto dos mais saborosos. Tentáculos de polvo com limão.

— Entendeu? Tem que quebrar a cabeça dele.

— Entendi.

— No próximo, você faz sozinho.

O menino anui, com os olhos voltados para o chão.

Queria construir castelos de areia.

23

Depois, de repente, inicia o tempo da história. O tempo da cidade. Setembro anuncia seu limiar.

Assim que volto da praia, quero contar tudo a Lucia. E quero ouvir o que ela tem a me contar e, acima de tudo, sua voz. Encontro marcado em Lo Spasimo: suficientemente perto, prudentemente longe de Brancaccio. O vento do mar sopra um pouco mais forte, como se o indício da noite próxima o tornasse ousado.

Quando entramos nesse espaço que põe terra e céu em contato, confinando-os em poucos metros quadrados, tudo volta ao lugar certo.

Conte-me. Praia. Amigos. Fogos. E mais isso, mais aquilo. E livros, e mais praia, mais praia. E você, você, conte-me. As crianças. O calor. E a praia, eu também. Livros, eu também. Li todo Petrarca. Você precisa me explicar mil palavras, sublinhei todas elas, se não se importar. Não me importo. E o vovô Mario. Está bem, ainda que com o calor sofra mais. Meus pais estão bem. Os meus também. Logo a escola recomeça. Que chatice. Sim, que chatice. Mas, em breve, haverá o espetáculo para o dom Pino, e precisamos estar prontos. Queria que você voltasse. Senti sua falta. Mas tenho medo que te façam mal. E eu tenho medo de ficar longe de você. Tudo o que vi nesses dias estava pela metade, e com o tempo a gente se cansa de ver o que está incompleto, perde-se a metade da vida. E a vida é uma só. Como está dom Pino. Estou preocupada. Acho que está cansado. Cabe a nós apoiá-lo. Tem razão. É tudo tão lindo aqui, com você. Onde estivemos quando não estávamos juntos? Às vezes, era o que me perguntava. Levava você comigo a todos os lugares. Pronto, estamos aqui, debaixo desse céu de pedra azul, e tudo cabe em um só instante, não ameaçado pelo tempo.

Outras palavras e, quando a medida está cheia, vem um beijo, como o natural cumprimento das palavras e da sua conclamada insuficiência.

Eu queria saber tocar piano. É um instrumento que se parece comigo. Toda pessoa é parecida com um instrumento. Foi o que entendi nos ensaios de um concerto de música clássica, aos quais fomos deportados no terceiro ano pelo professor de música, que tinha um amigo na orquestra sinfônica do teatro Massimo. Para nos explicarem os instrumentos, fizeram-nos ouvir um a um; o professor se divertia, comparando-os a um tipo de alma, e cada um deveria encontrar a sua. A alma da flauta é doce, às vezes lamentosa e melancólica, mas, de repente, alegre e despreocupada. A do clarinete é caprichosa e atenta. A do saxofone é sensual, mutável, inapreensível. A do violoncelo é aberta, pacata, silenciosa.

A minha é uma alma de piano. Até agora, conheci sobretudo as teclas brancas. Depois chega quem sabe tocar as pretas, e descubro que tenho uma parte desconhecida, capaz de meios-tons. As mãos de Lucia conhecem os meios-tons, sabem tocá-los de leve, completando os sons. Provavelmente Lucia é uma harpa. Lembro-me de que nessa orquestra a harpa estava perto do piano, ou vice-versa.

Se não quiser permanecer um mistério para mim mesmo, devo aceitar que outras mãos alcancem dentro do meu coração. Eu mesmo tenho de armá-las contra mim, mostrar-me e dar-lhes a possibilidade de golpear onde sou mais fraco. Por acaso amar não é armar as mãos do outro? A manumissão da alma é o preço a ser pago ao amor. Depois, talvez essa mão toque partituras que nunca pensaríamos ouvir dentro de nós. Achei que *já* fosse, mas *mal* sou.

    O Amor tinha de vir me procurar justamente em meio às trevas?

24

Setembro, epitáfio do verão, insere-se por toda parte, até nos locais mais refratários. O enorme edifício ao lado da catedral brilha como um osso esfolado na praia.

Um rapaz dança no corredor e exulta como se tivesse marcado o gol decisivo da final da Copa do Mundo.

— Consegui!

Refere-se aos exames de recuperação. Abraça dom Pino, que sai no corredor nesse momento.

— Prof, juro que estou começando a acreditar em Deus. Ele me fez um milagre!

Alguém avança, temeroso, à espera da prova, e inveja o júbilo de quem se salvou.

— Dom Pino, reze por mim.

— Com essa cara? Parece pronta para um funeral...

— Mas é para onde meus pais vão me mandar se eu não passar.

— Vá tranquila.

O padre vê os professores sentados à cátedra para o interrogatório, arrependidos por ter reprovado os adolescentes, não porque não sejam ignorantes, mas porque a essa hora estariam na praia, em vez de fazer perguntas sobre Cícero e Homero, com as roupas grudadas na pele por causa do calor. Cumprimenta os colegas com um sorriso e se dirige para a sala do diretor.

— Acho que neste ano não vou conseguir. Os compromissos da paróquia só fazem aumentar, e também tenho de acompanhar o seminário, como diretor espiritual. Acho que vou ter de sair, Antonio. Cinco dias na escola são muito, e essas coisas são importantes.

Antonio observa com atenção o rosto de dom Pino, visto que nas palavras não o reconhece. Lembra-se dos longos passeios que faziam à noite em Mondello, no final dos anos 1960, quando ele era um estudante universitário que prestava serviço como educador, e dom Pino era o assistente espiritual do Instituto Roosevelt, que se ocupava de recuperar jovens órfãos ou provenientes de situações de grave degradação. O amigo o ouvia por horas. Antonio tinha apenas 20 anos.

Havia frescor naquelas noites, o frescor de passeios sem outro objetivo além de passear, como fazem os amigos, ao anoitecer, até se adentrarem na noite e quase ir de encontro a ela, zombeteiramente, em dois. Chegava-se ao bar, comia-se um ovo cozido com sal e se tomava um copo de vinho. Antonio se lembra de quando acharam que fosse irmão do *parrinu* e padre Pino rira com gosto. Viam o mundo com olhos diferentes: um, com os da utopia; o outro, com os da fé. Estivera perto dele em momentos difíceis, durante a formatura, por exemplo. Foi à festa, na qual não estiveram presentes nem mesmo seus pais. Nunca tinha encontrado um amigo como dom Pino. Nunca. Seu carisma dependia muito de saber ser um bom amigo, mas também um padre, caso necessário.

— Pino, você sabe melhor do que eu que os jovens são tão importantes quanto a paróquia e o seminário. Você nunca parou de ensinar justamente por causa disso. Quanto anos já são?

— Desde 1978. Minha nossa, estamos velhos!

— Fale por você.

O diretor do liceu Vittorio Emanuele dá uma risadinha, mas o amigo de uma vida parece ausente como nunca o vira.

— Você já diminuiu as horas, vamos tentar concentrá-las em poucos dias; assim, fica com tempo para o restante... Mas não vou deixar você sair daqui.

— Você sempre foi um cabeça-dura.

— Tive um bom mestre. Mas o que você tem? Está cansado?

— Nada, bobagem. Como vai aquele problema da sua mulher?

— Mais ou menos. Puxa, você ainda se lembra.

— Você é meu amigo, Antonio.

— Tem alguma coisa que está te preocupando? Estou te achando meio para baixo. Nunca poderia imaginar que você pudesse cogitar renunciar à escola.

— Não, não é nada. Deve ser o siroco. Deve ser porque estou velho mesmo.

— É verdade. Daqui a alguns dias é seu aniversário. Quantos anos?

— Um décimo.

— Portanto, setenta?

— Imbecil. Cinco ponto seis. A cada dez anos, conto um. Assim, fico sempre menino. — E sorri à maneira dos meninos.

— Então, vamos ver como fazer, vou falar com quem formula o horário.

— Obrigado, Antonio. Reze por mim.

— Mas você sabe que não nos damos muito bem — responde o diretor, apontando com os olhos para o teto, enquanto torce a boca.

— Faça um esforço por um amigo!

— Por você, vou abrir uma exceção.

— Obrigado, estou precisando.

25

A praia é o ponto de fricção entre a terra e o mar; nesse limite, as crianças e seus pais constroem castelos ameaçados pela onda. Do mesmo modo, um lábio arrebentado é o ponto de colisão entre submissão e verdade. Nunca terá fim a estranha guerra com que a violência tenta oprimir a verdade. A violência faz todos os esforços para abatê-la, varrê-la, aniquilá-la; no entanto, não consegue fazer outra coisa senão reforçar sua resistência. Diante dela, a verdade a açula como se fosse um cão raivoso. Na natureza, quando uma força combate outra, a maior destrói a menor, mas violência e verdade parecem escapar às leis da física e às dos homens: violência e verdade nada podem uma sobre a outra.

Há mãos que entram na alma para dilatá-la; outras, para esmagá-la. As primeiras são fortes, mas delicadas. As segundas são mãos duras e ferozes. São as que ainda ameaçam dom Pino e partem sua cara em outra emboscada, nas dependências da igreja, tarde na noite. As mãos funcionam como palavras, servem para bendizer e maldizer, acariciar e golpear, costurar e rasgar. A carne se contrai pelo efeito da dor, e a alma se retira em um cantinho. Não a de dom Pino: dilata-se também na dor, porque é a dor que um pai deve sofrer para nutrir e defender seus filhos, e seu sofrimento é a origem da solução.

— O que é isto? — pergunta dom Pino pegando o envelope.

— O dinheiro do curso de inglês. Vão ser mais úteis aqui — respondo-lhe.

— Seus pais sabem disso?

— Era um presente. Eu é que decido o que fazer com o meu dinheiro.

— Chegam na hora certa, como sempre. Obrigado.

Levanta-se da mesa sobre a qual estava em vão procurando organizar uma papelada e alguns documentos, vem até mim para me abraçar e percebo que está com o lábio rasgado, um hematoma perto da parte superior da ferida e olheiras mais pronunciadas, as do medo, e não apenas do cansaço. Reconheço essas cicatrizes e, instintivamente, toco meu próprio lábio, que já não tem nada.

— O que aconteceu? — pergunto indicando a boca.

— Me cortei com a gilete.

Dom Pino me sorri, mas é um sorriso franzido pela dor que o impede de esticar totalmente os lábios.

— Isso não é um corte, é um hematoma. O que aconteceu?

— O que você está fazendo aqui? O que seus pais acham disso?

— Perguntei primeiro.

— Que cabeça-dura você é! Bati caminhando no escuro quando ia ao banheiro. Bobagem. E você?

— Voltei do exílio. Consegui fazer meus pais entenderem. Posso vir a Brancaccio, desde que acompanhado por Manfredi.

— E onde está ele?

— Hoje não podia... Mas eu estava muito impaciente para lhe trazer este envelope. Ninguém me viu, pode ficar tranquilo.

— Não, Federico. Sozinho você não pode vir. Nunca mais faça isso, me prometa.

Dom Pino está sério. Achei que lhe faria uma boa surpresa, e me deparo com uma expressão dura.

— Prometa!

— Tudo bem, não venho mais sozinho. Mas o que está acontecendo?

— Nada, nada. Muita coisa para fazer. Agora vá. Me desculpe, mas preciso trabalhar.

— Foram eles?

Olha fixo em meus olhos, e a máscara que havia colocado no rosto se abranda.

— A máfia é potente, mas Deus é onipotente.

Tantas vezes o ouvi dizer isso.

— Esse Deus deveria trabalhar mais.

Permanecemos em silêncio, olhos nos olhos.

— Como vai com a Lucia?

Sei muito bem que é uma maneira de mudar de assunto, mas também sei muito bem que não há muito o que acrescentar.

— O senhor tinha razão, agora não quero mais ir embora daqui.

— Você encontrou o amor. Sempre acontece isso quando a pessoa não se poupa ou não se deixa aprisionar pelos medos.

Sorri. Mas parece melancólico.

— O senhor sempre diz que a tristeza pode nos matar muito mais rapidamente do que um vírus. Está me deixando preocupado, dom Pino. Venho aqui, e o senhor parece quase triste por me ver.

— Não, não estou triste. Só um pouco cansado. Me desculpe se te tratei mal. Estou nervoso porque precisamos recolher logo o dinheiro para terminar de pagar as dependências do centro. Precisamos chegar a trezentos milhões. Mas está tudo bem, vamos conseguir, com a ajuda de Deus e de pessoas como você.

Mostra o sorriso de sempre, e seus olhos, novamente calmos, tranquilizam-me.

— Não se preocupe, Federico. Vai dar tudo certo. Só que, se vier com alguém, fico mais tranquilo.

— Prometo. Mas o senhor me promete que vai dormir um pouco mais?

— Existe toda a vida eterna para descansar. Só me faça um favor: quando chegar a minha vez, não me deixe sozinho.

— Para fazer o quê?

A resposta não vem, dom Pino já se afastou. Por um instante, parece uma daquelas gaivotas solitárias que planam sobre o mar lívido em um dia de tempestade, buscando comida em vão.

26

As cores do dia parecem as do atlas das ilhas do rapaz. Isso acontece nos dias de verão, quase exausto.

Tudo se torna primário e elementar: as cores, os perímetros, as formas, a felicidade. Lucia e o rapaz passeiam atravessando a Villa Giulia, no esplendor quase marinho da Kalsa. Chegam diante da estátua do Gênio de Palermo e observam suas feições, sem conhecer sua essência agridoce. Um deus pagão e antigo, com cetro e coroa, além de uma serpente que se nutre de seu peito na altura do coração. Evoca renovação e ambígua ruína, com a águia da cidade e o cão, símbolo da fidelidade, encolhido aos seus pés, com o Tríscele, a cabeça de Górgone, com três pernas, que representa a Sicília como Trinácria, com uma cornucópia acompanhada por uma síntese da cidade: "Palermo, majestosa e fiel, tem os dons de Palas e Ceres." Uma definição lisonjeira, especialmente se comparada com o terrível lema que se encontra como inscrição nas antigas representações desse nume tutelar: *Panormus conca aurea suos devorat alienos nutrit*, "Palermo, concha de ouro, devora os seus e nutre os estrangeiros". O Gênio de Palermo, tudo porto e anseio, resumido em uma única frase.

— Até o Gênio da cidade diz que aqui estão os dons da vida.
— Você é otimista demais.

— Não, sou realista, como dom Pino. Sabe quem eram os mestres da água? Eram rabdomantes, antigos e nobres...

— O que significa "rabdomantes"?

— Homens que tinham o talento de sentir a água nas vísceras da terra: desafiavam o siroco e a seca e encontravam a água. Não eram otimistas, mas realistas. É isso que devemos fazer com esta cidade.

Continuam a se adentrar no dédalo de ruas, sem medo de se perderem.

Um mercado acolhe com a solenidade de uma catedral, é o que acontece com o da Kalsa, um desses lugares em que o profano se torna sagrado por excesso de senso e sentidos.

Os balcões estão cheios, e os gritos dos vendedores cobrem as conversas. É preciso ter olhos treinados para ver as bancas do mercado, olhá-las sem buscar o folclore, olhá-las buscando a dor.

A mercadoria ruge. Frutas e flores dançam um flamenco de cores, entre céu e terra. Explodem as melancias, vermelhas como se tivessem capturado todo o suco da terra. Os limões gritam seu amarelo e são enrugados como a cortiça de uma árvore. As abobrinhas verde-pálidas se desdobram como serpentes inócuas. A cesta de bacalhau parece cheia de luas mortas, os salmonetes acendem o branco do gelo que os acolhe, as sépias e os polvos parecem a ponto de derreter, de tão frescos que estão. Penduradas em seus ganchos, as carcaças dos animais assemelham-se a crucifixos. E pendem as réstias de alho, imitando os enforcados e esconjurando as bruxas e o mau-olhado. Maços de pimenta junto com brócolis convexos, amontoados de orégano afrodisíaco, cestas metálicas com conteúdos inomináveis. Alcachofras e figos-da-índia cheios de espinhos, mas muito doces. Cestas transbordando de azeitonas de todas as cores e consistências. Os odores se misturam e, superando as narinas, chegam diretamente ao coração.

Nessas caixas e nessas bancas está guardada a história de Palermo. Cidade de todo deleite, *Zyz* para os fenícios que a fundaram, a

Flor; *Panormus*, Tudoporto, para os gregos e os romanos, que na união entre mar e terra encontraram sua essência doce e mercantil de cais infinito; *Balarm*, para os árabes, que não renunciaram a defini-la como o porto que é, apenas adotaram o nome aos sons da sua boca; *Balermus*, Pérola do Mediterrâneo, para Frederico II, que a tornou tal. Demasiado rica, colorida e perfumada para não sofrer saques. O odor e a dor dessa cidade são uma coisa só. As balanças de latão oxidado continuam a sopesar toda essa mercadoria e essa história.

Não se pode visitar essas ruas como um museu de curiosidades, restaria uma lembrança luminosa, mas efêmera. Olhando bem, descobre-se por trás do éden uma polifonia de paradoxos, um anseio contínuo que, às vezes, é vitimismo, outras, sacrifício.

Suas mãos se tocam levemente, caminham lado a lado. O vestido dela se deixa conduzir pelos raros sopros de ar que escapam entre os becos, vindos do mar.

— Estou preocupado com dom Pino.
— Por quê?
— Anda dizendo umas coisas estranhas.
— Isso ele sempre fez.
— Está muito cansado.
— Viu a cicatriz na boca dele?
— Vi. Primeiro disse que foi a gilete, depois que bateu...
— Não acredito. Estou com medo.
— Me pediu para não o deixar sozinho.
— Espero que ele não nos deixe sozinhos.

27

Sobre a prateleira, uma fileira de tangerinas revela uma estação errada; de fato, é o que resta de um passatempo ou de algo que o tempo detém. Lucia aprendeu com ele.

Enfia-se a faca no bojo da tangerina, tira-se a metade superior da casca, extraem-se os gomos um a um, sem estragar o pedúnculo, embebido em óleo. Na parte já cortada, faz-se um furo e se recobre a outra metade, esvaziada depois de queimado o pedúnculo. A aparência é de uma tangerina inteira, com um furo em cima, mas na realidade se trata de uma pequena luminária.

Ela gosta de ficar olhando os gestos lentos e precisos de dom Pino, que parecem carregados de magia no ar perfumado de tangerina. Com esses mesmos movimentos, agora está comendo a fruta levada por ela com os sanduíches que o ajudam a se lembrar de que tem um corpo. O perfume das luminárias é apenas uma recordação, mas tão viva que parece quase emanar ainda da sua essência.

— Não se esqueça de que vocês, mulheres, têm trezentos gramas a mais de coração; por isso, sofrem mais e são mais vítimas dos cálculos egoístas dos homens, que, por sua vez, têm trezentos gramas a mais de cérebro. E não porque são mais inteligentes, mas porque são mais racionais e calculistas.

— É mesmo? — responde Lucia. — Então eu não deveria confiar. Mas gosto do Federico, dom Pino. E a culpa é toda sua por tê-lo trazido aqui!

— Lucia, apaixonar-se é como se aproximar da janela. Primeiro é muito alta, e você nem a alcança; depois chega o momento em que você se aproxima, é atraída pelo mundo do lado de fora e, aos poucos, sente a necessidade de abri-la, debruçar-se e até sair no terraço. Até que está pronta para correr para baixo e caminhar naquele panorama visto do alto. É uma passagem muito bonita na vida. Mas lembre-se de que são momentos de grande mudança e, portanto, de instabilidade. Muitas vezes, as expectativas que se colocam no outro são excessivas, como acontece com qualquer coisa que se olhe de cima e de longe. E isso pode causar feridas profundas. Não esqueça. Não é preciso se debruçar com muita pressa do terraço; do contrário, você acaba caindo e se machucando; é preciso descer até a rua e caminhar juntos.

— Vou me aproximar com cuidado; seja como for, é o senhor quem vai me aconselhar.

— E quem é que sabe...

— Por que está dizendo isso?

— Ah, nada, só por dizer! Nós, padres, um dia estamos em um lugar e, no outro, na ponta oposta do mundo. Quando você não souber o que fazer, reze; a oração nos ajuda a permanecer fiéis à verdade, e somente a verdade nos torna livres. É abrir essa janela todos os dias. Hoje, as pessoas pensam que são mais livres porque têm milhões de opções possíveis, mas a liberdade não é tanto ter mais opções; significa, antes, escolher a verdade. A oração é a melhor maneira de não se esquecer de escolher a verdade, mesmo quando custar.

— Mas às vezes eu fico entediada quando rezo.

— As pessoas que se amam também ficam entediadas de vez em quando, mas seu amor não deixa de ser verdadeiro.

— Com ele, não fico entediada.

— Ele é sua oração. Lembre-se de que todos os amores trabalham incógnitos.

— Como assim?

— Agem às escondidas, por conta de Deus. Federico é um ótimo rapaz, confio muito nele. Você também precisa protegê-lo um pouco, sabe, ele tem a alma grande, e às vezes corre o risco de sair voando.

— É justamente isso que gosto nele. O amor é uma revolução, dom Pino!

— O amor é uma revelação, Lucia.

Sorri e lhe faz um carinho.

28

Os trabalhos e os dias é um título épico, de uma épica comum que transforma em versos a prosa cotidiana, e épico é esse mês de dias e trabalhos sem trégua. O tempo é feito de grãos de anseio. E não por acaso o homem escolheu a areia para dizer o tempo, o que resta da matéria debilitada pelo sol, pelo mar, pelo vento. Dom Pino preenche os dias com trabalhos, e os trabalhos com dias. Não é fácil habitar seus pensamentos; no entanto, indomável, o coração espera. E treme.

Um grão de areia é 13 de setembro, dia estranhamente escuro para a estação. O céu se enche de nuvens amareladas e ávidas por derrubar areia na cidade, por manchar a carroceria dos carros e os vidros das casas, reduzindo o verão a uma lembrança empoeirada.

Dom Pino sublinha passagens do breviário, nunca fez isso. São as palavras de João Crisóstomo, que escreve do navio que o conduz ao exílio. Enquanto o navio ganha o mar, da popa observa o porto com seus fogos trêmulos, e da proa, o sol se pondo e manchando o horizonte de sangue: "Muitas ondas e ameaçadoras tempestades se aproximam de mim, mas não tenho medo de ser submerso, pois estou fundado na rocha. Portanto, o que deveria temer? A morte? Para mim, o viver é Cristo, e o morrer, um ganho. E se Cristo estiver comigo, de quem terei medo? Pobre vim, pobre me vou."

João encontraria a morte durante a viagem, e suas últimas palavras foram: "Glória a Deus em todas as coisas."

Outro grão é o dia 14 de setembro, festa da Cruz. Comemora-se a descoberta da Cruz de Cristo por Helena, mãe de Constantino. Trouxe-a à luz mandando escavar entre as ruínas do templo de Vênus, construído poucos anos depois da morte de Cristo pelo imperador Adriano, no monte Gólgota, na tentativa de substituir o amor amargo dos cristãos pelo doce vinho do eros pagão. Dom Pino celebra a missa para a comunidade de mães solteiras que acompanha. Na capela há uma cópia da *Virgem da Anunciação*, de Antonello da Messina, com o rosto suspenso entre um sorriso e o medo, emoldurado por aquele véu azul, e defini-lo azul é uma blasfêmia, pois foi pintado com a cor do mar, colado diretamente na tela, com as nervuras em ouro que tem o mar nos dias de sol. Dom Pino explica-lhes que Maria, aos olhos das pessoas e até mesmo do seu amado, José, parecia uma mãe solteira. Sua concepção não tinha um autor humano e, certamente, não era algo fácil de explicar. Eis por que, no momento da anunciação, em seu rosto há medo e paz, em um paradoxo que somente quem conhece Deus experimenta, o paradoxo mais belo da fé.

Dom Pino percorre os semblantes diante de si e reconhece a jovem do quadro — uma mão à frente, em sinal de defesa, e a outra fechando a veste, porque o amor já a atravessou, e seu fruto deve ser protegido — nos cabelos pretos de uma, na pele escura de outra, nos olhos cansados e amedrontados de todas, nos olhos cheios de esperança de Serena. Sim, é ela mesma, chegou depois e se sentou no fundo. Sorri para ele de longe, com as mãos nervosas que se movem sobre o ventre.

Dom Pino se reanima e sente as palavras fluírem com mais força:

— Olhem para onde olha Maria quando sabe que deve enfrentar sua vergonha. Olhem para onde ela olha nesse quadro. Olhem para Deus. E confiem nele, que não as deixará sozinhas.

Em seguida, fala da festa daquele dia, que transforma toda derrota em vitória, todo sinal de menos em um sinal de mais, como a forma da cruz sobre a qual Cristo perdoa seus perseguidores, incapazes de compreender o que fazem. Também lembra que Cristo sofreu até sangrar no jardim do Getsêmani.

— Cristo se sentiu sozinho e pediu a três homens que lhe fizessem companhia. Mas eles adormeceram, e ele suou sangue, tamanho era o medo que o atravessava. Nele duelaram morte e amor. O amor venceu, mas o medo da morte o fez sangrar. Por isso, nunca estamos sozinhos no medo e na dor. Porque ele os atravessou e venceu, e são apenas uma passagem para uma vida maior e infinita de amor. Fomos nós que inventamos a cruz, que é apenas nossa. Não é o que ele nos traz. Ele inventou o amor: o amor por quem temos ao nosso lado, pelas pessoas que a vida nos confia. Um peso doce, como o ventre de vocês. Também vocês são chamadas a fazer isso todos os dias. A cruz não é a dor, não é o sofrimento, mas apenas o amor que cuida e cura ao se dar.

As jovens o fitam e não entenderam direito. Serena lhe sorri entre as lágrimas, porque sabe que está falando para ela e para a sua coragem renovada. Agora o rosto dele sorri tão abertamente que mesmo as outras acabam pensando que é verdade, não importa o que tenha dito.

29

Nesse mesmo dia, quando a luz se desloca com cautela sobre as superfícies, como um gato em um telhado, e as ondas são patas que brincam com a presa, fazendo-a girar, o rapaz e Lucia caminham em silêncio. O mar se estende sobre a costa com a paz de quem não tem pressa porque sabe o que está fazendo.

O rapaz observa a extensão de água desfiada em sangue pelo sol que se põe, exausto. A luz se empina, avermelhada. Ninguém nunca chamou como testemunha algo pequeno para as grandes promessas. Ninguém nunca declarou o próprio amor em uma garagem, a menos que fosse obrigado. À beira-mar, aqueles que se amam dão as mãos, sussurram segredos e dizem "te amo" diante do horizonte, que une céu e terra. Assim, esse rapaz se volta para Lucia, que o olha com expectativa e o misto de medo e espanto que sentem todas as mulheres quando alguém lhes diz "te amo" pela primeira vez. E gostariam de pegar essas palavras com as mãos e carregá-las dentro do peito por toda a vida.

— Quero te amar, Lucia — diz o rapaz, ajeitando atrás da orelha dela uma madeixa deslocada pelo vento. Queria dizer "te amo" e, em vez disso, saiu-lhe essa frase.

Por um instante, ela se vira para o mar, para o céu, para a areia, para as montanhas, chamando-os como testemunhas. Depois, volta para os olhos do rapaz, marcados pelo anseio. São olhos límpidos, de quem busca a verdade, mas também olhos frágeis, de quem tem medo e gostaria de abrir todo espaço para a vida sem ficar esmagado. Como uma rosa que desabrocha, ela apoia a testa em seu peito e, no silêncio suspenso das coisas ao pôr do sol, responde:

— Nunca me deixe, e serei o verão que não termina.

Uma âncora e um ainda.

O rapaz a abraça como se pudesse circunscrever a vida em um círculo, para nele a proteger de todo ataque e fracasso. Nos sentidos dela se fixam todas as presenças subtraídas ao tempo, como se fossem os elementos da tabela periódica da felicidade: a areia, as rochas, a ressaca, o vento.

É setembro. O mês que traz dentro de si o definhar do verão e o germinar do outono. O mar não sabe como conter essas duas almas e canta para ambas.

— Me diga qual a coisa mais importante para você — pergunta ela de repente, em uma rajada negra de cabelos.

— Tenho o coração cheio de desejos, sonhos, coisas bonitas. Mas não tenho a couraça — responde ele, logo se envergonhando de ter cometido a loucura de lhe entregar sua essência sem pudor, como se esse fosse seu perfume, depois de destilada sua vida e descartada a casca.

Lucia sorri e quer ser a minha couraça. E o meu carinho.

Esse rapaz sou eu.

Federico.

30

Chega, então, o aniversário de dom Pino. 15 de setembro. É o dia dedicado a Nossa Senhora das Dores. Uma mãe que chora a morte do fruto de seu ventre. E sofre por ele.

Os grãos do tempo terminaram, e há orações como sonhos premonitórios.

> *Quiseste que eu te chamasse por tu, e agora permites*
> *que eu o faça.*
> *Por ti, renunciei a uma mulher, a uma família, a filhos.*
> *Como família, me deste este bairro desventurado de*
> *delinquentes, destroços e santos. E de filhos.*
> *Me prometeste que me bastarias.*
> *Onde estás?*
> *Neles?*
> *Como se faz para amar quem cospe na tua cara?*
> *Como se faz para amar quem te mata?*
> *Amar os próprios inimigos é a maior loucura*
> *em que acreditei.*
> *Sempre terão a última palavra, a força deles.*
> *As pessoas chamam a eles e a mim do mesmo modo. Dom.*
> *Dom Giuseppe Puglisi. Dom Giuseppe Graviano. 'U parrinu.*
> *Eles, assim como eu.*

*A quem pensas que as pessoas vão recorrer? A eles, que
têm a força, ou a mim, que só tenho livros e palavras?
Deus dos exércitos, Deus onipotente?
Deus fraco e silencioso.
Assim tratas teus amigos?
Por isso tens tão poucos.
Mas não vou te abandonar. Me deste tudo.
Agora me pega, leva-me para o alto e, entre a luz e o ar,
faz-me descobrir minhas asas.
Deixa que eu seja como quando minha mãe me pegava
nos braços e me enchia de beijos.
Deixa que eu seja como quando meu pai, entre uma
montanha de sapatos para consertar, me punha em seus
ombros e me fazia ver as coisas. Até mesmo o mar se via
de cima daqueles ombros.
Põe-me em teus ombros e faz-me ver o mar.
Lá de cima, todo esse mar escuro a ser atravessado não
causa medo.
Se eu não tiver dentro de mim o paraíso, nunca entrarei nele.
Não tenho medo da morte.
Tenho medo de morrer.
Busco teu rosto, não o escondas de mim.
Agora e na hora da minha morte.*

31

No aniversário se festeja o fato de que não somos imortais.

Aos 20 anos — dizem — você ainda tem a cara que te deram, mas aos 50 tem a que mereceu. Ele está fazendo 56, e seu rosto tem uma geografia muito clara: as depressões escuras das olheiras escavadas pelo cansaço e os relevos macios e difusos do sorriso. Somente isto: amor e doação. Quanto ao restante, sua cara ainda é de um menino.

Quinze de setembro é um dia de luz perfeita, não deixa margem para coisas obscuras. Há sombras fortes, destinadas a se consumirem, mas são aparências. É pela subtração de luz que vencem as trevas, vitória aparente e temporária.

O azul brilha "maravilhosamente" no ouro, como escreveu o primeiro dos poetas de uma terra de cores desgovernadas, que aqui são naturais: amaranto, laranja, carmim, marfim, lilás, amêndoa, menta, coral. Mas, olhando bem, na cidade dos homens esmaltes e escombros se sobrepõem, como paraíso e inferno. E enquanto uma mãe faz um carinho no filho e um esposo beija a esposa, outros massacram os rostos, as colunas, as vidas.

À tarde, Lucia e as crianças estão ocupadas com os ensaios gerais do espetáculo. Excitação, medo e concentração se somam no palco, gerando a mesma desorientação de quem acha que esqueceu tudo o que estudou, pouco antes de um exame. Mas, quando há crianças, acaba prevalecendo sempre a alegria de uma brincadeira livre do julgamento e da produtividade: o que conta é estarem ali, todos juntos. Todos à espera da pizza para festejar dom Pino depois do espetáculo.

— Vamos fazer uma surpresa para ele. Vamos até a sua casa cantar "Parabéns para você" — explica Francesco pela enésima vez aos outros, que o sabem muito bem, mas ele gosta de ficar girando as surpresas na boca, como se fossem balas.

— Mas olha lá, hein! Não é para contar nada! — reitera Lucia.

A mim, além da parte de Carlos Magno cabe a do mago Pipino, vulgo dom Pino, que depois irá interpretá-la de surpresa.

Com sua espada de mentira, Totò anuncia sua entrada.

> Orlandino grita como um desesperado:
> foi trancado pelo malvado Ganelão
> na torre do castelo abandonado,
> esse traidor asqueroso e vilão!
> Não tem esperanças de ser encontrado,
> De fome morrerá nesse torreão.
> Mas uma luz desperta o paladino,
> e por encanto surge o mago Pipino.

Entro em cena com uma barba postiça, que me faz suar até os dentes, e um chapéu de mago Merlin, que cai em meus olhos. E desato a rir.

— Não consigo. Tenho muita vontade de rir com esse mago Pipino.

— É mesmo um nome estranho!

— Ah, vamos, é para tirar sarro do dom Pino.

— Justamente por isso.

Lucia dá uma bronca nas crianças, que logo voltam a prestar atenção.

— Recomece dos dois últimos versos, Totò. E não interrompa você também. — Repreende-me.

> Mas uma luz desperta o paladino,
> e por encanto surge o mago Pipino.

Tento segurar a risada, dando um beliscão em minha coxa.

— Não tenha medo, menino. Estou aqui.

— Quem é você? Não te conheço. Vai me matar?

— Que matar o quê! Acha que alguém com esta barba pode fazer algum mal?

— Não sei se devo confiar em uma barba.

Orlandino toca a barba do mago, que se inclinou sobre ele.

— Estou aqui para te libertar das garras de Ganelão.

— Mas mesmo que eu saia e salve minha vida, terei que ir embora.

— Não se tiver coragem e aceitar a ajuda dos seus amigos. Com eles você vai conseguir apanhar Ganelão e ser o verdadeiro e único herdeiro de Carlos Magno.

— Mas como?

— Chegue mais perto.

Orlandino lhe presta o ouvido, e o velho Pipino lhe diz algo que o público não pode ouvir. O rosto de Orlandino se ilumina, mas, nesse momento, entra Ganelão e trava um terrível duelo com o mago.

— Fuja, Orlandino, fuja. Não se preocupe comigo. Sempre estarei aqui.

Orlandino hesita.

— Vá! Não torne tudo em vão e faça o que eu te disse.

Orlandino sai de cena.

O duelo continua, e Ganelão transpassa o velho, armado apenas com um bastão que nada pode contra o aço do cavaleiro.

Ganelão se lança na perseguição a Orlandino, tomando a mesma saída.

O corpo do mago permanece inerte no centro do palco.

As crianças o fitam em silêncio, como se estivesse morto de verdade.

— Muito bem! Nesse momento, apagam-se as luzes. Pipino sai de cena. É a hora de Orlandino reunir seus amigos e confiar a eles o que o mago lhe disse. Todos o seguem, cheios de espanto e entusiasmo. Assim, o público fica cada vez mais curioso para saber o plano.

Quando uma alcateia de lobos já não consegue encontrar presas, saquear, apanhar com os dentes e nutrir-se; quando uma alcateia de lobos perde o próprio território de caça, os covis e a força, reage massacrando o mais fraco do grupo. Nutre-se da própria carne. Os homens-lobos agem do mesmo modo, sacrificam quem lhes é próximo para sentirem-se fortes. E escolhem o mais fraco. Assim, recuperam controle e poder. Mas entre os homens ocorre que justamente o sacrifício do mais fraco desperta quem estava distante, indiferente ou amedrontado. Seu sangue nutre-os mais do que os lobos que o devoraram. No dia 15 de setembro, uma alcateia de lobos famintos anda por Brancaccio sem outra meta além da fome.

Dom Pino chega atrasado, e os casais do curso pré-matrimonial estão esperando por ele há meia hora. É um dia como tantos outros, celebrou dois matrimônios e participou de uma reunião no Palazzo delle Aquile* para solicitar pela enésima vez as dependências localizadas na *via* Hazon.

---

* Sede da prefeitura de Palermo. (*N. da T.*)

— Desculpem.

— Quando o senhor nasceu, também chegou atrasado?

— Você brinca, mas sabia que no cartório me registraram por engano no dia 24 de setembro e nasci no dia 15? Tenho nove dias de bônus; por isso, sempre chego atrasado.

— Pelo visto, esse bônus já venceu faz um tempo...

Dom Pino olha para eles com calma e gratidão. Acompanhou-os nesses meses para conduzi-los ao sacramento do matrimônio, já iminente. Em seguida, absorto, diz:

— A coisa mais importante não é a roupa nem a festa. A coisa mais importante é que, em dois, vocês se tornarão Cristo. A vida de Cristo entrará em vocês e, a partir desse momento, seu amor renascerá sempre que morrer. Não é uma mágica, é o que acontece realmente se lhe derem espaço em sua vida e com ela.

Os futuros esposos o ouvem com os olhos de quem sonha um amor que não se cansa.

— Se o amor humano for vivido assim, com as fraquezas, as imperfeições e os erros, poderá ser um verdadeiro canto do paraíso. Muitos são os que, no matrimônio, se encontram no inferno... Mas não será o caso de vocês. O inferno é só se não se amarem. Prometem?

— Claro! Senão, por que teríamos vindo até aqui? — diz um rapaz. Aproxima-se de dom Pino e fala ao seu ouvido, fazendo deslizar um envelope no bolso de seu casaco. — Esta é a nossa contribuição para o centro Padre Nostro. Não é muito, mas é o que posso dar com meu trabalho.

Dom Pino o abraça.

— Obrigado, meu filho. Graças a coisas pequenas estamos fazendo outra grande. Vamos conseguir juntar esses trezentos milhões, um pouquinho de cada vez, como o mosaico de Monreale.

— Mas em que ponto estamos?

— Mais da metade. Mas os trabalhos na igreja foram interrompidos. Parece que a empresa se curvou a alguma pressão. Fazer o quê?

As palavras permanecem suspensas e são varridas pelo repentino coro de parabéns por parte dos jovens casais, pelos quais dom Pino não poupou esforços, sorrisos e algumas repreensões. A eles se unem os amigos mais íntimos com uma bandeja de *cannoli* e *cassatine*, uma delas com uma vela. Dom Pino a fita com um sorriso que é um porto acolhedor.

Olha para eles.

— Obrigado.

E apaga seus 56 anos.

Não há um centímetro de lua no céu. O dia seguinte será de lua nova. Há espaço apenas para as estrelas e a luz disléxica dos faróis nessa escuridão que ainda não se concluiu. A noite já tinge o mar e, com calma, afaga o imenso porto, cujas luzes fazem eco às primeiras estrelas. Aparentemente, pode acontecer qualquer coisa, uma criatura sair daquele líquido preto em forma de sereia, de tritão, de monstro marinho.

E da noite saem quatro, como lobos famintos, cavaleiros de um apocalipse provinciano. Uma alcateia de demônios corcundas na escuridão que cega. Correm para pagar suas dívidas com o deus do siroco. O mar desacelera e se torna quase marmóreo, dispondo-se a ouvir o sabá de demônios entre as ruas desertas de Brancaccio e o passo leve e um homem baixo. A luz dos postes amarela a escuridão, sem dela conseguir arrebatar um sentido. E os demônios avançam para interromper, obstruir, despedaçar, pisotear, esmagar, perfurar Deus e desarticular seus planos. Quebrar seus ossos. Deslocar seus músculos. Arrancar seus olhos. Pôr o ferro em sua carne. Fechar sua boca. Parar seu coração. Festejar seu aniversário.

Um cigarro puxa o outro para diluir a tensão. Só precisam farejar os rastros desse padre, segui-los, capturar seus movimentos para atacar no momento oportuno. Mas o momento oportuno é logo, porque esses movimentos, esses passos, esses rastros nada têm de especial: o padre volta sozinho para casa pelas ruas do bairro; depois, entra em uma cabine telefônica.

— Vamos acabar com isso de uma vez — diz 'u Turco.
— Sem moto? — pergunta o Caçador.
— Para quê? Ele está sozinho. Tem que parecer um assalto.

Precipitam-se ao depósito. O Caçador examina as armas. Basta uma de calibre 7.65. Não são necessários os habituais fuzis com balas de caça, nem armas de calibre .38 ou .357. Para um aniversário, basta uma velinha bem pequena.

Ele é quem vai disparar.

Por um instante se pergunta por que, e a resposta é uma só: porque lhe mandaram.

Nem chegam a pegar os carros roubados, e sim aqueles que costumam usar. Será uma brincadeira, até fácil demais para o grupo de fogo mais impiedoso da história da máfia. Que fraqueza é essa contra a qual estão para se lançar como uma multidão enfurecida?

— Maria, ouça. Você precisa encontrar um trabalho. Por enquanto, te dou o dinheiro, mas você tem que me prometer que vai parar de se prostituir. Não, Maria, você tem de me prometer. Agora, sim, agora. Faça isso pelo Francesco. Não, não chore. Ouça! Vá para aquele centro que te indiquei. Você pode ficar lá, comer lá, vão te ajudar a encontrar algum trabalho. Recebi uma doação para você. Da próxima vez, te levo o envelope. O dinheiro vai ser suficiente enquanto você procura um emprego. Você vai conseguir, é uma moça forte, uma mãe maravilhosa, com um filho maravilhoso. Agora vou desligar. Não chore. Estou sempre aqui. Você vai ver que vai dar tudo certo.

Sai da cabine e se encaminha para casa. O último a encontrá-lo é Riccardo, que lhe dá os parabéns e dois beijos.

— Dom Pino ficou mais velho!

— Que velho o quê! Ainda sou um menino.

— Feliz aniversário, *parri'*. — Pisca para ele e se afasta correndo.

Dois carros o esperam, braços pendendo para fora, deixando evaporar a fumaça e cair as cinzas; uma dupla em um, e outra de apoio, em outro. Os dois que não dirigem descem ao mesmo tempo. Já perto do portão, dom Pino busca as chaves na bolsa, mas não consegue abrir em tempo.

Um homem que nunca viu barra seu caminho. Está para lhe perguntar se precisa de alguma coisa, mas o outro o antecede.

— *Parri'*, é um assalto!

— Eu já estava esperando. — Dom Pino lhe sorri.

O Caçador, que nesse meio tempo pôs-se ao seu lado, dispara contra ele a vinte centímetros de distância, como o último dos traidores que não tem coragem de olhar no rosto do adversário. Mas essa posição de três quartos é suficiente para que veja o sorriso.

As últimas palavras de um homem são as que contam.

São o selo de sua vida.

Ele diz: "Eu já estava esperando".

Diz que estava pronto, às 20h40 do dia 15 de setembro de 1993.

E sorri.

Esta é a última palavra.

Esperava a morte.

Esperava por ela como quem vai a um compromisso ou recebe uma visita há muito aguardada.

Morre com um sorriso.

E não vê seus dois assassinos, mas dois filhos: esperava por eles, com um sorriso, como um pai que corre ao encontro do filho há muito tempo distante. Vê através deles, vê além deles.

E nesse olhar eles veem a si mesmos, como eram quando crianças; o Caçador tinha outro apelido: "Cachinho". Era como o chamava sua mãe. Esse sorriso o leva para lá e lhe diz: você não sabe o que está fazendo, é outra pessoa. Esse sorriso é o pior castigo que pode acontecer a um assassino, e o Caçador já não conseguirá dormir à noite. Há delitos que buscam seu castigo e acabam encontrando apenas seu perdão.

Agora Dom Pino vê quem o espera.

Vê quem sempre viu em todas as coisas.

Sente o peso que o esmagava tomar impulso, como as asas imensas de um rei das alturas.

Vê Deus. Cara a cara. E lhe sorri.

A Beretta semiautomática, calibre 7.65, silenciada, dispara a vinte centímetros da sua nuca. É uma pistola de ladrão de baixo nível, de diletante. Mas assim de perto é mais do que suficiente.

O tiro explode na nuca e indica para a alma o caminho pelo qual sair.

Dom Pino cai, e com os lábios beija a rua. O sabor amargo do sangue se mistura com o da poeira.

Arrancam dele a bolsa. Deve parecer a consequência não desejada do assalto cometido por alguém desesperado.

O corpo permanece no chão. São quase 21 horas.

A alcateia se entoca no depósito de uma empresa de transportes e expedições, o melhor lugar para quem manda as almas para o além. O Caçador está com as mãos trêmulas. Guarda a pistola e abre a bolsa do padre.

— Desta vez, fomos nós que lhe demos a bênção.

Encontra o envelope. Nele há cinquenta mil liras e um cartão de aniversário. "Para dom Pino, que foi um pai para nós, quando os outros apenas julgaram. Feliz aniversário."

— Ao contrário, demos a ele um belo presente de aniversário. Olhe isto!

Há outro envelope com dinheiro dentro. Nele se lê "Para Maria".

O Caçador o põe no bolso, sem deixar que o outro o veja. O dinheiro do curso de inglês de Federico.

Não encontram mais nada. Nenhum bilhete secreto, nenhum traço de colaboração com os tiras nem contatos com a polícia. Nada. Só algumas cédulas, a carteira de motorista e o cartão de aniversário.

O outro destaca os selos da carteira de motorista.

— Estes sempre são úteis.

Dividem-nos entre si, um para cada um.

Riem satisfeitos. Bebem uma cerveja gelada, que relaxa as testas recobertas pelo suor da tensão.

— Agora é a vez da tabacaria — diz o Caçador, tomado por um tremor febril.

— Que noitada! O que temos de fazer?

— Incendiá-la.

A alcateia ainda está com fome. A presa que acabou de sacrificar foi fraca demais. Dela, terá cada vez mais. Essa alcateia prepara um atentado nunca praticado na história da máfia: um carro cheio de TNT diante do estádio olímpico de Roma, a ser explodido na saída da partida. É o grande salto. O xeque-mate nesse ídolo de mentira que é o Estado, que, como bem diz a palavra, é sempre um particípio passado, enquanto eles são o presente e o futuro.

32

No silêncio da *piazza* Anita Garibaldi, o ar ficou parado. Os minutos correm lentos como o sangue que sai da ferida na nuca, e a vida tem exatamente esse resíduo de ritmo e de consciência gotejante. São segundos de absoluta e espantosa lucidez.

Cinco são as coisas das quais um homem se arrepende quando está para morrer. E nunca são aquelas que consideramos importantes durante a vida. Não serão as viagens presas nas vitrines das agências que nos farão sentir arrependimento, nem um carro novo, uma mulher ou um homem sonhado, nem um salário melhor. Não, no momento da morte, tudo se torna finalmente real. E cinco são as coisas das quais nos arrependeremos, as únicas reais de uma vida.

A primeira será não ter vivido segundo as nossas inclinações, mas como prisioneiros das expectativas dos outros. Cairá a máscara de pele com que nos tornamos amáveis, ou acreditamos que assim nos tornamos. E era a máscara criada pela moda, por nossas falsas expectativas, para talvez tratar do ressentimento de feridas nunca enfrentadas. A máscara de quem se contenta em ser amável. Não amado.

O segundo arrependimento será ter trabalhado muito duro, deixando-nos levar pela competição, pelos resultados, pelo impulso de alguma coisa que nunca chegou porque existia apenas em nossa cabeça, negligenciando vínculos e relações. Gostaríamos de pedir desculpas a todos, mas já não há tempo.

    Em terceiro lugar, vamos nos arrepender de não ter encontrado a coragem para dizer a verdade. Vamos nos arrepender de não ter dito "te amo" o suficiente a quem estava ao nosso lado, "tenho orgulho de você" aos filhos, "desculpe" quando estávamos errados ou também quando tínhamos razão. À verdade preferimos rancores inveterados e longos silêncios.

    Depois, vamos nos arrepender de não ter passado tempo com quem amávamos. Não demos atenção a quem tínhamos sempre ali, justamente porque estava sempre ali. No entanto, às vezes a dor nos lembrava de que nada é para sempre, mas subestimamos isso como se fôssemos imortais, adiando ao máximo, dando a precedência ao que era urgente em vez de dá-la ao que era importante. E como fizemos para suportar essa solidão na vida? Conseguimos tolerá-la porque era bebericada, como um veneno que nos habitua a suportar doses letais. E sufocamos a dor com sucedâneos minúsculos e muito doces, incapazes de dar mesmo que só um telefonema e perguntar como vai.

    Por fim, vamos nos arrepender de não termos sido mais felizes. No entanto, teria bastado fazer florescer o que tínhamos dentro e ao redor de nós, mas nos deixamos esmagar pelo hábito, pela acídia, pelo egoísmo, em vez de amar como os poetas, em vez de conhecer como os cientistas. Em vez de descobrir no mundo o que o menino vê nos mapas da sua infância: tesouros. O que o adolescente descobre no adensamento de seu corpo: promessas. O que o jovem espera na afirmação de sua vida: amores.

Dom Pino não se arrepende de nenhuma dessas coisas. Teve todas no amor. Para ele, tudo já era real, por isso sorri ao atravessar o limiar. Tem apenas um arrependimento, que é o de deixar sua cidade, seu bairro, seus amigos, suas crianças. Sente falta de seus rostos e pensa na dor que provocará indo embora assim, sem dizer nada: Maria, Lucia, Francesco, Totò, Federico, Dario, Serena, seus ex-alunos, os que teria naquele ano e todos os outros, cujos nomes agora se confundem, pois o cérebro arde como um incêndio, e a amargura tenta agarrar seu coração. Mas sente uma luz abrir caminho muito lentamente, no aperto da morte. O amor que deu permanecerá intacto e continuará para sempre, indestrutível, pois esse amor não se originava nele, atravessava-o como um canal limpo. Lembra-se da frase que escreveu na primeira página do caderno de máximas, nos anos em que estudava: "Sacerdote: elo de ligação entre Deus e o homem". Uma ligação que desarticulou seus membros, que agora, aos poucos, se afrouxam, enquanto ele tenta, em vão, chamá-los de volta a si.

A última coisa que sente é a voz do mar e o odor que impregna a cidade que ama. Deve deixar essas ruas como quando, aos 6 anos, as bombas crivaram Palermo. Tudo porto e anseio. Também ele chegou ao destino ou está partindo de novo, dá no mesmo. O coração desacelera. E seu anseio perde a cor.

Agora, ele entra no lugar em que todo paradoxo é desfeito.

Entra em Deus e em seu abraço, onde todo desejo é posse, e toda posse, desejo. Sem dor. Toda partida é chegada, e toda chegada, partida. Sem dor.

Os grãos de areia acabam. Acaba o medo.

Não pode se arrepender de nada: deu e recebeu tudo.

Tentou fazer a água brotar nos caminhos da aridez; a árvore, no cimento da cidade; o céu, na rua; o paraíso, no inferno.

Revê o rosto da mãe e o do pai, que lhe sorriem, pegam-no pela mão e o fazem balançar, como quando era menino.

Fazem-no balançar cada vez mais alto.

Terminam o espetáculo do mundo e a risada do inferno.

Aplaca-se a alternância de sonhos e sangue.

Cumprem-se a história e seus instantes.

Morrer de repente é o único modo de levar adiante os adeuses. E a Deus confia todos os que restam.

O último olhar é para um céu transpassado de estrelas. Correm velozes as galáxias para as mãos do Criador, tanto que a luz não chega a tempo de alcançar nossos olhos. Abre os braços, desfalecido.

Agora, tudo aquilo que ansiou é para sempre, e é seu.

33

Uma menina se aproxima do corpo exânime de dom Pino. Precedeu os outros, que estavam terminando os ensaios, queria ser a primeira, ela e sua boneca. Arrumou-se para a ocasião e não tem medo da noite sem lua, porque nesse dia nada pode acontecer: é o aniversário de Dompino. Está perfumada, e em seus olhos dança uma menina ao sol. Sabe o caminho de cor. Ao chegar, encontra-o ali, no chão, em meio ao sangue. E entende que é como seu pai, não está dormindo. Não despertará. Foi para além do mar. Foi para onde terminam os trilhos de todos os trens. Senta-se ao seu lado. Põe a mão em sua testa e o afaga, sem dizer nada, a mãozinha cheia de sangue. Ele sorri. E ela sorri de volta com os olhos pretos como a noite, e suas lágrimas se assemelham ao mar. Tiraram dela outro pai.

Nada parece poder romper esse silêncio.

De repente, porém, um grito o corta nitidamente em dois.

A ressaca, ao fundo, range os dentes como um bando de vadios, e as nuvens nesse céu-metal parecem arranhões.

Mimmo, o policial do segundo andar, sai com o cigarro na boca. Inclina-se sobre o corpo imóvel, os braços inertes e, em uma mão, as chaves para abrir uma porta diferente daquela da morte.

Ao seu lado está uma boneca que o fita com olhos vítreos, sem repostas nem perguntas. Em pé, um pouco distante, uma menina.

— Como você se chama?

Ela foge para dentro da noite.

Quando chegam as outras crianças com Lucia e o rapaz, dom Pino já não está no local.

— Ele se sentiu mal, e o levaram para o hospital.

— E esse sangue no chão? — pergunta Francesco.

— Bateu a cabeça ao cair.

— Ande sempre com a cabeça erguida.

— O que você disse?

— Ande sempre com a cabeça erguida.

— O que significa?

— Ande sempre com a cabeça erguida.

— O que isso tem a ver?

— É o que diz o mago Pipino no ouvido de Orlandino — responde Francesco. Depois, põe-se a correr, e nem sabe onde fica o hospital, mas é ali perto.

Os outros o seguem, todos se inclinam à passagem daquele enxame de crianças que correm sabe-se lá para onde.

34

Colocam-no na maca para a autópsia.

A noite avançou apenas pela metade, e os demônios já estão todos na rua.

Dizem que, para conhecer uma cidade, é preciso observar como nela os homens trabalham e amam. Mas sobretudo como nela morrem. E ninguém sabe disso melhor do que ela, que da morte conhece cada detalhe. A doutora que realiza a autópsia observa esse corpo e nele vê uma cidade inteira.

Ainda não está rígido, e a temperatura da pele decresce gradualmente. Do ouvido direito escorre sangue, e na região occipital há um orifício com borda equimótica.

A bala permaneceu incrustada na cabeça e transfigurou o rosto, a área parieto-têmporo-occipital apresenta-se inchada. Um importante abalo encefálico reteve o projétil, deformado pelo mecanismo silenciador. O rosto desnaturado pelo ferro.

No entanto, nesse rosto desfigurado se percebe a última coisa que ele fez, seu testamento: sorrir.

A doutora nunca o viu em quem foi feito cadáver com violência. Pode certificar uma violência derrotada, uma violência desmascarada por sua própria vítima. Uma violência fraca contra o mais fraco.

Esse sorriso a deixa tranquila.

Enquanto isso, o fogo faz seu trabalho de conquista. Um fogo feroz e rápido. Pulveriza uma tabacaria, com todos os sonhos de alguém que não se curvou à áspera necessidade dos deuses do bairro.

O sabá se reinicia cada vez mais furioso, e o turbilhão se eleva, contamina as ruas perdidas na noite desarticulada por outros incêndios e outras mortes. Entre os soluços, a luz, pisoteada na dança macabra, não para de revelar o rosto de todas as vítimas da história.

O Caçador ri com amargura. Matou um homem que sorria.

35

A capela mortuária está repleta de crianças.

Inclino-me sobre o corpo de dom Pino. Sorri também agora que a vida foi embora. Ainda tenho muitas perguntas, quase o odeio por ter partido tão cedo.

Você que abriu em mim o espaço entre o coração e a cabeça.

Você que me revelou que a coragem é de quem sabe ser fraco. Você que tirou dos meus olhos as escamas do tédio. Você que foi meu mestre e amigo.

Apoio a cabeça em seu coração para calcular sua área, e tem a extensão de toda a cidade. Choro como um menino que perdeu o pai.

Ergo o olhar até os outros meninos, os de verdade. Nenhum pai pode ter tantos em uma única vida, e estão todos ali, como somente eles ficam diante da morte. Em silêncio, à espera de que o morto se levante e comece a caminhar. Apenas os mais maduros se entregam ao pranto; os menores perguntam para onde foi, mas não se contentam em saber que está no paraíso. Querem saber onde é para ir encontrá-lo ou, pelo menos, ligar para ele. Riccardo o fita sem nenhuma lágrima, pois agora dom Pino lhe revelou qual caminho tomar para ir ao paraíso. Sem dizer nada, afasta-se.

Francesco aperta a mão de padre Pino e não a larga.

— Você me prometeu que me mostraria um milagre. As promessas têm que ser cumpridas. Têm que ser cumpridas! — repete.

Totò está com os braços cruzados e, cabisbaixo, chora dentro dos óculos. Depois, aproxima-se de mim e me pergunta:

— Por que Deus não fica com as pessoas que já tem em vez de fazer morrer umas e criar outras?

Busco em vão a resposta, enquanto observo essas crianças, pedaços de um vaso quebrado. Há mais amor em juntar os fragmentos do que em dar por certa a integridade de um vaso que, depois de consertado, inexplicavelmente adquire uma nova beleza, mais parecida com a vida. É preciso alguém que veja a beleza no pedaço quebrado. Olho-os, um a um, e somos todos órfãos de um pai cuja paternidade superava o sangue, mas que com o sangue se revelou. As recordações desentocadas pela dor agarram meu coração como polvos em dia de mar agitado, todo movimento dilacera a carne.

Quando dom Pino entrava na classe, tínhamos sede de surpresas. Os outros professores seguiam o programa. Para ele, o programa éramos nós, com as nossas vidas e as nossas perguntas, e não havia pergunta que não fosse respondida. Começava toda aula lendo um trecho da Bíblia, depois nos perguntava qual nossa experiência em relação ao que havia lido.

Lembro-me de quando falara do ladrão assassino, morto na cruz ao lado de Cristo, que lhe pede para se lembrar dele quando entrar em seu reino e recebe a garantia de já ter conquistado o paraíso.

— É o único homem que sabemos com certeza que está no paraíso.

— Um ladrão e assassino? — Rebelei-me.

— Sim, mas, ao contrário dos outros, é alguém que reconhece a inocência de Cristo e a própria culpa, e pede ao menos o privilégio de uma lembrança por parte daquele homem que morre ao seu lado, com as mesmas dores, mas sereno.

— Esse Deus é bonzinho demais. Dá o lugar de honra a um ladrão... — Brinquei.

— Como ladrão, não era nada mal: conseguiu roubar o paraíso... — replicou dom Pino.

Rimos todos, mas sua resposta não era uma simples piada:

— O ladrão era um assassino, alguém que acabou ali por sua própria culpa. Alguém que se viu ao lado de Deus como consequência de suas ações. Justamente por ter vagabundeado no mal acabou no lugar certo, onde encontrou paz e perdão.

Não nos dava soluções, mas deixava que essas palavras afundassem no coração e ali permanecessem, para sabe-se lá qual momento da nossa vida futura.

Lembro-me da vez em que falamos de sexo. Isso mesmo, com um padre e na classe.

— Não é o corpo que contém a alma, mas o contrário. Pensem em um carinho ou em um sorriso. Será que a mão poderia fazer um carinho e os olhos darem um sorriso se não estivessem dentro de uma alma?

Após uma pausa, durante a qual todos pensamos em nossos gestos, acrescentou:

— E se exilarmos a alma, o corpo se torna órfão, e os seus gestos se reduzem a máscaras.

Lia os jornais de todas as orientações políticas. Partia da sugestão de uma notícia. Nunca recuava em relação à realidade, não poupava a atenção a coisas mais incômodas, levava o mundo para a classe e não tentava excluí-lo, como os outros professores. Tinha a coragem que raramente vi nos adultos.

Revejo tudo com a nitidez exagerada de quem aperta muito o contraste do controle remoto. Quem gostava desse bairro e dessa cidade como dom Pino? Seu coração não tinha perímetro, abraçava todas as pessoas que havia encontrado e transformado.

Não vou deixá-lo sozinho. Foi o que você me pediu. Não, não vou deixá-lo sozinho.

Tire o amor e terá o inferno, é o que você me dizia, dom Pino.

Coloque o amor e terá o que não é inferno.

O amor é defender a vida da morte. Todo tipo de morte. Suas frases voltam à minha mente como uma ladainha, agora que delas já sinto falta.

Não me deixe sozinho, você. Não me deixe.

Então acontece o que ninguém poderia prever.

As crianças se estreitam ao redor do corpo de dom Pino.

Totò começa de repente, no silêncio. Recita os versos, um após o outro.

Sem máscaras, sem fantasias, porque já não é preciso.

A eles interessa que dom Pino seja o único espectador, no dia do seu nascimento.

>Nada podiam as espadas de Ganelão
>contra a astúcia do corajoso Orlandino,
>sem o cérebro, o braço é vão,
>derrotar não pode o corajoso menino,
>que com seus amigos tem um plano
>e a ajuda do velho mago Pipino.
>Assim, prestem bastante atenção:
>de quem é a vitória, de quem a rendição?

O semblante sorridente de dom Pino parece aprovar e revela que a felicidade não consiste em prolongar a vida, mas em ampliá-la.

36

Maria o encontra ali. Francesco não quer sair de perto do corpo de dom Pino.

Está em pé, com as mãos agarradas na borda do caixão, como se, de um momento a outro, o amigo fosse despertar.

— Acho que é uma brincadeira.

Maria se cala.

— Não vê que está sorrindo?

Ela abana a cabeça. Somente então o menino se abandona entre seus braços e começa a soluçar sem parar.

— Ele vai voltar. Eu sei. Precisa voltar.

Maria o afaga e o aperta contra o peito, enquanto olha o rosto de dom Pino e se lembra de sua voz ao telefone. O último telefonema, como o pedido de um condenado à morte, havia sido para ela. Seu último desejo.

Francesco se solta de repente da mãe, tira do bolso um envelope, que dá para ela. Nele está escrito "Para Maria."

— Quem te deu isto?

— Não conheço. Um cara de cabelo cacheado. Disse para eu te dar.

Esse envelope parece um testamento inesperado.

Nem ela consegue mais conter a dor, chora e sorri ao mesmo tempo, aperta o filho com mais força, como se o parisse de novo. Mostra-lhe a outra mãe que sente crescer dentro de si.

A única peça que está faltando no mosaico é Dario. Não correu com os outros. Escapou e se refugiou no canteiro de obras abandonado do edifício em construção, onde guarda suas asas. Dom Pino foi embora, e ele deve tentar alcançá-lo, nada o prende mais no labirinto.

Esta noite não vai para a rua. Nunca mais vai voltar ao labirinto. Debruça-se no telhado, de onde se divertem lançando os cães. Vestiu suas asas, construídas pacientemente com as folhas usadas para fazer pipas, como lhe ensinaram dom Pino e Lucia. São coloridas e estão bem presas umas às outras, com a cola certa. Fecha os olhos e se sente tão leve no vento da noite que poderia ir a qualquer lugar. Só precisa aprender a dirigir os movimentos e, quando amanhecer, não se aproximar muito do sol. O mar se estende à sua frente, dele é possível entrever algumas escamas. O peso do seu corpo desaparece no escuro. Ninguém o ouve voar.

Riccardo está brincando na noite de atirar pedras nos cães e encontra o corpo despedaçado de Dario. Chora, pois sabe que contribuiu para traçar o caminho para o paraíso, enquanto os cães latem contra suas pedras. Não sabia que o mal se multiplicava tão rapidamente.

O silêncio da terra parece fundir-se com o do céu, o mistério da cidade e do mar se unem ao das estrelas. Estou em pé, diante do mar infecundo. Mas, de repente, como que ceifado, ajoelho-me na linha salgada de rebentação das ondas. A minha terra. Sinto de modo claro e quase tangível algo inquebrantável descer dentro de mim. O mar banha meus joelhos e meus pés. Queria me levar embora como um castelo de areia construído durante o dia, e sou tentado a não lhe opor resistência, tamanha é a dor. Mas prometi a ele que não o deixaria sozinho. Tenho a boca e o rosto cheios de areia: é a minha terra, não importa que sabor tenha. Petrarca estava errado, na vida há sonhos que duram para sempre.

A menina está em silêncio diante do mar compacto e aparentemente imóvel. Olha-o dos arcos vazios do seu refúgio. Agora que sabe nadar, já não lhe causa tanto medo. O mar está ali, como se nada fosse, e as estrelas brilham, furiosas. A Boneca sabe-se lá para onde foi. Então, de repente, levanta-se e põe-se a caminhar. Nada nem ninguém mais a detém, nada nem ninguém mais a espera nesse porto.

37

Os jornais falam do *parrinu*. Cinquenta e seis anos. Trinta e três de sacerdócio, três em Brancaccio. São os números registrados pela crônica.

— Esse é o tipo de homicídio que deixa a gente satisfeito — diz o que está ao volante.

— Acho que fizemos muito barulho — responde o outro.

— Foram eles que procuraram. — tranquiliza-o o primeiro.

— Pare um pouco que preciso mijar — interrompe-o Nuccio.

A máquina estaciona em meio ao campo.

Nuccio avança por entre o restolho queimado, enquanto a noite obriga o sol a soltar as pessoas e as coisas.

— Esta noite vamos fazer um belo churrasco.

— Estou mesmo com vontade — responde Nuccio, sem se virar.

— Precisamos pegar a carne.

— Que carne?

— De carneiro.

— E onde vamos pegá-la? — pergunta o rapaz.

— Aqui.

— Aqui onde? — Arruma as calças e se volta, com curiosidade.

O outro lhe aponta a pistola.

— O que está fazendo?

— Vou te matar.

E dispara. O campo engole o som.

Nuccio cai no chão e tenta se arrastar, misturando-se à própria urina.

Tem o olhar desarmado da criança que não compreende a punição do pai.

— Assim você aprende a se aproveitar das ordens que te dão. O dinheiro da Maria. A grana embolsada do *pizzo*. A filha do vendedor de móveis. Não entendeu o que significa obedecer. Não somos delinquentes que fazem essas coisas.

Pega-o pelos cabelos e ergue sua cabeça.

— O que você disse? Não ouvi! Fale mais alto.

O rapaz tenta dizer algumas palavras, mas essa exigência, seja ela qual for, quebra-se em mil estilhaços quando outro tiro o atinge a poucos centímetros do rosto.

— Morra! — Rosna o que disparou.

Em seguida, queimam-no o suficiente. Colocam-no em um saco e o deixam no porta-malas. Desta vez, Nuccio não poderá desviar nem um milímetro sequer do que lhe foi ordenado.

Totò empunha um canudo e o agita no ar mudo da cozinha.

Quando sua mãe entra, começa a rir.

— Enlouqueceu, filho?

— Estou regendo, mãe — responde, sério.

— O quê?

— Um concerto.

— Sem instrumentos?

— Não está vendo?

— Não.

— Como não? Estão todos aqui. Os arcos, as percussões...

— Não estou ouvindo.

— Como assim, não está ouvindo? Agora entram os sopros — ressalta com um movimento do braço.

— Você está inventando tudo.
— Não. É um concerto para homenagear dom Pino.
— Sei que é triste, Totò, mas dom Pino não está mais aqui.
— Está aqui na frente, ouvindo. E sorrindo.

— Mataram dom Pino. E agora, quem vai ser o juiz nas partidas de futebol?
— Juiz do quê?
— Ele deixava a gente jogar futebol e era o juiz.
— Os juízes são uns tiras filhos da puta.
— Não, ele era legal.
— Vocês arrumam outro. Qualquer um pode apitar uma partida.
— E onde vamos arrumar um que não roube?
— Também dá para jogar sem juiz.
— Mas por que o mataram, pai? Ele não era uma pessoa boa?
— Não existe ninguém bom nesta cidade.
— Mas ele parecia ser bom.

O Caçador não responde mais. Há muitos mortos na sua vida, mas o mais morto de todos é o menino que ele foi.

Giuseppe, cabisbaixo, entra na sala e encontra Manfredi e eu. Sem meu irmão, eu não teria conseguido ir até lá nesse dia. Depois do que aconteceu, preciso ficar longe de Brancaccio por uns tempos, embora tenha ido ao funeral, com toda a minha família. Meu pai me disse que um dia tenho que contar essa história, e prometi a ele que o farei.

Os olhos de Giuseppe se enchem de lágrimas. Senta-se e fica encolhido, soluçando. Nas mãos, tem o exemplar de *Pinóquio* que lhe dera dom Pino, e o aperta como se fosse o braço do amigo.

Manfredi está em pé em um canto, sem dizer palavra.
— E agora, o que vou fazer?

— Se quiser, venho te visitar. Prometi a dom Pino que não o deixaria sozinho.

— E o que tenho a ver com isso?

— Você não é um pouco filho dele?

Giuseppe enxuga o rosto e os olhos, esfregando-os no braço, e anui.

Sou realmente tudo o que lhe resta, embora eu seja apenas o Federico dos *embora*.

Hamil passeia na orla da Cala.* Esse mar lhe dá medo. Como diz o poeta da sua terra: *Não viajo por mar porque tenho medo / dos seus perigos. / Sou lama, e ele é água, / e a lama na água se dissolve.*

Hoje a vida lhe parece como o mar, e ele, de lama. Já não tem o amigo ao seu lado e não sabe a quem contar as histórias da sua terra. Uma charrete com um casal de turistas sulca a rua, puxada por um cavalo cinza, solicitado com indolência pelo cocheiro. Hamil volta a pensar na história do cavalo branco, de que dom Pino gostava tanto. Os outros cavalos — o preto da injustiça, o vermelho da violência, o verde da morte —, por mais fortes que possam parecer, são postos em debandada pelo cavalo branco e por seu cavaleiro, figura de Cristo. O amigo ainda está ali, enxugando os olhos cansados de lágrimas e o coração pesado. Lembrando a ele que as histórias salvam do desespero e que quem sabe contá-las nunca deve perder o entusiasmo que o leva a fazê-lo.

Lucia toca inutilmente o interfone de Serena. A loja do pai está com a porta de aço abaixada. Acontece de as coisas desaparecerem no mar, sem deixar rastro. Com o mesmo abandono desesperado,

---

* Porto mais antigo de Palermo. (*N. da T.*)

virou-se para trás, pela última vez, na escada do avião, e fitou a extensão azul. Já não há nenhuma âncora que a prenda nessa cidade, nem forças para enfrentá-la. Nunca mais. Nunca mais.

O diretor da escola olha o horário formulado expressamente para dom Pino. Os quadradinhos com a inscrição "Puglisi" ferem mais do que uma lápide no cemitério.

Certa vez lhe aconteceu de ver pássaros selvagens passarem em bando sobre exemplares da mesma espécie, mas crescidos em cativeiro e incapazes de voar. Nas gaiolas, os pássaros tentavam mover as asas do mesmo modo, amedrontados e seduzidos ao mesmo tempo. Inquietos e cheios de esperança, em todo caso não mais certos de seu espaço, de suas possibilidades. Com a mesma graça, esse homem passava com as asas desdobradas por cima de vidas às vezes presas em gaiolas, gerando inquietação e esperança.

Suas horas eram contadas. E sabe que não as poderá substituir: os jovens dessas classes ficarão órfãos.

Com Lucia, percorremos as ruas em silêncio, como se o cortejo fúnebre não se tivesse interrompido após o funeral. É uma espécie de rito de reconciliação com as coisas. Sentamo-nos sob a proteção do Gênio de Palermo, em meio às alamedas e às geometrias de Villa Giulia.

— Sinto falta dele.
— Eu também. Mas não podemos permitir que a dor faça secar tudo. Vamos fazer como no campo. Vamos construir um muro ao redor das árvores cítricas, para que o vento quente não as queime.
— Tenho medo de não ter forças.
— Vamos tentar juntos. Prometi a ele.
— Sabe o que me disse da última vez em que o vi?
— Não.
— Para cuidar de você.

— E vai fazer isso?
— Prometi a ele.

Permanecemos em silêncio, fitando esse céu matizado de nuvens e ferido pelo voo de algumas gaivotas. A linha do porto se abre como um abraço, em concha. A luz parece sair das coisas em vez de pousar sobre elas, e as sombras pertencem à obra-prima, que do contrário não existiria. Não existem quadros feitos apenas de luz.

— Escrevi um poema para você.
— Leia.

Abro a folha escrita à mão com a minha caligrafia mais bonita e inicio, com um pouco de vergonha na voz.

Onde está você, que consegue costurar minha alma
silenciosamente?
Menina cheia de *luz*,
consegue remendar um rapaz
feito de *vento?*
Busco seu nome,
embora você não o tenha.
Encontrei-a onde tudo
parecia *breu*,
por entre as *ondas* de um mar tempestuoso
você saiu como uma *semente*
que vem de longe.
Pequena como um *carinho*,
acomoda-se na terra virgem
para dar frutos.
Essa terra sou eu,
o seu nome não é um *sonho*.

— Você é pior do que os polvos.
— Por quê?

— Esguicha tinta quando precisa se defender, sem as palavras fica perdido.

— É verdade, mas são as minhas cinco. Mais as suas. São dez as palavras para nos compor.

Olho para ela, e devo estar com uma expressão engraçada, pois lhe escapa uma risada breve, como uma rajada de onda. Toca meu rosto com os dedos:

— Mas gosto de você como polvo.

Lucia aproxima o ouvido do meu peito e permanece em silêncio.

Todos pensam que é a vida que nos deve fazer felizes, mas uma coisa aprendi: para ser feliz, basta apenas ter coragem. É preciso ter muita para acolher o céu e a terra no peito, mas sei que, de algum modo, essa coragem agora está dentro de mim, como uma semente que no começo é minúscula, mas depois se torna uma árvore com galhos grandes e fortes, capaz de dar sombra e repouso. Capaz de receber feridas e estações. De morrer por tantos invernos e germinar em outras tantas primaveras, somando vida e morte em elos cada vez mais amplos, unindo céu e terra.

Toco de leve seus lábios, e, por um instante, o anseio de ambos se aplaca, enlaçando as respirações.

38

Mimmo, o policial, observa do terraço a multidão de pessoas que ocupa a *piazza* Anita Garibaldi. É uma pálida imagem do cortejo fúnebre que desfilou pelas ruas atônitas de Brancaccio, intimidando quem sabe e cala e quem não sabe e cala do mesmo modo.

É um policial barrigudo, mas é perspicaz como o detetive Columbo. E, como ele, está sempre fumando. Sua cabeça gira e regira como um pião.

Aconteceram dois fatos contraditórios.

O corpo de um rapaz, queimado, quase irreconhecível, foi encontrado no início dessa manhã a um quarteirão de distância da praça de execução. Na semântica mafiosa significa que é culpado do homicídio. Não se matam padres, a máfia não os mata. Ao contrário, a máfia recoloca tudo em ordem. O cerco se fecha: a bolsa roubada, o assalto, a 7.65 pediam uma mão inexperiente. Não conseguiram identificar o rapaz, estava com o rosto desfigurado e a carne muito queimada, devia ser um ladrão de som automotivo ou de carros sem permissão para atuar em Brancaccio, ou um viciado em desespero. Assim, esse delinquente qualquer agora é o culpado da morte de dom Pino.

Mas ele, Mimmo, não acredita nisso. A arte da simulação é muito refinada por esses lados. A mensagem é clara: aonde não chega o Estado, chega a máfia. Mais uma vez podem sentir-se seguros, comem e dão de comer. Como Deus. Até melhor do que Deus, porque às vezes Deus faz você suar demais para ter o pão de cada dia.

Em seguida, aconteceu outra coisa que, definitivamente, o convenceu de que a execução do rapaz foi uma encenação. Na *via* San Ciro, por onde passou o cortejo, na porta da loja de um vendedor de molduras surgiu a fotografia de um homem gordo e sorridente, sentado à mesa durante uma reunião familiar. Em meio ao caos fúnebre, ninguém se preocupou em olhá-la com atenção, mas a foto retrata Totò Riina* junto com uma conhecida família de Brancaccio. A ordem voltou, e seu santo protetor, do santuário do cárcere, está à mostra nas ruas do bairro.

As duas mensagens são antitéticas.

A foto na *via* San Ciro é uma confissão dissimulada. Será vista por quem deve vê-la.

O corpo queimado do rapaz é uma confissão simulada. Será vista por quem deve vê-la.

Na realidade, não há contradição.

No discurso de comemoração para dom Pino, um político local, hábil com as palavras, menos com os fatos, citou a resposta tipicamente siciliana, dada por Gaspare Uzeda a Cesare D'Azeglio. No romance *I Viceré***, Uzeda é um desses senhores de "terras", que são os avós dos mafiosos, e à frase "Feita a Itália, agora temos

---

* Salvatore Riina, conhecido como Totò Riina, foi chefe da Cosa Nostra de 1982 até ser preso em 1993. Foi considerado um dos responsáveis pela ordem de execução dos juízes Giovanni Falcone e Paolo Borsellino, reconhecidos por sua atuação em processar e investigar líderes mafiosos. (*N. da T.*)

** Romance histórico naturalista escrito por Federico De Roberto no final do século XIX. É um dos romances sicilianos mais importantes na história da literatura italiana. Trata-se de uma crítica às antigas elites locais. (*N. da R.*)

de fazer os italianos", responderam: "Agora que a Itália foi feita, temos de cuidar dos nossos negócios."

E tinha visto certo. De fato, os italianos ainda precisam ser feitos, já os negócios próprios vão muito bem, obrigado, sobretudo na Sicília.

Mimmo fuma tranquilamente, enquanto os pensamentos correm como morcegos: cegos, mas seguros em seus movimentos noturnos.

Queria ouvir o que pensa dom Pino, mas já não é possível.

Não é de chorar, mas desta vez está com os olhos vermelhos. O ar está rançoso e melancólico, as vozes dos rapazes que estão no local onde dom Pino caiu o atravessam como um vento fresco. Mimmo os observa, reunidos em torno das manchas de sangue vermelho-violeta que alguém tentou lavar, mas foi expulso de modo brusco, justamente por esses rapazes. Como se o amigo estivesse ali, ouvindo-o, diz-lhe:

— De alguma coisa a gente precisa morrer, *parri'*, mas uma coisa eu sei: você encontrou de que morte não morrer.

O tempo que resta é colonizado pelas crianças. Cedo ou tarde, o mundo dos adultos se apaga, exausto. Já elas parecem brotos de grãos que dão espaço à possibilidade de, um dia, serem o pão de outras.

Vagam pelas ruas de Brancaccio, bandos em busca de brincadeiras. Uma delas é subir na mureta que delimita a ferrovia e atirar pedras nos cães, atraindo-os com iscas de carne podre, roubadas da lixeira de algum açougueiro. Quem esfacela a cabeça do cão vence, mas também a quem atinge seu corpo ou suas patas são dados pontos.

Francesco, em pé na mureta, tem uma pedra na mão e está para arremessá-la contra o focinho do cão. Não pode ser menos do que os outros, que já lançaram seus projéteis sem êxito. O cão late e tenta morder a carne, enquanto ladra contra as crianças-diabo. Francesco desce da mureta e se aproxima dele, devagar. Os outros o açulam a atirar mais de perto.

É um vira-lata e está com uma das patas da frente dobrada para dentro, como Nino, o aleijado que pede esmola do lado de fora do supermercado. Preto com manchas brancas como neve, parece que alguém lhe espirrou água sanitária enquanto ele tentava fugir. Entre o cão e Francesco está o pedaço de carne. A criança se aproxima com o braço erguido, apertando a pedra na mão, e o cão não consegue se decidir entre o perigo e a fome. Escolhe a fome e se lança sobre a carne, mas o outro é mais veloz. Pega o pedaço e o lança longe. O cão para, incerto, depois corre, mancando, na direção da comida. O bando grita enfurecido e curioso. Então, Francesco o segue com a pedra carregada na mão, até que o cão, ganindo, desaparece atrás de um carro.

— Some, vai embora!

O cão o fita e late.

Francesco finge que arremessa a pedra, coloca-o para correr. Os outros meninos o perderam de vista, pedem para ele voltar. Ele grita que o cão escapou. Depois, vai embora.

Encontra-o atrás da esquina, lambendo a pata, esperando tempos melhores para procurar a carne. Francesco tenta aproximar-se lentamente, agacha-se perto dele.

— Está com fome?

O cão olha para ele, está manso só porque está desesperado.

— Vem comigo.

O cão sabe que essa é sua última esperança.

— Como você se chama?

Cheira-o, sem responder.

— Tudo bem se eu te chamar de Pipino?

Continua a cheirar.

— Vem comigo Pipino. Agora, sou eu quem vai cuidar de você.

Dá para ele uma bala que tem no bolso, e o outro a pega de sua mão, com uma delicadeza inesperada. Depois o segue.

> Temor deve-se ter apenas das coisas
> que aos outros possam fazer mal;
> não daquelas que não são temíveis.
> Tal fui feita por Deus, por sua graça,
> que vossa miséria não me atinge,
> nem a chama desse incêndio me ataca.

Lembro-me da vez em que dom Pino, para nos falar do medo, citou essas palavras de Beatriz no *Inferno* de Dante. Somente agora as entendo a fundo. O sacrifício de dom Pino não é a sua morte; a morte é a consequência do seu sacrifício, que é o que a própria palavra diz: tornar as coisas sagradas. Dom Pino tornava sagrado o que tocava, defendia-o como a coisa mais preciosa: criança, jovem, homem que fosse. Disso derivava sua coragem. Leio esses versos e os tomo como um testamento: já não preciso das palavras-âncora de Petrarca, mas de palavras-proa que contenham toda a coragem necessária para enfrentar o mar aberto. Não importa o quanto o labirinto seja complexo, mas quão forte seja o fio que nos une ao amor.

A menina. Onde foi parar a menina? Mimmo tem apenas um indício: a boneca. Desta vez, decidiu abandonar os pensamentos inertes, ainda que perfeitos, e pôr-se a caminho como quando era jovem e menos pesado. A mãe está à sua procura, desapareceu. Mimmo recolheu testemunhos, ideias, indícios. E a encontrou em 24 horas, dormindo ao lado dos trilhos.

Reconhece-a. Tem as roupas imundas, os braços e as pernas arranhadas.

— Como você se chama?

Não responde e tenta escapar. Mas ele a segura com um abraço e lhe mostra a boneca. Aos poucos, ela se deixa vencer por essa força doce.

— Sua boneca estava te procurando, você a deixou sozinha.

Seguiu os trilhos da infinita linha férrea até o cansaço vencer suas pernas de menina. Entrega-se ao choro amedrontado das crianças, quando buscam um apoio.

— Eu me perdi.
— E para onde estava indo?
— Para o meu pai.
— E onde ele mora?
— No final.
— Do quê?
— Dos trilhos.
— E como se chama?
— Dompino.

Observações e agradecimentos

Com o passar do tempo, a adolescência se assemelha a um cão que late na direção do dono que se afasta na tentativa de abandoná-lo, mas depois não tem coragem de deixá-lo e volta atrás, sempre. Uma hora parece quase conseguir, mas o sabujo encontra o caminho de volta e se aninha diante da porta da casa, esperando que o dono saia novamente, para que ele, cão, possa entrar em silêncio e ocupar o lugar que lhe cabe: guardar as lembranças da idade que marca o fim da inconsciência. Idade dramática e exaltante, de lembranças doces e amargas, com as credenciais da verdade das "primeiras vezes", os traços de dias e noites em que um amor e uma dor fazem tremer a carne e a marcam fundo. Por isso, após anos, gosto de repercorrer os caminhos dessa história, e, a cada passagem, algo mais claro emerge do porto sepultado das recordações, guardado por esse cão.

Anos atrás, alguém me falou de um homem. Quando tinha alguma coisa difícil para resolver, ia a um ponto preciso do bosque, acendia uma fogueira, recitava orações rituais a Deus, e seus desejos eram realizados. Aos poucos, seu segredo se perdeu. Uma geração depois, outro homem se dirigiu a esse lugar, já não sabia acender a fogueira, mas se lembrava das orações. E tudo aconteceu conforme desejava. Uma geração depois, outro homem também se esqueceu das palavras das orações, mas bastava encontrar-se no lugar certo. E, de fato, seus desejos se realizaram. Em seguida, também o lugar foi esquecido.

Em Palermo, para mim o lugar guardado pelo cão fiel às recordações é Lo Spasimo, uma igreja abandonada e a céu aberto, próximo a Cala. Construída no limite entre mar e terra, onde crianças e pais erguem torres de areia para defender seus sonhos. Ali restam as paredes de Lo Spasimo, como se uma onda quase o tivesse arrancado da cidade. Entre esses muros, metade de luz e metade de sombra, sob um céu recortado em molduras de pedra amarela como ouro, abóbadas e arcos se abrem sobre um puríssimo azul. Quando já não sei como acender a fogueira ou não me lembro das palavras das orações, preciso do lugar certo para evocá-las.

Ali encontrei a resposta que muitos buscam: o local e a data de nascimento da máfia são ali.

E é tudo culpa de Rafael.

Pintou um quadro, cujas cores se assemelham a esmaltes de luz, e os corpos são estátuas gregas um instante antes de alçar voo na beleza absoluta. No entanto, é um quadro de trevas. Cristo e Maria têm semblantes apolíneos, contraídos em uma dor dionisíaca. Como todo homem e toda mulher, perguntam: por quê? Não parecem saber mais do que os outros homens e as outras mulheres. Não têm nenhuma mágica a fazer. Cristo se dirige ao Monte Calvário, esmagado pela Cruz: tem o inferno nas costas, polido com arte por homens capazes de refinada racionalidade quando o fim é a guerra ou a tortura. É esperado pelo inferno lenhoso da crucificação. Um soldado o ameaça com uma lança, e outro o arrasta com uma corda. Está imerso no inferno dos homens e chora sobre o inferno deles. Apenas outro homem o ajuda, um que passa ali por acaso, o Cireneu, com esse pouco de piedade que resta aos ignaros não coniventes com o espetáculo. Cristo passa, e por toda parte precisa de cireneus, mesmo que apenas por alguns metros de estrada. A mãe chora pelo filho. O filho chora porque, como todo homem, não tolera a dor da mãe que, de braços abertos, queria colocá-lo de volta no ventre. Difícil dizer se nesse gesto materno há mais chegada ou partida, o receber ou o doar, o porto ou o anseio.

Esse quadro, a *Subida ao Calvário*, conhecido como *Spasimo di Sicilia*, chegou a Palermo, nessa igreja a céu aberto, em 1517. Um quadro cuja história, para ser contada, precisa de outra. Durante o século XVII — em circunstâncias pouco claras, aparentemente por obra de um cidadão local —, com um subterfúgio foi dado de presente primeiro ao vice-rei espanhol e, depois, ao rei da Espanha, em troca de favores, rendimentos e títulos: um "dom" antes do próprio nome e moedas sonantes.

A máfia nasceu nesse dia.

A partir do dia em que se tirou a chave do labirinto da cidade, a intangível beleza do *Spasimo* de Rafael, em troca de um bom nome, de um cargo, de uma recomendação, de um favor, a cidade já não pôde decodificar a si mesma: a chave se perdeu. Embora essa ausência pudesse ajudá-la a compreender, como ocorre com as estátuas gregas das quais restou apenas o busto, capaz de evocar a beleza das peças que estão faltando. Se o quadro estivesse aqui, talvez Palermo entendesse: mas o quadro está em um museu distante, em outra terra.

Seria preciso dizer aos habitantes da cidade que o que lhes falta para salvarem-se é o *Spasimo*. Roma tem a *Pietà*, de Michelangelo. Florença, a *Anunciação*, de Simone Martini. Nápoles, as *Sete Obras de Misericórdia*, de Caravaggio. Milão, a *Ceia*, de Leonardo. Veneza, a *Assunção*, de Ticiano. Palermo? Teve o *Spasimo*, de Rafael. "Teve", como tantos pretéritos perfeitos que ainda se usam na minha cidade: Rafael trocado por um pouco de poder. Se recuperasse esse quadro e esse lugar, poderia Palermo retornar à sua vocação de Pérola do Mediterrâneo?

Não sei. O que sei é que esse local não existe mais.

Ou talvez sim. Pois quando o homem do bosque também se esqueceu do lugar, descobriu que bastavam os desejos. E o local em que estavam era o coração.

Um local interno, para onde fugir. É o que buscava dom Pino junto com as crianças e os jovens. Ajudava-os a descobrir esse espaço dentro de si, somente assim a violência poderia encontrar um obstáculo. Dinheiro, respeito, força? Era preciso chegar antes dessa trindade profana. Também por isto decidi ser professor e escritor: para desenterrar esse local todos os dias, primeiro em mim, depois nos jovens, para não deixar de procurar as palavras necessárias para tirar a vida da vida, para encontrar o fogo da coragem de não trocar a Beleza pelo Acordo. E permanecer fiel aos próprios desejos no tempo.

Por isso, o primeiro agradecimento vai a meus pais, que nessa cidade me deram à luz, aos meus irmãos (Marco e Fabrizio) e às minhas irmãs (Elisabetta, Paola e Marta), que dessa cidade são os muros de carne e osso. A Marta devo um agradecimento a mais por suas fotos (capa do livro e retrato pessoal). Quando lhe indiquei os ingredientes do novo romance, ela criou um fotograma perfeito em um dos lugares mais fascinantes da Sicília: o castelo Tafuri, em Portopalo di Capo Passero, a ponta mais ao sul da Trinácria e da Bota. Obra-prima em estilo *liberty*, construído com o mármore da Ilha das Correntes logo à frente, ao lado da antiga almadrava, com um pórtico poligonal, aberto de modo incomparável ao Mediterrâneo. Transformado em hotel, em 1998, foi abandonado, saqueado e utilizado para rituais satânicos. Manifesta a luz e o luto dessa terra, que às vezes não sabe cuidar da sua Beleza e chega até mesmo a desfigurá-la. Como ocorreu ao famoso quadro de Caravaggio, *Adoração do Menino Jesus com os santos Lourenço e Francisco*, que desapareceu de Palermo em uma noite de tempestade, em 1969. Segundo o testemunho de Gaspare Spatuzza, um dos dois assassinos de dom Pino, foi roubado para ser pendurado como símbolo de poder nas salas onde os mafiosos faziam suas reuniões de cúpula. E acabou esquecido em um estábulo, onde foi devorado por porcos e ratos.

Obrigado aos professores e companheiros dos anos de liceu no Vittorio Emanuele II.

A quem acompanhou estas páginas passo a passo, com paixão e profissionalismo: Valentina Pozzoli, Antonio Franchini, Marilena Rossi, Giulia Ichino.

Aos meus alunos, aos seus pais, aos colegas de escola, todos no mesmo barco para enfrentar as tempestades destes nossos tempos incertos.

Aos meus amigos e amigas mais queridos, que não nomeio porque o espaço não é suficiente: como dizia dom Pino, a esperança é a resultante da amizade, e é da amizade que extraio todas as forças que tenho.

Aos responsáveis pelo prêmio internacional Pino Puglisi, que, em 2013, quiseram dar-me um sinal ulterior da presença de dom Pino em minha vida, justamente enquanto eu escrevia estas páginas; a Francesco Deliziosi, por seu belo livro dedicado ao padre Puglisi, e a Roberto Faenza, por seu filme. Serviram-me de inspiração.

Aos leitores dos meus livros anteriores, sobretudo às professoras, aos professores e aos jovens que encontrei nesses anos, dentro e fora da Itália. A muitos peço desculpas, pois nem sempre consigo responder às cartas, aos e-mails, aos pedidos e aos comentários no blog, embora eu leia todos.

Deixando o melhor para o final, agradeço a você, leitor, que empenhou seu tempo para ouvir estas palavras. Espero que as horas que você dedicou a esta história tenham sido preenchidas pelo que recebi ao escrevê-la: uma coragem maior em relação à vida, mesmo quando ela nos parece ferir de morte. E talvez um lugar interno para onde fugir, quando o fogo e as palavras se apagam. Para descobrir que estavam intactos, latentes como brasas sob a cinza, junto aos nossos maiores desejos.

* * *

Nos porões da *via* Hazon, emparedados poucos dias após o crime, mas logo reabertos a golpes noturnos de picareta, as obras de benfeitoria foram iniciadas apenas em 2005.

A escola de ensino médio em Brancaccio, intitulada Giuseppe Puglisi, foi inaugurada em 13 de janeiro de 2000.

Impresso no Brasil pelo
Sistema Cameron da Divisão Gráfica da
DISTRIBUIDORA RECORD DE SERVIÇOS DE IMPRENSA S.A.
Rua Argentina, 171 – Rio de Janeiro, RJ – 20921-380 – Tel.: (21)2585-2000